Jane Austen

Persuasão

Tradução de
MARIANA MENEZES NEUMANN

Prefácio de
JULIA ROMEU

3ª edição

EDIÇÕES
BestBolso
RIO DE JANEIRO – 2015

CIP-BRASIL. CATALOGAÇÃO NA FONTE
SINDICATO NACIONAL DOS EDITORES DE LIVROS, RJ

Austen, Jane, 1775-1817
A95p Persuasão / Jane Austen; tradução de Mariana Menezes Neumann;
3ª ed. prefácio de Julia Romeu. - 3ª ed. - Rio de Janeiro: BestBolso, 2015.
12 ×18 cm

Tradução de: Persuasion
ISBN 978-85-7799-268-3

1. Romance inglês. I. Neumann, Mariana Menezes. II. Título.

CDD: 823
11-4245 CDU: 821.111-3

Persuasão, de autoria de Jane Austen.
Título número 272 das Edições BestBolso.
Terceira edição impressa em junho de 2015.
Texto revisado conforme o Acordo Ortográfico da Língua Portuguesa.

Título original inglês:
PERSUASION

www.edicoesbestbolso.com.br

Design de capa: Carolina Vaz sobre pintura intitulada "Seaside, 1878", de James Jacques Joseph Tissot.
Revisão de tradução: Joana Faro.

Impresso no Brasil

ISBN 978-85-7799-268-3

Prefácio à edição de bolso
Rebeldia e romantismo

Quando Jane Austen escreveu *Persuasão*, terminado em 1816, já começara a ter os sintomas da doença até hoje não identificada que viria a matá-la um ano depois, em julho de 1817. Este acabou sendo o último livro completado pela autora, e é ao mesmo tempo sua obra mais madura e mais romântica.

A heroína de *Persuasão*, Anne Elliot, tem 27 anos, o que no início do século XIX a tornava uma mulher já passada da mocidade e cujas esperanças de se casar começavam a escassear. Oito anos antes de a história do livro começar, Anne havia sido pedida em casamento por Frederick Wentworth, um jovem oficial da Marinha inglesa, sem fortuna e de posição social inferior. Embora apaixonada por ele, Anne fora convencida pelo pai e por lady Russell, uma amiga de sua falecida mãe que lhe serve de figura materna, a recusar o pedido. Desse ato vem a indagação em torno da qual todo o livro gira: o que é mais certo, seguir os conselhos dos mais velhos, acreditando que eles sabem o que é melhor, ou confiar no próprio instinto e fazer o que o coração dita?

Anne, uma moça inteligente, sensível e reflexiva, não tem lá os melhores conselheiros do mundo. Lady Russell, embora seja uma mulher sensata com verdadeira afeição pela protagonista, tem o defeito de se importar demais com o status social, o que não lhe permite ver muito bem os méritos dos que não o possuem. Já Sir Walter Elliot, o pai de Anne, é um dos personagens mais deliciosamente imbecis de toda a obra de Austen. Vaidoso, ele jamais abre um livro além de *Os anais dos baronetes*, no qual gosta de ver o próprio nome entre os dos outros nobres do reino, e enche seu quarto de espelhos para poder se observar de todos os ângulos. Para ele, o que Anne sente é irrelevante: seu casamento deve servir para aumentar a importância e a fortuna da família, e nada mais.

Sir Walter, com sua tolice e extravagância, acaba contraindo dívidas demais e é obrigado a alugar a casa ancestral dos Elliot, o Solar de Kellynch. Os inquilinos escolhidos são o almirante Croft e sua esposa, que por acaso é irmã de Frederick Wentworth. Assim, herói e heroína voltam a se encontrar, mas, desta vez, Anne tornou-se uma figura envelhecida e melancólica, enquanto Wentworth fez carreira na Marinha, virou capitão e ficou rico. Anne, que jamais o esqueceu, é obrigada a suportar sua indiferença e vê-lo cortejar meninas muito mais jovens, concluindo que tudo aquilo que a separou dele no passado é muito mais efêmero do que ela acreditava.

O declínio financeiro de um baronete e a ascensão social de um oficial da Marinha é um tema quase revolucionário para um livro de Jane Austen. Na época em que *Persuasão* foi escrito, a ideia de que todos os homens são iguais surgira recentemente, e era muito difícil se movimentar pelas rígidas classes que dividiam a sociedade inglesa. É verdade que a simpatia de Auster pelos ricos e poderosos sempre foi limitada: em seus livros, as pessoas de maior status muitas vezes são estúpidas. Os principais exemplos, além de Sir Walter Elliot, são lady Catherine em *Orgulho e preconceito*, lady Bertram em *Mansfield Park* e o general Tilney em *A abadia de Northanger*.

Mas em *Emma* a protagonista é punida pela autora por fazer amizade com uma menina de classe muito mais baixa, e em *Orgulho e preconceito*, Austen deixa claro que o Sr. Darcy tem direito a pelo menos um pouco de sua arrogância; afinal, ele não apenas *pensa* que é superior, mas *é* superior de fato. O mundo era organizado assim havia muito tempo, e era perigoso bagunçar demais as coisas.

EDIÇÕES BESTBOLSO

Persuasão

Jane Austen (1775-1817) nasceu no vilarejo de Steventon, na área rural da Inglaterra. A sétima dos oito filhos do reverendo George Austen, dirigente da paróquia local, a escritora cursou a maior parte de seus estudos em casa e nunca se afastou da família. Curiosamente, apesar de suas heroínas românticas estarem sempre às voltas com o casamento, Jane Austen não se casou. A obra da autora reúne seis romances completos: *Razão e sensibilidade* (1811), *Orgulho e preconceito* (1813), *Mansfield Park* (1814), *Emma* (1816), *A abadia de Northanger* e *Persuasão* – os dois últimos publicados postumamente, em 1818. Todos eles marcados pelo primoroso estilo de Austen: a precisão da linguagem, o humor e a aguda percepção para tratar do cotidiano da sociedade inglesa da virada do século XVIII para o XIX. A profunda compreensão do mundo feminino e o domínio da forma e da ironia fizeram dela uma das mais notáveis e influentes romancistas de sua época.

Mas, mesmo de seu cantinho sossegado, Jane Austen não podia deixar de ouvir os ecos da Revolução Americana e da Revolução Francesa. Além disso, dois de seus irmãos eram da Marinha e, ao alcançarem o posto de almirante, também ganharam fortuna e status. A mobilidade, embora rara, era possível; e em *Persuasão*, escrito no fim de sua vida, ela faz um elogio ao *self-made man*.

O capitão Wentworth e o almirante Croft são pessoas inteligentes e interessantes que não nasceram em berço de ouro, mas venceram no mundo graças aos próprios esforços. Já Sir Walter é uma figura ridícula e vazia, que só se preocupa com aparências; sua nobreza não lhe confere qualquer distinção. A Marinha o desagrada não apenas por permitir que os pobres fiquem ricos, mas também porque os homens que vivem nos barcos ficam com a pele estragada pelo sol. Anne, que jamais foi feliz ao lado do pai, lamenta ter perdido a oportunidade de deixar para trás os corredores empoeirados do Solar de Kellynch e lançar-se ao mar com o capitão Wentworth. Oito anos de solidão a fazem ver com perfeita clareza o que é essencial para a felicidade.

Além desta sutil rebeldia, *Persuasão* apresenta outro traço incomum na obra de Austen: uma história de amor que é descaradamente romântica, a ponto de muitos leitores chegarem a considerá-la um pouco irreal. Após quase uma década de separação, a paixão de Anne por Wentworth não arrefece em nada. Ao dar o coração mais ardente a sua heroína mais velha, Jane Austen, no fim da vida, parece nos dizer que a idade não influencia na força dos sentimentos.

Julia Romeu
Tradutora, jornalista e autora teatral

1

Sir Walter Elliot, do Solar de Kellynch, em Somersetshire, era um homem que, por prazer, nunca lera outro livro que não *Os anais dos baronetes*; ali encontrava ocupação suficiente para uma hora ociosa, ou consolo em momentos de aflição; ali, suas faculdades eram despertadas em admiração e respeito ao contemplar os poucos remanescentes dos mais antigos títulos nobiliárquicos; ali, qualquer sensação indesejável advinda de assuntos domésticos era naturalmente transformada em piedade e desdém, conforme ele percorria o número quase infindável de novos títulos do último século; e, se qualquer outra página fosse ineficaz, ele poderia ler sobre a própria história, sempre com o mesmo interesse. Essa era a página na qual sempre abria seu volume favorito:

> ELLIOT DO SOLAR DE KELLYNCH
> Walter Elliot, nascido em 1º de março de 1760, casou-se em 15 de julho de 1784 com Elizabeth, filha do Ilmo. Sr. James Stevenson, de South Park, condado de Gloucester, cuja esposa (falecida em 1800) foi a progenitora de Elizabeth, nascida em 1º de junho de 1785; Anne, em 9 de agosto de 1787; um filho natimorto em 5 de novembro de 1789; e Mary, nascida em 20 de novembro de 1791.

Era precisamente esse o parágrafo que saíra das mãos do tipógrafo; mas Sir Walter o tinha aperfeiçoado, acrescentando, em nome de sua família e de si mesmo, as seguintes palavras após a data de nascimento de Mary: "Casada em 16 de dezembro de 1810 com Charles, filho e herdeiro do Ilmo. Sr. Charles Musgrove, de Uppercross, no condado de Somerset", e inserindo o dia exato no qual perdera a esposa.

Seguia-se, então, a história sobre a ascensão da antiga e respeitável família, nos termos habituais; como haviam inicialmente se instalado em Cheshire; como tinham sido mencionados por Dugdale, ocupando o posto de alto xerife, representando uma cidade em três eleições parlamentares sucessivas, dando demonstrações de lealdade, e recebendo a dignidade de baronete durante o primeiro ano de Charles II, e todas as Marys e Elizabeths com as quais se casaram; formando ao todo dois belos duodécimos de páginas, e concluindo com o brasão e o lema: "Residência principal, Solar de Kellynch, no condado de Somerset," e novamente a caligrafia de Sir Walter ao final: "Presumível herdeiro, Ilmo. Sr. William Walter Elliot, bisneto do segundo Sir Walter."

A vaidade constituía o princípio e o fim do caráter de Sir Walter; vaidade de sua figura e de sua posição social. Ele fora extraordinariamente belo na juventude; e, aos cinquenta e quatro anos, continuava sendo um homem encantador. Poucas mulheres poderiam ter melhor opinião sobre a própria aparência do que ele, nem podia o pajem de qualquer lorde recém-nomeado sentir-se mais satisfeito com o lugar que ocupava na sociedade. Em sua opinião, a benção da beleza só era inferior à do título de baronete; e Sir Walter Elliot, que reunia ambos os predicados, era o alvo constante de seus mais calorosos respeito e devoção.

A bela aparência e a posição social exerceram influência sobre suas relações; devia a estas uma esposa de caráter muito superior ao que ele merecia. Lady Elliot fora uma grande mulher, sensata e amável, cujos julgamento e conduta, se a perdoassem a paixão juvenil que a tornara lady Elliot, nunca mais exigiram qualquer indulgência. Ela tinha aceitado, atenuado ou escondido os defeitos dele, e promovera sua respeitabilidade por dezessete anos; e, mesmo não sendo propriamente a mais feliz das criaturas, havia encontrado o suficiente em suas atribuições, amizades e filhas para ligar-se à vida, e para não sentir-se indiferente ao momento em que teve de deixá-las. Três meninas, as mais velhas com dezesseis e quatorze anos, eram um grande legado para uma mãe transmitir a outra pessoa, sobretudo à autoridade e à orientação de um pai tolo e presunçoso. Ela tinha, entretanto, uma amiga muito próxima, uma mulher sensível e digna que fora levada, em nome de sua grande amizade, a estabelecer-se próxima a ela no vilarejo de Kellynch; e em sua bondade e seus conselhos lady Elliot confiava como o melhor auxílio para a manutenção dos bons princípios e dos ensinamentos que cuidadosamente oferecia às filhas.

Essa amiga e Sir Walter *não* se casaram, apesar do que pudessem ter esperado os conhecidos. Haviam se passado treze anos desde a morte de lady Elliot, e eles continuavam como vizinhos e amigos próximos, um permanecia viúvo, e a outra, viúva.

Lady Russell, de idade e caráter firmes, e extremamente abastada, não vislumbrava a possibilidade de um segundo casamento, e não devia qualquer justificativa à sociedade, que sempre se mostra mais descontente quando uma mulher *resolve* se casar novamente do que quando *não* o faz; mas o fato de Sir Walter permanecer solteiro exige uma explicação. Deve-se saber que Sir Walter, como um bom pai (tendo tido uma ou duas decepções com pretendentes muito inadequadas), vangloriava-se de permanecer solteiro pelo bem das adoradas filhas. Por uma delas, a mais velha, ele teria aberto mão de qualquer coisa, o que nunca o tentara muito. Elizabeth conquistara, aos dezesseis anos, todo o status e a importância da mãe; e sendo muito bonita e bastante parecida com ele, sua influência sempre fora considerável, e conviviam com alegria. As duas outras filhas possuíam um valor bem menor. Mary tinha adquirido uma pequena notoriedade artificial ao se tornar Sra.

Charles Musgrove; mas Anne, com uma elegância de espírito e uma docilidade de caráter que deveriam tê-la posicionado bem acima na estima de qualquer pessoa com verdadeiro discernimento, não representava nada para o pai ou para a irmã; sua palavra não tinha peso, sua função era sempre ceder. Ela era apenas Anne.

Para lady Russell, entretanto, ela era a afilhada favorita, a mais querida e valorizada, uma verdadeira amiga. Lady Russell amava a todas; mas era somente em Anne que enxergava a mãe.

Alguns anos antes, Anne Elliot fora uma menina muito bonita, mas sua exuberância tinha desaparecido precocemente; e mesmo no ápice, o pai havia encontrado poucos elementos para admirar (como eram diferentes dos dele as feições delicadas e os compassivos olhos escuros), não havia nada nela, agora que estava desbotada e magra, para incitar sua estima. Ele nunca acalentara muitas esperanças, e agora não tinha nenhuma, de ler o nome da filha em qualquer outra página de seu livro favorito. Toda a igualdade de matrimônio recaía sobre Elizabeth, já que Mary se associara a uma antiga família do interior, respeitável e rica, tendo *doado* toda a honra, sem receber nada em troca: um dia, Elizabeth se casaria adequadamente.

Às vezes, uma mulher é mais bela aos vinte e nove anos do que dez anos antes; e, de maneira geral, caso não tenha ocorrido nenhum problema de saúde ou ansiedade, é um momento na vida em que quase nenhum atrativo foi perdido. Esse era o caso de Elizabeth. Ainda era a mesma bela Srta. Elliot de treze anos antes, e Sir Walter deveria ser desculpado, portanto, por esquecer sua idade ou, ao menos, ser considerado somente um pouco tolo, ao imaginar a si mesmo e a Elizabeth exuberantes como sempre, em meio à decadência da beleza de todos os outros; pois ele notava claramente como os demais familiares e conhecidos estavam envelhecendo. Anne estava abatida, Mary, abrutalhada, todos os rostos da vizinhança se deterioravam, e a rápida progressão dos pés de galinha na região das têmporas de lady Russell havia muito era fonte de aflição para ele.

Elizabeth não se assemelhava ao pai no que se referia ao contentamento pessoal. Nos últimos treze anos, fora a senhora do Solar de Kellynch, presidindo e dirigindo com um autocontrole e uma firmeza que nunca poderiam indicar que era mais jovem do que aparentava. Por treze anos tinha feito as honras da casa e estabelecido as regras domésticas, conduzido os visitantes até a carruagem e saído imediatamente após lady Russell de cada sala de estar e de jantar da região. As geadas de treze invernos tinham-na visto inaugurar todos os bailes formais, aos quais uma diminuta parcela dos vizinhos podia comparecer, e treze primaveras tinham florescido enquanto ela viajava anualmente a Londres com o pai para deleitar-se com o grande mundo por algumas semanas. Ela lembrava-se de tudo isso, e tinha consciência de estar com vinte e nove anos, o que lhe proporcionava alguns arrependimentos e apreensões; sentia-se plenamente satisfeita por ainda ser bonita como sempre, mas percebia a chegada da idade com alarme, e teria se alegrado com a certeza de que, em um ou dois anos, seria pedida em casamento por um baronete. Então ela poderia voltar a se debruçar sobre o grande livro com tanto prazer quanto em sua juventude, mas por ora não o apreciava. Ser frequentemente confrontada com sua data de nascimento, sucedida não pelo dia de seu casamento, mas pelo da irmã mais nova, transformava o livro em um mal; e, mais de uma vez, quando o pai o deixara aberto na mesa próximo a ela, fechara-o, desviando o olhar, e o afastando de si.

Além disso, ela tivera uma decepção, uma lembrança que aquele livro, que reunia a história da família, sempre trazia à tona. O presumido herdeiro, o próprio Ilmo. Sir William Walter Elliot, cujos direitos tinham sido generosamente apoiados por seu pai, a decepcionara.

Ela era bastante jovem quando descobrira que ele seria o futuro baronete, já que não tinha irmãos, e tencionara casar-se com ele. Seu pai sempre acreditara que esse seria o caso. Ele não era conhecido da família quando menino, mas logo após a morte de lady Elliot, Sir Walter procurou se aproximar dele, e ainda que suas investidas não tivessem sido recebidas calorosamente, insistiu, atribuindo a ausência de entusiasmo à timidez característica da juventude; e durante uma de suas excursões de primavera a Londres, quando a beleza de Elizabeth começava a desabrochar, uma apresentação ao Sr. Elliot foi forçada.

Naquele momento, ele era um homem muito jovem, recém-iniciado nos estudos de direito. Elizabeth o achou extremamente agradável, e todos os planos que o pai propôs foram aceitos. Ele foi convidado ao Solar de Kellynch; foi comentado e esperado pelo resto do ano; mas nunca apareceu. Na primavera seguinte, ele foi novamente visto na cidade, igualmente considerado agradável, outra vez convidado e esperado, mas de novo não compareceu; e as notícias posteriores informavam que havia se casado. Em vez de unir sua fortuna como herdeiro da casa dos Elliot, ele obtivera sua independência ao casar-se com uma mulher rica e de origem inferior.

Sir Walter tinha se ressentido do acontecimento. Como chefe da casa, ele acreditava que deveria ter sido consultado, especialmente após ter aceitado tão publicamente o rapaz: "Pois eles provavelmente tinham sido vistos juntos", ele dizia, "uma vez em Tattersall's e em duas ocasiões no saguão da Casa dos Comuns". Sua desaprovação foi expressa, mas, aparentemente, muito pouco considerada. Sir Elliot não tentara se desculpar, e mostrara-se tão desinteressado da atenção da família quanto Sir Walter o considerava indigno da mesma; as relações entre eles cessaram.

Mesmo após um intervalo de muitos anos, essa história bastante constrangedora do Sr. Elliot ainda era lembrada com raiva por Elizabeth, que tinha gostado do homem por quem ele era e ainda mais por ser o herdeiro de seu pai, e cujo forte senso de honra familiar via somente *nele* um pretendente adequado para a filha mais velha de Sir Walter Elliot. Não havia um único baronete de A a Z que seus sentimentos estivessem tão propensos a considerar como um igual. No entanto, ele se comportara de maneira tão terrível que, embora naquele momento (o verão de 1814) ela usasse uma fita preta de luto por sua esposa, não admitia considerá-lo novamente digno de atenção. A desonra do primeiro casamento talvez pudesse, já que não havia razões para supor que fora perpetuado com filhos, ser superada caso ele não tivesse se comportado de maneira ainda mais indigna; mas ele o fizera, pois pela intervenção costumeira de gentis amigos, foram informados de que havia se referido com grande desrespeito a todos eles, falando com desdém da linhagem à qual pertencia e das honras que deveriam ser suas. Isso não poderia ser perdoado.

Tais eram os sentimentos e as sensações de Elizabeth Elliot; tais as preocupações, as agitações que perturbavam a mesmice e a elegância, a prosperidade e a trivialidade de sua vida; tais eram os sentimentos a emprestar interesse a uma longa e entediante existência em um círculo interiorano, a preencher os vazios que nem a caridade, nem os talentos ou prendas domésticas podiam preencher.

Mas, agora, uma nova ocupação e outra preocupação começavam a ser adicionadas às demais. O pai estava cada vez mais aflito por causa de dinheiro. Elizabeth sabia que, ao abrir o registro de baronetes, ele queria afastar de seus pensamentos as contas dos credores e as insinuações indesejáveis do Sr. Shepherd – seu administrador. Kellynch era uma boa propriedade, mas não se igualava, no entendimento de Sir Walter, ao status do proprietário. Enquanto lady Elliot era viva, havia organização, moderação e economia, que o mantinham dentro do limite de seus rendimentos; mas com ela morrera toda a retidão de ideias, e desde então ele excedia constantemente sua renda. Para ele não era possível gastar menos; ele não tinha feito nada mais do que Sir Walter Elliot era imperiosamente requisitado a fazer; mas, inocente como era, não estava apenas se endividando cada vez mais, mas ouvia sobre isso com tanta frequência, que a tentativa de continuar escondendo da filha, mesmo que parcialmente, havia se tornado inútil. Ele lhe lançara algumas indiretas acerca desse assunto na última primavera em Londres; chegando ao ponto de dizer: "Podemos cortar gastos? Ocorre a você algum item em que poderíamos fazer economia?". E Elizabeth, justiça seja feita, em seu primeiro ardor de alarme feminino, parou seriamente para avaliar o que poderia ser feito, tendo, por fim, proposto duas linhas de contenção: eliminar algumas caridades desnecessárias e abster-se de redecorar a sala de estar; expedientes aos quais ela posteriormente adicionou a feliz ideia de não levar presente algum para Anne, como costumavam fazer todos os anos. Mas essas medidas, embora muito boas, eram insuficientes para resolver o problema, e logo depois Sir Walter viu-se obrigado a confessar isso a ela. Elizabeth não tinha nada mais eficaz a propor. Sentia-se inútil e infeliz, assim como o pai; e nenhum dos dois conseguia conceber uma forma de reduzir as despesas sem comprometer sua dignidade ou renunciar aos confortos de maneira suportável.

Havia apenas uma pequena parcela da propriedade da qual Sir Walter poderia desfazer-se; mas mesmo se todos os acres fossem alienáveis, não teria feito a menor diferença. Ele poderia hipotecar tudo quanto lhe fosse possível, mas nunca se dignaria a vender. Não, nunca desgraçaria seu nome a tal ponto. A propriedade de Kellynch deveria ser transmitida integralmente, assim como ele a tinha recebido.

Os dois amigos e confidentes, o Sr. Shepherd, que residia em uma cidade vizinha, e Lady Russell, foram chamados para aconselhá-los; e tanto o pai quanto a filha pareciam ansiar que um ou outro apresentasse uma solução para diminuir suas dificuldades financeiras e reduzir as despesas, sem envolver a perda de qualquer indulgência do bom gosto e da honra.

2

O Sr. Shepherd, advogado cortês e cauteloso que, independente da opinião que acalentava a respeito de Sir Walter, preferia que assuntos *desagradáveis* fossem resolvidos por qualquer outra pessoa que não ele, isentou-se de oferecer conselhos, e implicitamente recomendou o excelente julgamento de lady Russell, cujo conhecido bom-senso ele estava certo de que ofereceria medidas tão resolutas quanto as que ele desejava que fossem finalmente adotadas.

Lady Russell mostrava-se extremamente zelosa acerca desse assunto, dedicando a ele séria reflexão. Era uma mulher acertada, mas não necessariamente rápida, cujas dificuldades em chegar a alguma decisão eram grandes, pelo antagonismo entre dois princípios centrais. Ela era de uma integridade rígida e possuía um delicado senso de honra; mas estava tão ávida por salvaguardar os sentimentos de Sir Walter quanto ansiosa por ser valorizada pela família, e igualmente aristocrática em suas ideias sobre o que lhes era de direito, como qualquer pessoa de senso e honestidade seria. Ela era uma mulher benevolente, caridosa e amável, capaz de ligações fortes, correta em sua conduta, rigorosa em suas noções de decoro e dona de maneiras que eram consideradas modelo de boa educação. Possuía uma mente cultivada e, de maneira geral, era racional e consistente; mas os seus preconceitos eram quase ancestrais; valorizava a posição social e o status, o que a deixava um tanto quanto cega às falhas daqueles que os possuíam. Viúva de um mero cavalheiro, concedia ao título de baronete toda a sua honra; e Sir Walter, independente da condição de velho conhecido, vizinho atencioso, cuidadoso proprietário de terras, marido de sua querida amiga, pai de Anne e de suas irmãs, em sua compreensão era, por ser Sir Walter, merecedor de grande compaixão e consideração frente às dificuldades que atravessava.

Eles precisavam economizar; não havia dúvidas. Mas ela ansiava por uma solução que causasse o mínimo de aflição a ele e a Elizabeth. Ela elaborou planos de economia, realizou cálculos precisos e fez o que ninguém mais havia pensado em fazer: consultou Anne, cujo interesse pelo assunto nunca parecia ser levado em consideração pelos demais. Conversou com ela e, por fim, foi de certa maneira influenciada no planejamento da economia submetido a Sir Walter. Todas as sugestões de Anne se baseavam na honestidade em detrimento da posição social. Ela almejava medidas mais enérgicas, uma reformulação mais ampla, uma quitação mais rápida das dívidas, uma indiferença maior em relação a tudo que não a justiça e a equidade.

– Se conseguirmos persuadir seu pai a adotar todas essas propostas – disse lady Russell enquanto olhava para o pedaço de papel –, muito poderá ser feito. Caso adote essas medidas, em sete anos ele estará livre de dívidas; e espero que nós possamos convencê-lo, e a Elizabeth, de que o Solar de Kellynch tem uma respeitabilidade própria que não pode ser afetada por essas economias; e que a verdadeira dignidade de Sir Walter Elliot não será sequer diminuída, aos olhos das pessoas sensatas, ao agir como um homem de princípios. O que ele estará fazendo, na verdade, além do que muitos de nossos ancestrais fizeram, ou deveriam ter feito? Não há nada de excepcional nesse caso; e é justamente a singularidade que, em geral, constitui a pior parte de nosso sofrimento, assim como de nossa conduta. Tenho grande esperança de que serei bem-sucedida. Precisamos demonstrar seriedade e determinação; pois, afinal de contas, a pessoa que contraiu as dívidas deve pagá-las; e embora os sentimentos de um cavalheiro, e chefe de família, como no caso de seu pai, sejam importantes, o caráter de um homem honesto é ainda mais.

Esse era o princípio no qual Anne desejava que o pai se comportasse, sob a influência dos amigos. Ela considerava um ato indispensável livrar-se dos credores com toda a rapidez que os planos de redução de gastos podiam assegurar, e não via dignidade em outro tipo de conduta. Queria que fossem estabelecidos e sentidos como um dever. Tinha em alta conta a influência de lady Russell; e devido ao alto grau de negação que sua consciência exigia, ela acreditava que seria quase tão difícil convencê-los de uma mudança total quanto de uma parcial. Seu conhecimento acerca do pai e de Elizabeth a levava a acreditar que o sacrifício de uma parelha de cavalos seria praticamente tão dolorosa quando o de duas, e assim por diante, embora a lista de reduções concebida por lady Russell fosse bastante moderada.

Não há relevância em conhecer a reação às severas exigências propostas por Anne. Lady Russell não obteve sucesso algum: aquilo era intolerável, isso era insuportável. "O quê? Abrir mão de todos os confortos? Viagens, Londres, criados, cavalos, comida... reduções e restrições por todo lado! E viver sem a decência de um cavalheiro? Não, ele preferiria desistir do Solar de Kellynch a permanecer em condições tão infames."

"Desistir do Solar de Kellynch". A sugestão foi imediatamente percebida pelo Sr. Shepherd, cujo próprio interesse estava ligado ao corte de gastos de Sir Walter, e que estava inteiramente convencido de que nada poderia ser feito sem uma mudança de residência. "Como a ideia havia surgido justamente da pessoa afetada, ele não tinha escrúpulos," disse, "em confessar que estava inteiramente de acordo. Não lhe parecia que Sir Walter pudesse modificar seu estilo de vida em uma casa com tamanho histórico de hospitalidade e dignidade para sustentar. Em qualquer outro lugar Sir Walter poderia adotar as próprias decisões; e seria respeitado ao regular o estilo de vida de sua casa da maneira que julgasse correta.

Sir Walter deixaria o Solar de Kellynch; e após alguns dias de dúvida e indecisão, a grande questão acerca do local para onde deveriam mudar-se foi decidida, e assim, o primeiro plano dessa importante transformação estava delineado.

Havia três alternativas, Londres, Bath ou uma casa no campo. Todos os anseios de Anne recaíam sobre a última. Uma pequena casa nas redondezas, onde ainda pudessem compartilhar da companhia de lady Russell, estar próximos de Mary e desfrutar ocasionalmente do prazer de ver os gramados e bosques de Kellynch, era o alvo de sua ambição. Mas, com a sorte habitual de Anne, algo totalmente oposto ao que ela queria foi decidido. Não apreciava Bath e não achava que o lugar combinava com ela, mas Bath seria seu novo lar.

Sir Walter, a princípio, tinha considerado a possibilidade de ir para Londres; mas o Sr. Shepherd sentiu que ele não conseguiria se conter em Londres, e foi hábil o suficiente para dissuadi-lo e tornar Bath a escolhida. Seria um destino bem mais seguro para um cavalheiro em suas condições: lá ele poderia desfrutar de uma situação de importância com gastos relativamente baixos. Duas vantagens de Bath em relação a Londres tiveram muito peso: a distância mais conveniente de Kellynch, apenas oitenta quilômetros, e o fato de que lady Russell costumava passar parte do inverno naquela região. Para a grande satisfação de lady Russell, cuja opinião desde o início recaíra sobre Bath, Sir Walter e Elizabeth foram persuadidos a acreditar que não perderiam importância nem qualquer divertimento ao se estabelecerem lá.

Lady Russell sentiu-se na obrigação de se opor aos desejos de sua querida Anne. Seria demais esperar que Sir Walter se rebaixasse a viver em uma casa menor nas cercanias. A própria Anne teria percebido que a humilhação seria maior do que previa, e para os sentimentos de Sir Walter teria sido terrível. Lady Russel considerava a antipatia de Anne por Bath um preconceito e um equívoco derivados, em primeiro lugar, dos três anos de estudo na cidade após a morte da mãe e, em segundo, de não ter ficado em um estado de espírito particularmente alegre durante um inverno que passou lá em sua companhia.

Em suma, lady Russell apreciava Bath e estava disposta a acreditar que a cidade seria adequada a todos; e quanto à saúde de sua jovem amiga, passar os meses quentes em sua companhia em Kellynch Lodge evitaria todos os riscos; e era, de fato, uma mudança que deveria fazer bem tanto para a saúde quanto para o espírito. Anne saíra muito pouco de casa, fora muito pouco vista. Não tinha ânimo. Uma sociedade maior poderia fazer-lhe bem. Ela desejava que Anne fosse mais conhecida.

Para Sir Walter, a inconveniência de qualquer outra residência naquelas cercanias foi bastante reforçada por uma das partes, e uma parte bastante importante, do plano, que felizmente foi estabelecida desde o início. Ele não deveria apenas deixar sua casa, mas vê-la nas mãos de outros; uma prova de força moral demasiado dura até para mentes mais fortes que a de Sir Walter. O Solar de Kellynch deveria ser deixado para trás. No entanto, esse era um segredo que não deveria sair de seu círculo de conhecidos.

Sir Walter não teria suportado a degradação de que seus planos de deixar a casa se tornassem conhecidos. O Sr. Shepherd havia mencionado uma vez a palavra "anunciar", mas nunca ousara pronunciá-la novamente. Sir Walter desprezava a ideia de oferecer a propriedade sob qualquer justificativa; proibiu qualquer comentário sobre sua intenção de fazê-lo; e apenas na hipótese de que fosse requisitada espontaneamente por um candidato irrepreensível, de acordo com os seus próprios termos, e como um grande favor, ele desistiria da casa.

Como encontramos rapidamente as razões para justificar o que desejamos! Lady Russell tinha outro excelente motivo para estar extremamente satisfeita com o fato de Sir Walter e sua família estarem deixando o campo. Elizabeth estava desenvolvendo uma grande amizade, que ela desejava ver interrompida. Era com a filha do Sr. Shepherd, que retornara, após um casamento desventurado, para a casa do pai, com o fardo adicional de duas crianças. Era uma jovem inteligente que conhecia a arte de agradar, em especial, a arte de agradar no Solar de Kellynch; e que tinha se tornado próxima da Srta. Elliot a ponto de ter se hospedado em sua casa mais de uma vez, a despeito de tudo o que lady Russell, que considerava aquela uma amizade inadequada, indicara sobre cuidado e reserva.

Na verdade, lady Russell praticamente não tinha influência sobre Elizabeth, e parecia amá-la simplesmente porque ela a amava, e não porque Elizabeth merecia. Nunca recebera dela mais do que uma atenção superficial, nada além do que uma polidez complacente; nunca conseguira convencê-la em uma argumentação sem que houvesse uma inclinação prévia. Repetidamente ela se mostrara favorável à inclusão de Anne na visita a Londres, sensivelmente aberta a toda a injustiça e descrédito dos arranjos egoístas que a deixavam de fora, e em outras ocasiões buscou oferecer a Elizabeth os benefícios de seu julgamento e experiência; mas sempre em vão. Elizabeth agia à sua maneira; e nunca fora tão contrária à opinião de lady Russell quanto no que se referia à escolha da Sra. Clay, recusando a companhia de uma irmã tão merecedora para conceder seu afeto e sua confiança a uma pessoa que não deveria ser nada mais que objeto de uma distante cortesia.

De acordo com lady Russell, a Sra. Clay tinha uma posição bastante desigual, e seu caráter lhe parecia ver uma companhia perigosa; e uma mudança que deixaria a Sra. Clay para trás e ofereceria opções de amizades mais adequadas para a Srta. Elliot era, portanto, um objetivo da maior importância.

3

— Peço licença para observar, Sir Walter – disse o Sr. Shepherd certa manhã no Solar de Kellynch, enquanto pousava o jornal –, que a conjuntura atual está a nosso favor. Esta paz trará nossos oficiais ricos para terra firme. Todos estarão procurando um lar. O momento não poderia ser mais propício, Sir Walter, para escolher seu locatário entre pessoas muito responsáveis. Muitos já enriqueceram com a guerra e se algum almirante abastado viesse em nossa direção, Sir Walter...

– Ele seria um homem de muita sorte, Shepherd – respondeu Sir Walter –, e isso é tudo o que tenho a dizer. O Solar de Kellynch seria, de fato, um prêmio para ele; provavelmente o maior de todos, mesmo com todos os que ele já recebeu antes, não é Shepherd?

O Sr. Shepherd riu diante desse comentário, como sabia que devia, e então adicionou:

– Tomo a liberdade de dizer, Sir Walter, que, em se tratando de negócios, os cavalheiros da Marinha são fáceis de lidar. Conheço um pouco sobre a forma como tratam dos negócios, e acredito que possuem noções bastante liberais, e devem ser bons inquilinos. Sendo assim, Sir Walter, o que peço licença para dizer é que, caso surjam rumores sobre suas intenções, o que deve ser compreendido como algo possível, pois sabemos como é difícil manter nossas ações e as intenções longe da percepção e da curiosidade dos outros, a importância tem seu preço; eu, John Shepherd, posso ocultar qualquer questão familiar que escolher, pois ninguém haveria de me considerar digno de nota; mas os olhares sobre Sir Walter Elliot podem ser difíceis de despistar; e, portanto, mesmo que me esforce, não será grande surpresa que a despeito de todas as nossas precauções, algum rumor sobre a verdade possa se espalhar.

Nesse caso, conforme pretendia observar, já que, sem dúvida, surgirão candidatos, acredito que qualquer um entre nossos ricos comandantes navais deve ser considerado; e adiciono ainda que duas horas serão necessárias para me trazer aqui a qualquer momento, para evitar-lhe o trabalho de responder.

Sir Walter apenas aquiesceu. Mas pouco tempo depois, levantando-se e caminhando pelo aposento, observou sarcasticamente:

– Existem poucos entre os cavalheiros da Marinha, imagino, que não ficariam surpresos ao se encontrarem em uma casa como esta.

– Eles olhariam ao redor, sem dúvida alguma, e abençoariam a própria sorte – disse a Sra. Clay, pois a Sra. Clay estava presente. O pai a tinha levado com ele, pois nada era melhor para a saúde da Sra. Clay do que uma visita a Kellynch –, mas eu concordo com meu pai na ideia de que um marinheiro seria um locatário desejável. Tenho bastante conhecimento sobre essa profissão, e além de sua liberalidade, eles são muito organizados e cuidadosos! Seus valiosos quadros, Sir Walter, caso opte por deixá-los, estariam perfeitamente seguros. Tudo, tanto no interior quanto no exterior da casa, seria extremamente bem-cuidado! Os jardins e os bosques seriam mantidos quase tão bem quanto estão agora. Não precisa temer, Srta. Elliot, que suas belas flores sejam negligenciadas.

– Quanto a isso – recomeçou Sir Walter calmamente –, supondo que eu seja induzido a deixar minha casa, ainda não decidi quais serão os privilégios que ficarão disponíveis. Não estou particularmente inclinado a aceitar um inquilino. É claro que o parque estaria à disposição dele, e poucos marinheiros ou cavalheiros de outras classes tiveram esse privilégio; mas que restrições eu iria impor ao uso das áreas de lazer é outro assunto. Não estou particularmente inclinado a deixar que as alamedas estejam sempre disponíveis; e devo recomendar à Srta. Elliot que fique atenta a suas flores. Estou muito pouco disposto a conceder qualquer favor extraordinário ao novo morador do Solar de Kellynch, eu lhe asseguro, seja ele um marinheiro ou um soldado.

Após uma breve pausa, o Sr. Shepherd aventurou-se a dizer:

– Em todos esses casos, existem normas para utilização que tornam tudo claro e fácil entre proprietário e inquilino. Seus interesses, Sir Walter, estão em boas mãos. Conte comigo para garantir que nenhum inquilino receba mais do que seus direitos. Ouso dizer que Sir Walter Elliot não sentirá pelo que é seu metade dos ciúmes que John Shepherd sentirá.

Nesse momento, Anne falou:

– A Marinha, creio eu, que fez tanto por nós, tem ao menos direitos iguais em relação aos demais, aos confortos e privilégios que um lar pode oferecer. Os marinheiros trabalham duro por seu conforto, todos devemos admitir.

– É verdade, é verdade. O que a Srta. Anne acabou de dizer é verdade – foi a resposta do Sr. Shepherd.

– Oh! Certamente – foi o comentário de sua filha.

Mas a colocação de Sir Walter veio logo em seguida:

– A profissão tem sua utilidade, mas eu ficaria pesaroso em ver qualquer de meus amigos pertencendo a ela.

– É mesmo? – foi a resposta, com um ar de surpresa.

– Sim, em dois pontos a função é ofensiva para mim; eu me oponho fortemente a dois aspectos. Primeiro, por constituir uma forma de oferecer a pessoas de origens obscuras distinções indevidas e conceder a certos homens honrarias que seus próprios pais e avôs nem poderiam sonhar. Em segundo lugar, reduz terrivelmente a juventude e o vigor; um Marinheiro envelhece mais cedo do que qualquer outro homem. Ao longo de toda a minha vida eu observei isso. Na marinha, um homem corre maior risco de ser insultado pela ascensão de alguém a cujo pai seu próprio pai teria se dirigido com desdém, e de se tornar prematuramente objeto de aversão, mais do que em qualquer outra profissão. Certo dia na primavera passada, eu estava em Londres na companhia de dois homens que retratam perfeitamente o que acabei de dizer: o lorde St. Ives, cujo pai todos nós sabemos ter sido cura no interior, sem ter nem mesmo pão para se alimentar; eu deveria ceder meu lugar para lorde St. Ives e certo almirante Baldwin, a figura mais deplorável que se possa imaginar, o rosto era da cor do mogno, endurecido e grosseiro ao extremo, cheio de rugas, nove fios de cabelo branco de um dos lados da cabeça, e nada mais do que um leve toque de pó de arroz no topo. "Por Deus, quem é aquele velho?", perguntei a um amigo que estava por perto (Sir Basil Moreley). "Velho?", exclamou Sir Basil, "é o almirante Baldwin. Quantos anos acha que ele tem?" "Sessenta", respondi, "ou sessenta e dois." "Quarenta", respondeu Basil, "quarenta e nada mais." Imaginem minha surpresa; não conseguirei esquecer facilmente o almirante Baldwin. Nunca tinha visto um exemplo tão lamentável do que uma vida no mar pode fazer; mas, respeitando as devidas diferenças, sei que acontece o mesmo a todos: são enviados de um lugar ao outro e expostos a todos os tipos de clima e temperatura até ficarem inapresentáveis. É uma pena que não levem um golpe na cabeça antes que atinjam a idade do almirante Baldwin.

– Não, Sir Walter – exclamou a Sra. Clay –, está sendo realmente severo. Tenha um pouco de compaixão pelos pobres homens. Nem todos nasceram para ser belos. O mar não ajuda a melhorar a aparência de ninguém, com certeza; marinheiros envelhecem antes do tempo, eu já observei, rapidamente perdem o viço da juventude. Mas, por outro lado, não acontece o mesmo em muitas profissões, talvez na maioria delas? A situação dos soldados não é mais animadora; e mesmo em profissões mais pacatas, existe a fadiga e o trabalho mental, quando não físico, que raramente permite que o efeito natural do tempo se encarregue da aparência de um homem. O advogado trabalha demais, sempre preocupado. O médico nunca dorme e precisa viajar em todos os tipos de clima, e até mesmo o clérigo – ela parou por um momento para considerar quais seriam os problemas de um clérigo –, e até mesmo um clérigo, como sabe, é obrigado a entrar em cômodos infectados e expor sua saúde e aparência a todos os danos de uma atmosfera contaminada. Na verdade, como estou há muito convencida, embora toda profissão seja necessária e honrada a sua forma, somente aqueles que não precisam adotar nenhuma e que podem viver de forma harmoniosa, no campo, escolhendo como usar as próprias horas, seguindo e buscando os próprios objetivos e residindo em suas casas sem o tormento de ter que buscar novas iniciativas; essa sorte é apenas *deles*, digo, de manter as bênçãos da saúde e da boa aparência ao máximo: não conheço outro grupo de homens que não tenha perdido a boa aparência quando deixam de ser jovens.

Parecia que o Sr. Shepherd, na ânsia de convencer Sir Walter a aceitar um inquilino da Marinha, fora dotado de antevisão; pois a primeira solicitação para a casa veio de certo almirante Croft, com quem ele logo depois se encontrou ao participar das sessões trimestrais em Taunton; e, sim, ele recebera uma dica sobre o almirante por um correspondente em Londres. Segundo o relatório que fez após correr para Kellynch, o almirante Croft era nascido em Somersetshire e, tendo adquirido uma bela fortuna, desejava estabelecer-se em seu local de nascimento, e fora a Taunton para olhar algumas residências anunciadas nas cercanias, que, entretanto, não o haviam satisfeito; que tendo ouvido acidentalmente (exatamente como previra, o Sr. Shepherd observou, as dificuldades de Sir Walter não puderam ser mantidas em segredo) sobre a possibilidade do Solar de Kellynch ficar vago, e sabendo de sua (do Sr. Shepherd) conexão com o dono, ele havia se apresentado para fazer algumas perguntas, e tinha, no curso de uma extensa conversa, expressado uma forte inclinação pelo lugar, como somente um homem que a conhecia por descrição poderia sentir; e dado ao Sr. Shepherd, em seu detalhado relato sobre si mesmo, todas as provas de que era um candidato responsável e adequado.

– E quem é o almirante Croft? – Foi a pergunta desconfiada de Sir Walter.

O Sr. Shepherd respondeu que ele vinha de uma família de cavalheiros, e mencionou o nome de um lugar. Anne, após a breve pausa que se seguiu, afirmou:

– Ele é um contra-almirante. Esteve envolvido nas incursões em Trafalgar e estava nas Índias Ocidentais desde então; ficou baseado lá, acredito, por vários anos.

– Então estou certo – observou Sir Walter – de que o rosto dele é tão laranja quanto os punhos e as capas de meus criados.

O Sr. Shepherd apressou-se a assegurar que o almirante Croft era bastante vigoroso, amável e bem-apessoado, um tanto desgastado pelo tempo, certamente, mas não muito; e era um cavalheiro em todas as suas ideias e comportamentos; dificilmente imporia obstáculos aos termos do contrato; queria apenas uma casa confortável, e poder habitá-la o mais rápido possível; ele sabia que deveria pagar pela própria comodidade; sabia quanto o aluguel de uma residência mobiliada com tamanha opulência devia custar; não se surpreenderia se Sir Walter tivesse exigido mais por ela; inquirira sobre os terrenos; ficaria feliz em poder caçar, com certeza, mas não fez grandes exigências a esse respeito; disse que eventualmente utiliza uma arma de fogo, mas nunca matou; um perfeito cavalheiro.

O Sr. Shepherd falava com eloquência sobre o assunto, ressaltando todas as características da família do almirante, que o tornavam um candidato particularmente desejável. Ele era um homem casado e sem filhos; a situação mais desejável de todas. Uma casa era bem-cuidada, observou o Sr. Shepherd, sem uma senhora: ele não saberia dizer se a mobília poderia sofrer mais com a ausência de uma esposa ou com a presença de muitas crianças. Uma mulher sem filhos era a pessoa mais indicada no mundo para preservar os móveis. Ele conhecera a Sra. Croft também; ela estava em Taunton com o almirante e ficara presente durante todo tempo em que conversaram sobre o assunto.

– Ela me pareceu uma dama muito educada, distinta e perspicaz – ele continuou –; fez mais perguntas sobre a casa, os termos do contrato e sobre os valores do que o próprio almirante, e parecia mais familiarizada com os negócios. Além do mais, Sir Walter, descobri que, assim como o marido, ela também possui relações nas cercania; é irmã de um cavalheiro que morou por aqui; ela própria me disse: é irmã do cavalheiro que morou há alguns anos em Monkford. Oh, Deus! Como era mesmo o nome dele? Neste momento não consigo recordar o nome, embora o tenha ouvido recentemente. Penelope, minha querida, você poderia me ajudar a lembrar o nome do cavalheiro que residia em Monkford: o irmão da Sra. Croft?

Mas a Sra. Clay conversava tão animadamente com a Srta. Elliot que não ouviu a solicitação.

– Não posso imaginar a quem você está se referindo, Shepherd. Eu não me lembro de nenhum cavalheiro residindo em Monkford desde os tempos do velho governador Trent.

– Por Deus! Que estranho! Acabarei esquecendo meu próprio nome em breve, suponho. Um nome tão familiar; eu conhecia tão bem o cavalheiro de vista; o vi mais de cem vezes; certa vez ele veio me consultar, eu me lembro, sobre a invasão de sua propriedade por um dos vizinhos; um fazendeiro havia invadido sua horta, derrubado o muro, roubado maçãs, e fora pego em flagrante; posteriormente, ao contrário do que imaginei, fizeram um acordo amigável. Realmente, muito estranho!

Após aguardar mais um instante, Anne disse:

– O senhor está se referindo ao Sr. Wentworth, não é mesmo?

O Sr. Shepherd era a própria definição de gratidão.

– Wentworth, esse era o nome! O Sr. Wentworth é justamente o cavalheiro que acabei de mencionar. Ele possuiu o curato de Monkford, Sir Walter, há algum tempo, por dois ou três anos. Ele chegou no ano de ...5, eu presumo. O senhor se lembra dele, tenho certeza.

– Wentworth? Ah! Sim... o Sr. Wentworth, cura de Monkford. Você me confundiu com o termo *cavalheiro*. Imaginei que se tratava de um homem de posses: o Sr. Wentworth não era ninguém, eu me lembro; não possuía relações; não estava ligado à família Strafford. E alguns ainda se perguntam como os nomes de tantos de nossos nobres tornaram-se tão comuns.

Como o Sr. Shepherd percebeu que aquela conexão dos Croft não impressionara Sir Walter, não a mencionou novamente, voltando, com todo o zelo, a se concentrar nas circunstâncias indiscutivelmente favoráveis: a idade, o número de familiares e a fortuna; a opinião favorável que tinham a respeito do Solar de Kellynch e o grande interesse em alugar a propriedade, fazendo parecer que eles não desejavam nada além da felicidade de se tornarem inquilinos de Sir Walter: um bom gosto extraordinário, certamente, se eles pudessem conceber o que Sir Walter pensava a respeito das obrigações dos inquilinos.

No entanto, o negócio progrediu; e embora Sir Walter sempre fosse ver com maus olhos qualquer um que desejasse habitar aquela casa, e considerá-los infinitamente bem-afortunados ao receberem permissão para alugá-la sob as melhores condições, ele fora convencido a permitir que o Sr. Shepherd prosseguisse com a negociação e a autorizá-lo a aguardar pelo almirante Croft, que ainda estava em Taunton, e marcar um dia para a visitação da casa.

Sir Walter não era muito sábio; mas tinha experiência suficiente do mundo para perceber que dificilmente encontraria um candidato mais irrepreensível em todas as questões importantes que o almirante Croft. Assim era sua compreensão, e a vaidade oferecia um pequeno consolo adicional, porque a situação do almirante era boa, mas não boa demais. "Aluguei a minha casa para o almirante Croft," soaria muito bem; muito melhor do que para um mero Sr...; um *Sr.* (a exceção talvez, de alguns poucos nomes no país), sempre requer alguma nota de explicação. Um almirante fala por si próprio e, ao mesmo tempo, não deixa um baronete em posição inferior. Em todos os encontros e negociações entre eles, Sir Walter Elliot sempre iria precedê-lo.

Nada poderia ser feito sem uma consulta a Elizabeth; mas ela estava tão inclinada a deixar a casa, que ficou feliz por ver o negócio fechado rapidamente com o candidato que surgira; e nenhuma palavra que pudesse levar à suspensão da decisão foi proferida por ela.

O Sr. Shepherd ganhou plenos poderes para agir; e tão logo chegaram ao fim, Anne, que fora uma observadora atenta, deixou o aposento e foi buscar o conforto do ar fresco para suas faces coradas; e enquanto caminhava por um de seus bosques favoritos, disse com um suspiro suave:

– Mais alguns meses, e *ele*, talvez, esteja caminhando por aqui.

4

Ele não era o Sr. Wentworth, antigo cura de Monkford, apesar do que as aparências indicavam, mas sim, certo capitão Frederick Wentworth, seu irmão. Ele fora elevado à patente de comandante em consequência de uma batalha em Santo Domingo, mas como não fora imediatamente destacado para um novo posto, dirigira-se a Somersetshire no verão de 1806; e, como seus pais não estavam mais vivos, encontrou um lar para os seis meses seguintes em Monkford. Naquela época, ele era um jovem notável, bastante inteligente, espirituoso e carismático; e Anne era uma jovem extremamente bonita, gentil, modesta, com bom gosto e bons sentimentos. Metade dos atrativos de cada um já seria suficiente, pois ele não tinha nada para fazer, e ela não tinha ninguém para amar; mas o encontro de tão abundantes atributos não poderia dar errado. Foram se conhecendo aos poucos e, quando se tornaram amigos, apaixonaram-se rápida e perdidamente. Seria difícil dizer qual deles via maior perfeição outro, ou quem sentia-se mais feliz; ela, por receber as declarações e propostas dele, ou ele, ao vê-las aceitas.

Um curto período de grande felicidade se seguiu, mas durou pouco. Logo surgiram problemas. Sir Walter, ao ser consultado, sem expressar abertamente consentimento ou proibição, demonstrou seu descontentamento com perplexidade, frieza, silêncio e a declarada resolução de nada fazer pela filha. Ele considerava aquela aliança extremamente degradante; e lady Russell, embora com um orgulho mais controlado e justificável, julgou a união desastrosa.

Anne Elliot, com sua origem nobre, sua beleza e sua inteligência, jogar a vida fora aos dezenove anos, ao envolver-se em um noivado com um jovem a quem nada recomendava, a não ser ele mesmo, e que não tinha qualquer esperança de enriquecer; um homem jogado à própria sorte em uma profissão incerta e sem nem mesmo contatos que pudessem ajudá-lo a galgar posições mais elevadas. Seria, sem dúvida, um desperdício, cuja ideia a fazia sofrer! Anne Elliot, tão jovem; conhecida por tão poucos, ser arrebatada por um estranho sem conexões ou fortuna; ou ser reduzida a um desgastante e ansioso estado de dependência que poria fim à sua juventude! Aquilo não podia acontecer, se dependesse da intervenção justa de uma amiga, da influência de alguém que praticamente possuía o amor e os direitos maternos, aquela união seria evitada.

O capitão Wentworth não era um homem rico. Ele tivera sorte na profissão, mas gastando livremente o que ganhava com facilidade, não construíra nada. No entanto, ele estava confiante de que em breve estaria rico; cheio de vida e fervor, sabia que logo teria um navio e seria encarregado de um posto que o conduziria a tudo o que mais desejava. Ele sempre tivera sorte, e sabia que continuaria a ter. Essa autoconfiança, poderosa em seu ardor, e sedutora pela destreza com que era expressa, fora o suficiente para Anne; mas lady Russell via de forma bastante diferente. O temperamento intenso do jovem, assim como seu espírito destemido operavam de forma bastante distinta para ela. Ela os percebia como um agravante do mal, contribuindo ainda mais para lhe conferir um caráter perigoso. Ele era brilhante, determinado. Lady Russell não apreciava a perspicácia; e tinha horror a qualquer coisa que se aproximasse da imprudência. Ela censurava essa ligação de todas as maneiras.

A oposição que esses sentimentos produziam não podia ser combatida por Anne. Jovem e doce como era, poderia ter sido possível suportar a má vontade do pai, mesmo sem uma palavra ou olhar gentil da irmã; mas lady Russell, por quem sempre tivera amor e confiança, não poderia, com tamanha firmeza de opinião e gentileza estar advertindo-a em vão. Ela foi persuadida a acreditar que o noivado era um equívoco: imprudente, inadequado, com poucas chances de sucesso e indigno de ser levado adiante. No entanto, não foi simplesmente uma precaução egoísta que levou-a a terminar tudo. Se não achasse que estava agindo pelo bem dele, mais do que pelo de si mesma, dificilmente teria conseguido tomar aquela decisão. A crença de que estava sendo prudente e abnegada, principalmente em nome *dele*, era seu maior consolo frente à tristeza da despedida, uma despedida definitiva; e todo consolo se fazia necessário, pois foi obrigada a enfrentar as dores causadas pela divergência de opinião dele, inconformado e irredutível, e infeliz com a renúncia forçada. Como consequência, ele deixou a região.

Poucos meses se passaram entre o início e o fim da relação de ambos; mas não foi em poucos meses que o sofrimento de Anne teve um fim. Por um longo tempo, seus sentimentos e arrependimento obscureceram todos os prazeres da juventude; e o efeito foi a perda precoce de sua exuberância e sua alegria.

Mais de sete anos tinham se passado desde que essa história de sofrimento chegara ao fim; e o tempo atenuara muito, talvez quase todo, o sentimento em relação a ele, mas ela havia dependido essencialmente da passagem do tempo; não se beneficiou de uma mudança de ares (com exceção de uma rápida visita a Bath após o rompimento) ou de novos conhecidos. Ninguém que havia se aproximado do círculo de relações de Kellynch poderia ser comparado a Frederick Wentworth, da maneira que ele permanecera em sua memória. Nenhuma outra ligação, o que teria sido a cura totalmente natural, feliz e eficaz na idade dela, foi possível para seu temperamento delicado e seu gosto exigente, naquele limitado círculo social em que viviam. Ela recebeu uma proposta para mudar de nome quando tinha cerca de vinte e dois anos, feita pelo mesmo jovem que, tempos depois, encontrou um espírito mais solícito em sua irmã mais nova; e lady Russell lamentou sua recusa; pois Charles Musgrove era o filho mais velho de um homem cujas propriedades e importância na região ficavam abaixo somente de Sir Walter, assim como no caráter e aparência; e ainda que lady Russell exigisse algo melhor para Anne quando ela tinha dezenove anos, teria se alegrado ao vê-la, aos vinte e dois, deixando com dignidade as parcialidades e injustiças da casa do pai, e se estabelecendo permanentemente junto a ela. Mas, nesse caso, Anne não se deixara influenciar por nenhum conselho; e embora lady Russell, satisfeita como sempre com a própria discrição, nunca guardasse arrependimentos do passado, começava a sentir uma ansiedade que beirava a desesperança por temer que Anne fosse tentada, por algum homem talentoso e independente, e adentrar um estado civil para o qual a considerava particularmente adequada, em função de sua afetuosidade e de seus hábitos domésticos.

Elas desconheciam a opinião uma da outra, tanto sua constância quanto sua mudança, a respeito do ponto principal na conduta de Anne, pois nunca tocavam no assunto; mas Anne, aos vinte e sete anos, pensava de maneira bastante diferente da que fora levada a pensar aos dezenove. Ela não culpava lady Russell, e não culpava a si mesma por ter se deixado conduzir por ela. Mas sentia que, em circunstâncias similares, qualquer jovem que solicitasse seus conselhos nunca receberia quaisquer dessas certezas imediatas e desditosas, e a previsão de um futuro incerto. Ela estava convencida de que, a despeito de qualquer desaprovação familiar e inquietação frente à profissão do rapaz, e de todos os possíveis temores, adiamentos e decepções, ela teria sido mais feliz se tivesse mantido o noivado do que fora ao sacrificá-lo; e isso, ela acreditava inteiramente, mesmo que tivessem enfrentado os desafios habituais, e até mais do que a quantidade habitual de anseios e preocupações, sem mencionar o real desfecho do caso, que, afinal, terminara em uma prosperidade mais rápida do que seria razoavelmente calculável. Todas as expectativas fervorosas e a confiança dele haviam sido justificadas. A genialidade e o entusiasmo pareciam ter previsto e comandado sua próspera trajetória. Logo depois do término do noivado, ele fora empregado; e tudo o que dissera que aconteceria de fato aconteceu. Ele tinha se sobressaído, e em pouco tempo galgara nova patente, e agora, após sucessivas vitórias, tinha acumulado uma bela fortuna. Ela contava apenas com alguns boletins navais e jornais para se informar, mas não tinha dúvidas de que estava rico; e, em favor, de sua lealdade, não tinha razões para acreditar que estivesse casado.

Quão eloquente Anne Elliot poderia ter sido! Como, ao menos, foram eloquentes seus desejos de união e de uma alegre confiança no futuro, frente ao excesso de precaução que parece insultar o esforço e desconfiar da Providência!

Fora forçada à prudência na juventude, mas aprendera sobre o amor conforme se tornava mais velha: a consequência natural de um início antinatural.

Com todas essas circunstâncias, lembranças e sentimentos, ela não podia ouvir que a irmã do capitão Wentworth tencionava viver em Kellynch sem reviver as dores do passado; e muitos passeios e suspiros foram necessários para dispersar a agitação causada pela ideia. Ela dizia continuamente para si mesma que isso era uma tolice, antes de conseguir acalmar os nervos o suficiente para não considerar um mal as sucessivas discussões sobre os Croft e seus negócios. Era auxiliada, no entanto, pela completa indiferença e aparente inconsciência entre os únicos três amigos que conheciam o segredo de seu passado, e que pareciam quase negar qualquer lembrança sobre o caso. Ela podia compreender a superioridade dos motivos de lady Russell em relação aos de seu pai e de Elizabeth; podia respeitar sua tranquilidade bem-intencionada; mas o ar de esquecimento era importante, independente de sua origem; e caso o almirante Croft realmente ficasse com o Solar de Kellynch, ela se felicitava novamente diante da certeza, pela qual sempre sentira-se grata, de que o passado era conhecido apenas por aquelas três pessoas entre seus conhecidos. Acreditava que nenhuma sílaba seria proferida por qualquer um deles, e também que, entre os dele, somente o irmão, com quem ele residia na época, conhecia qualquer informação a respeito do curto noivado. Esse mesmo irmão havia muito deixara a região, e sendo um homem sensato e, sobretudo, solteiro na época, ela possuía a insensata convicção de que ninguém ouvira falar do caso através dele.

A irmã, a Sra. Croft, encontrava-se fora da Inglaterra, acompanhando o marido durante sua estada em um posto no estrangeiro, enquanto a irmã dela, Mary, encontrava-se na escola quando esses acontecimentos se desenrolaram; e nunca admitiu, em nome do orgulho de uns, e da delicadeza de outros, qualquer detalhe sobre esses acontecimentos.

Baseada nessas crenças, esperava que o encontro entre ela e os Croft que, com lady Russell ainda em Kellynch e Mary residindo a apenas cinco quilômetros de distância, deveria ser antecipado, não envolvesse nenhum constrangimento.

5

Na manhã marcada para a visita do almirante e a Sra. Croft ao Solar de Kellynch, Anne achou muito natural fazer sua caminhada diária até a residência de lady Russell, e manter-se distante até que tudo terminasse; depois, achou muito natural arrepender-se de não ter aproveitado a oportunidade de vê-los.

O encontro entre as duas famílias foi extremamente satisfatório, e deixou tudo decidido. Cada senhora estava predisposta a assegurar um acordo e não viu nada além de bons modos na outra; e, quanto aos cavalheiros, havia um bom humor tão sincero e uma generosidade tão confiante por parte do almirante, que acabaram por influenciar Sir Walter, cujo comportamento fora elevado ao seu melhor pelas afirmações do Sr. Shepherd de que ele já era conhecido pelo almirante como um exemplo de boas maneiras.

A casa, o terreno e o mobiliário foram aprovados, os Croft foram aprovados; termos, prazos, tudo e todos estavam acertados; e os funcionários do Sr. Shepherd puseram-se ao trabalho, sem que tivesse havido sequer uma divergência que exigisse a modificação do contrato.

Sir Walter, sem hesitar, declarou que o almirante era o marinheiro mais bem apessoado que já tinha visto, e chegou a ponto de afirmar que, caso seu próprio criado o tivesse penteado, não sentiria qualquer vergonha de ser visto em sua companhia em lugar algum; e o almirante, com uma complacente cordialidade, observou para a esposa, enquanto retornavam através do parque: "Imaginei que logo chegaríamos a um acordo, minha querida, a despeito do que nos disseram em Taunton. O baronete não é exatamente um gênio, mas não parece oferecer qualquer mal." Elogios recíprocos, que teriam sido igualmente estimados.

Os Croft tomariam posse do solar no dia de São Miguel, e como Sir Walter propusera que a mudança para Bath fosse realizada durante o mês anterior, não havia tempo a perder para tratar de todos os detalhes.

Lady Russell, convencida de que não permitiriam a Anne ser de qualquer utilidade ou importância na escolha da casa que pretendiam adquirir, não estava disposta em vê-la ser levada embora tão rapidamente, e queria que ela ficasse até poder conduzi-la a Bath após o Natal; mas tendo compromissos particulares que a afastariam de Kellynch por várias semanas, não pode oferecer o convite apropriado; e Anne, embora temesse o possível calor de setembro e a luminosidade intensa de Bath, e lamentasse renunciar à doce e triste influência dos meses de outono no campo, não achava que, considerando todas as circunstâncias, desejava ficar. Seria mais correto e mais sábio, e, portanto, envolveria menos sofrimento, partir com os demais.

Entretanto, um acontecimento levou à mudança de seus planos. Mary, frequentemente adoentada, sempre muito envolvida com as próprias queixas e sempre chamando Anne por qualquer problema, estava indisposta. Ao prever que não passaria bem um dia sequer ao longo do outono, suplicou, ou melhor, solicitou, pois não era de fato uma súplica, que ela fosse para o chalé de Uppercross, e lhe fizesse companhia pelo tempo que fosse necessário, em vez de ir para Bath.

– Eu simplesmente não posso ficar sem Anne – foi a ponderação de Mary.

– Então, estou certa de que o melhor é que Anne fique, pois ninguém irá desejar sua presença em Bath.

Ser tratada como um bem, embora inapropriado, é ao menos melhor do que ser rejeitada; e Anne, feliz por ser considerada útil e por ter uma tarefa com a qual se ocupar, e certamente nem um pouco triste em poder permanecer no campo, em seu querido cenário do interior, prontamente concordou em ficar.

O convite de Mary acabou com todas as dificuldades de lady Russell, e logo em seguida foi resolvido que Anne não deveria ir para Bath até que lady Russell pudesse levá-la. Até lá, seu tempo deveria ser dividido entre o chalé de Uppercross e Kellynch.

Até então, tudo estava correndo perfeitamente bem; mas lady Russell ficou indignada com a parte do plano que se referia ao Solar de Kellynch, quando soube que a Sra. Clay iria a Bath com Sir Walter e Elizabeth, para assistir a última em todos os negócios que tinha pela frente. Lady Russell chocou-se com aquela medida – chocou-se, sofreu e temeu –; e a afronta que aquilo significava para Anne, a Sra. Clay ser tão útil enquanto Anne não tinha utilidade alguma, era um doloroso agravante.

A própria Anne se fortalecera contra essas afrontas; mas ela percebia a imprudência do arranjo de maneira quase tão clara quanto lady Russell. Com uma grande dose de observação silenciosa e um conhecimento, que com frequência desejava que fosse menor, do caráter de seu pai, sabia que os resultados dessa intimidade para sua família poderiam ser muito graves. Ela não imaginava que o pai pudesse antever essa possibilidade. A Sra. Clay tinha sardas, um dente encavalado e era desajeitada, defeitos que ele estava sempre criticando quando ela estava ausente; mas ela era jovem e, de maneira geral, certamente tinha boa aparência, e possuía, com sua mente aguçada e seus hábitos agradáveis, atrativos infinitamente mais perigosos do que qualquer qualidade meramente física. Anne estava tão impressionada com o nível de risco daquela situação, que não se culpava por tentar demonstrá-lo para a irmã. Tinha poucas esperanças de sucesso, mas Elizabeth, que, no caso de um revés, seria alvo bem maior de pena do que ela mesma, nunca poderia reprová-la por não avisar.

Ela falou, e conseguiu apenas causar ofensa; Elizabeth não podia conceber como uma suspeita tão absurda pudesse ter lhe ocorrido, e respondeu indignada que cada uma das partes envolvidas conhecia muito a posição que ocupava.

– A Sra. Clay – disse ela calorosamente – nunca esquece quem é; e, como estou muito mais familiarizada com os sentimentos dela do que você, posso assegurá-la de que são particularmente corretos no que se refere a casamento; e que ela reprova qualquer desigualdade de condições e posição social, com mais veemência que a maioria das pessoas. E quanto a meu pai, eu não pensaria que ele, que se manteve solteiro por nós durante tanto tempo , deveria levantar suspeitas agora. Se a Sra. Clay fosse uma mulher muito bonita, eu lhe garanto, seria equivocado tê-la por perto com tanta frequência; não que alguma coisa neste mundo, tenho certeza, pudesse induzir meu pai a aceitar uma união degradante; mas ele poderia se sentir infeliz. Mas a pobre Sra. Clay, a despeito de todos os seus méritos, nunca poderia ser considerada toleravelmente bonita! Realmente acredito que a pobre Sra. Clay pode ficar aqui em completa segurança. É de imaginar que você nunca ouviu meu pai se referir à falta de atributos físicos dela, embora eu saiba que ouviu pelo menos cinquenta vezes. Aquele dente dela! E aquelas sardas! Sardas não me causam tanta aversão quanto a ele: já vi rostos que não foram desfigurados por algumas, mas ele as abomina. Já deve tê-lo ouvido se referir às sardas da Sra. Clay.

– Não há imperfeição física – respondeu Anne – que boas maneiras não poderiam gradualmente apagar.

– Eu penso de forma bastante diferente – respondeu Elizabeth abruptamente –, boas maneiras podem destacar belas feições, mas nunca poderão alterar as feias. De qualquer modo, como tenho muito mais em jogo do que qualquer um, acho desnecessário que você me advirta.

Anne fizera o que considerava necessário, e estava satisfeita por ver o assunto encerrado, ainda que acreditasse que não fora em vão. Elizabeth, mesmo ofendida com a suspeita, poderia ficar mais atenta.

A última tarefa da carruagem, conduzida por quatro cavalos, foi levar Sir Walter, a Srta. Elliot e a Sra. Clay para Bath. O grupo despediu-se animadamente; Sir Walter havia preparado reverências condescendentes para todos os arrendatários e aldeãos aflitos que pudessem ter recebido uma indicação para se despedir pessoalmente, e Anne partiu no mesmo momento, em uma espécie de desolada tranquilidade, até o chalé, onde passaria a primeira semana.

O estado de espírito de sua amiga não era mais animador. Lady Russell sentiu enormemente a separação familiar. A respeitabilidade deles lhe era tão cara quanto a sua própria; e o hábito tornara preciosa a convivência diária. Era terrível ver os jardins desertos e, ainda pior, antecipar quem os assumiria dali em diante; e para escapar da solidão e da melancolia de tamanha mudança, e para não estar presente quando o almirante e a Sra. Croft chegassem, decidiu se ausentar de casa assim que se despedisse de Anne. De fato, a mudança ocorreu simultaneamente para as duas, e Anne se estabeleceu no chalé de Uppercross no mesmo instante que lady Russell iniciava sua viagem.

Uppercross era um vilarejo de tamanho mediano que, alguns anos antes, tinha inteiramente o velho estilo inglês; contendo apenas duas casas que se sobressaíam às dos pequenos proprietários rurais e dos camponeses: a mansão do proprietário, com seus muros altos, seus portões grandiosos e suas árvores antigas, era sólida e antiquada; e um pequeno presbitério, com seu elegante jardim, com uma videira e uma pereira perto das janelas; mas, quando o filho do proprietário se casou, a construção foi reformada, perdendo o aspecto de casa de fazenda e tornando-se um chalé, que serviria para a residência dos noivos; e o chalé de Uppercross, com sua varanda, suas janelas francesas e outros elementos de grande beleza, era capaz de atrair a admiração do viajante da mesma maneira que a solidez e a grandeza da casa principal, localizada cerca de quatrocentos metros depois.

Anne se hospedara ali muitas vezes. Ela conhecia os caminhos de Uppercross tão bem quanto os de Kellynch. As duas famílias se encontravam com tanta frequência, eram tão habituadas e entrar e sair uma da casa da outra a qualquer hora, que foi uma surpresa encontrar Mary sozinha; mas, quando estava sozinha, era certo que se sentisse indisposta e desanimada. Embora fosse mais bem dotada do que a irmã mais velha, Mary não possuía a compreensão ou o temperamento de Anne. Quando estava bem, feliz e cercada de atenção, demonstrava grande bom humor e ótimo ânimo; mas qualquer indisposição a abalava completamente; ela não tinha recursos para lidar com a solidão; e tendo herdado uma grande parcela da presunção dos Elliot, tendia a adicionar aos demais incômodos a tristeza de sentir-se negligenciada e desprezada. Fisicamente, era inferior às duas irmãs, e mesmo no auge de sua beleza fora apenas uma "jovem agradável". Agora ela se encontrava deitada no desgastado sofá da bela saleta de estar, cujo mobiliário um dia fora elegante, mas tornara-se gasto sob a influência de quatro verões e duas crianças. Diante da aparição de Anne, cumprimentou-a com a seguinte constatação:

– Então, finalmente você chegou! Comecei a pensar que nunca mais a veria. Estou tão doente que mal consigo falar. Não vi uma única criatura durante toda a manhã!

– Lamento por encontrá-la doente – respondeu Anne. – Na quinta-feira o seu relato era de que estava sentindo-se muito bem!

– Sim, fiz o melhor que pude; sempre faço; mas não me sentia nada bem; e duvido que em toda a minha vida já tenha me sentido tão mal quanto nesta manhã: estou certa de que não é adequado ficar sozinha. Suponha que eu tivesse um ataque repentino e fosse incapaz de tocar o sino? Então, lady Russell não poderia me auxiliar. Acredito que ela não esteve aqui nem ao menos três vezes neste verão.

Anne disse o que era adequado para essas ocasiões, e perguntou sobre o marido dela.

– Oh! Charles está caçando. Não o vejo desde as sete da manhã. Saiu apesar de saber como eu estava me sentindo mal. Ele disse que não demoraria muito; mas ainda não voltou, e já é quase uma hora da tarde. Eu lhe asseguro, não vi vivalma nesta longa manhã.

– Seus filhos não estavam com você?

– Sim, enquanto consegui suportar o barulho que eles fazem; mas são tão descontrolados que me causam mais mal do que bem. O pequeno Charles não obedece a uma palavra que digo, e Walter está indo pelo mesmo caminho.

– Bem, você se sentirá melhor em breve – respondeu Anne alegremente. – Sabe que sempre a curo quando venho. Como estão os seus vizinhos na casa principal?

– Não tenho notícias. Não vi nenhum deles hoje, com exceção do Sr. Musgrove, que parou brevemente e conversou pela janela, sem nem mesmo desmontar do cavalo; e mesmo tendo dito a ele quão doente estava, ninguém mais veio me ver. Não era conveniente para as Srtas. Musgrove, eu suponho, e elas nunca se desviam do próprio caminho.

– Talvez você ainda as veja antes do fim da manhã. Ainda é cedo.

– Não desejo vê-las, lhe asseguro. Eles falam e riem de mais para meu gosto. Oh! Anne, estou tão mal! Foi muito indelicado de sua parte não vir na quinta-feira.

– Minha querida Mary, lembre-se do relato reconfortante que me enviou! Você escreveu de forma bastante alegre, afirmando que se sentia perfeitamente bem e que não tinha urgência de minha presença. Nesse caso, você deve imaginar que meu desejo era permanecer ao lado de lady Russell até o último instante; e além de meu carinho por ela, estive tão ocupada, com tantas tarefas para cumprir, que não poderia ter deixado Kellynch mais cedo.

– Meu deus! O que *você* precisaria fazer?

– Uma série de coisas, garanto. Mais do que posso me lembrar neste momento; mas posso lhe contar algumas. Estive fazendo uma cópia do catálogo dos seus livros e dos quadros de meu pai. Estive muitas vezes no jardim com Mackenzie, tentando entender, e fazê-lo entender, quais flores de Elizabeth devem ser destinadas a lady Russell. Tive que organizar minhas próprias coisas, separar livros e partituras, e refazer todas as minhas malas, pois não entendi a tempo as que deveriam ser levadas na carroça. E uma das tarefas que tive de cumprir, Mary, foi das mais desgastantes: percorrer cada casa da paróquia, em uma espécie de despedida. Fui informada de que era o que eles desejavam. Mas todas essas coisas exigiram muito tempo.

– Oh! Está bem... – e após uma breve pausa – mas você não perguntou sobre o jantar na residência dos Poole ontem.

– Você foi, então? Não fiz qualquer indagação pois concluí que tinha sido obrigada a desistir da festa.

– Oh, sim! Fui. Eu estava muito bem ontem; não havia nada de errado comigo até esta manhã. E seria estranho se eu não tivesse ido.

– Fico feliz que estivesse bem, e espero que tenha sido agradável.

– Nada de excepcional. Sempre sabemos de antemão como será o jantar e quem estará presente. E é muito desconfortável não ter uma carruagem própria. O Sr. e a Sra. Musgrove me levaram, mas estava tão apertado! Ambos são tão gordos e ocupam tanto espaço! E o Sr. Musgrove sempre se senta na frente. Então, lá estava eu, sentada no banco traseiro apertada com Henrietta e Louisa. Acredito que minha doença de hoje se deva a isso.

Uma breve perseverança da paciência e a alegria forçada de Anne praticamente produziram a cura de Mary. Em pouco tempo ela pôde se sentar ereta no sofá e começou a acalentar a esperança de levantar-se até a hora do jantar. Então, esquecendo-se da doença, já estava do outro lado do aposento arrumando um arranjo de flores, em seguida comeu um pouco de carne fria, e, por fim, sentia-se bem o suficiente para propor uma breve caminhada.

– Onde devemos ir? – disse ela assim que ficaram prontas. – Suponho que você não queira ir à casa principal antes que eles venham visitá-la.

– Não faço a mínima objeção quanto a essa possibilidade – respondeu Anne. – Eu nunca teria tamanha cerimônia com pessoas que conheço tão bem como a Sra. e as Srtas. Musgrove.

– Oh! Mas eles devem visitá-la o mais breve possível. Eles devem lhe dar a atenção adequada como *minha* irmã. No entanto, podemos ir até lá e conversar um pouco com elas, e assim que terminarmos aproveitaremos nosso passeio.

Anne sempre considerara esse tipo de relação muito imprudente; mas deixara de empenhar-se em cortá-las, pois acreditava que, embora houvesse em cada lado uma série de assuntos passíveis de gerar desentendimentos, nenhuma das duas famílias podia ficar sem a outra. Dirigiram-se, então, para a casa principal, para sentarem-se por meia hora na antiquada sala de visitas quadrangular, com um pequeno tapete e o piso resplandecente, à qual as filhas dos atuais moradores gradualmente emprestavam o devido ar de confusão, com um grande piano, uma harpa, arranjos de flores e pequenas mesas dispostas por todos os lados. Oh! Se os modelos originais dos retratos pendurados nas paredes, os cavalheiros em veludo marrom e as senhoras em cetim azul, pudessem presenciar tamanha subversão da ordem! Os próprios quadros pareciam olhar com imensa surpresa.

Os Musgrove, assim como suas residências, encontravam-se em estado de mudança, talvez para melhor. O pai e a mãe adotavam o velho estilo inglês, enquanto os mais jovens, o mais moderno. O Sr. e a Sra. Musgrove eram ótimas pessoas; amigáveis e hospitaleiros, não muito educados, e em absoluto elegantes. Os filhos tinham mentes e maneiras mais modernas. A família era bastante numerosa; mas os únicos dois adultos, além de Charles, eram Henrietta e Louisa, de dezenove e vinte anos, que voltavam da escola em Exeter trazendo o estoque habitual de predicados e agora, como milhares de outras jovens, viviam para ser elegantes, felizes e divertidas. Seus vestidos eram finos, suas feições eram bonitas, tinham boa disposição e maneiras desenvoltas e agradáveis. Eram estimadas em casa e tinham prestígio fora dela. Anne sempre as vira como as criaturas mais felizes de seu círculo de relações; mas, mesmo assim, salvos como todos nós estamos por um cômodo sentimento de superioridade que nos protege do desejo de ser outra pessoa, ela não teria abandonado sua inteligência mais cultivada e elegante por todos os divertimentos delas; e não as invejava em nada além da perfeita compreensão e da concordância, da bem-humorada afeição mútua, que ela experimentara tão pouco com as próprias irmãs.

Elas foram recebidas com grande cordialidade. Nada parecia estar errado com a família da casa principal, o que geralmente, como Anne sabia muito bem, era o menor dos males. A meia hora que estiveram juntos decorreu em uma agradável conversa; e Anne não se surpreendeu a ver que sua caminhada teria o acréscimo das duas Srtas. Musgrove, a convite de Mary.

6

Anne não precisava daquela visita a Uppercross para descobrir que trocar um grupo de pessoas por outro, embora a uma distância de apenas cinco quilômetros, com frequência irá implicar em uma mudança completa de assuntos, opiniões e ideias. Nunca se hospedara lá sem que isso lhe ocorresse ou sem desejar que os demais Elliot também pudessem perceber como eram desconhecidos, ou desconsiderados, os assuntos que no Solar de Kellynch eram tratados com notoriedade e interesse; e mesmo com essa experiência, ela acreditava que era necessário se submeter a uma nova lição, na arte de perceber sua própria insignificância fora do círculos de amizade; pois, certamente, tendo chegado com o coração preenchido pelo assunto que preocupara as duas casas de Kellynch por semanas, ela havia esperado maiores curiosidade e comiseração do que encontrou nas observações isoladas, porém similares, feitas pelo Sr. e pela Sra. Musgrove: "Então, Srta. Anne, Sir Walter e sua irmã partiram; e em que parte de Bath a senhorita acredita que irão se instalar?", e isto, sem aguardar uma resposta; ou no acréscimo das senhoritas, "Espero que *nós* possamos estar em Bath no inverno; mas lembre-se, papai, se nós formos, deve ser em boas condições, nada de Queen Squares para nós!"; ou ainda no ansioso adendo de Mary, "Dou minha palavra de que ficarei muito bem aqui quando todos vocês partirem para se divertir em Bath!"

Ela podia apenas decidir que evitaria essas desilusões no futuro, e pensar com imensa gratidão na benção extraordinária de ter uma amiga compreensiva como lady Russell.

Os Srs. Musgrove tinham a própria caça para proteger, e para matar; os próprios cavalos, cachorros e jornais para se entreter; e as mulheres estavam inteiramente ocupadas em todos os demais assuntos referentes ao cuidado da casa, vizinhos, vestidos, bailes e música. Ela reconhecia ser muito adequado que cada grupo social escolhesse seus assuntos; e esperava, em breve, tornar-se um membro estimável daquele para o qual fora transferida. Com a perspectiva de permanecer pelo menos dois meses em Uppercross, era altamente necessário focar sua imaginação, sua memória e todas as suas ideias em Uppercross.

Ela não temia aqueles dois meses. Mary não era tão resistente e distante como Elizabeth, nem tão inacessível à sua influência; também não havia nada no chalé que lhe causasse desconforto. Ela sempre estivera em bons termos com o cunhado; e nas crianças, que a amavam tanto quanto à mãe, e a respeitavam muito mais, encontrava um objeto de interesse, divertimento e completa dedicação.

Charles Musgrove era cortês e agradável; em sensatez e temperamento era indubitavelmente superior à esposa, mas no que se referia à influência, eloquência ou graça, não oferecia qualquer risco de tornar a forma como se uniram no passado um tema perigoso de contemplação; embora, ao mesmo tempo, Anne acreditasse, assim como lady Russell, que uma união menos desigual poderia ter feito um imenso bem a ele; e que uma mulher mais compreensiva poderia tê-lo ajudado a construir seu caráter, e a conferir mais utilidade, racionalidade e elegância a seus hábitos e objetivos. Sendo como era, ele não fazia nada com muito zelo, a não ser caçar; e seu tempo era despendido com insignificâncias, sem o benefício oferecido pelos livros ou por outros hábitos afins. Ele possuía ótima disposição, que não parecia ser afetada pelos ocasionais desânimos da esposa; tolerava suas irracionalidades, para espanto de Anne; e, no geral, embora com frequência acontecessem pequenos desentendimentos (dos quais participava mais do que gostaria, pois era solicitada por ambas as partes), eles poderiam ser rotulados como um casal feliz. Estavam sempre de acordo no desejo de conseguir mais recursos, e na forte disposição em obter um belo presente do pai dele; mas nesse caso, assim como nos demais, ele prevalecia, pois enquanto Mary considerava uma vergonha que tal presente ainda não houvesse sido dado, ele sempre argumentava que o pai tinha muitos outros usos para o próprio dinheiro, e o direito de gastá-lo como lhe aprouvesse.

No que se referia ao cuidado com os filhos, a teoria dele era bem superior à da esposa, e a prática não era de todo inadequada. "Eu poderia lidar muito bem com eles se não fosse pela interferência de Mary", era o que Anne o ouvia sentenciar com frequência, e concordava; mas quando ouvia as censuras de Mary, "Charles mima tanto essas crianças que não consigo fazer com que aceitem as regras", ela nunca sentia-se minimamente tentada a responder: "É verdade".

Uma das características mais desagradáveis de sua permanência era o fato de ser tratada com muita confiança por todos, e acabar familiarizada demais com as reclamações de ambas as casas. Conhecida por ter alguma influência sobre a irmã, era constantemente solicitada a exercê-la, ou recebia indiretas de que deveria fazê-lo, mas estava além de suas possibilidades. "Eu gostaria que você pudesse persuadir Mary a não fantasiar suas doenças", eram os termos de Charles; e, infeliz, Mary dizia: "Acredito que mesmo se Charles me visse morrendo, não pensaria que há algo errado comigo. Estou certa, Anne, de que se você quiser, conseguirá persuadi-lo de que realmente estou muito doente, muito mais do que demonstro.

Outra declaração de Mary era: "Abomino ter de mandar as crianças para a casa principal, embora a avó sempre deseje vê-las, pois ela cede às suas vontades e satisfaz seus desejos a tal ponto, e lhes oferece tantas porcarias e doces, que sempre voltam enjoados e ficam intratáveis pelo resto do dia." E a Sra. Musgrove aproveitou a primeira oportunidade de estar a sós com Anne para dizer: "Ah, Srta. Anne, quisera a Sra. Charles possuir um pouco de seu jeito com esses meninos. Eles parecem outros quando estão em sua companhia! Mas geralmente são tão mimados! É uma pena que não possa influenciar sua irmã a modificar a forma de educá-los. São os melhores e mais saudáveis meninos que já se viram, pobrezinhos, sem qualquer parcialidade; mas a Sra. Charles não sabe mais como devem ser tratados! Deus me perdoe! Como são difíceis às vezes! Posso assegurá-la, Srta. Anne, de que isso me impede de tê-los aqui tanto quanto gostaria. Acredito que a Sra. Charles deva se ressentir por eu não convidá-los com mais frequência; mas, como sabe, é muito desagradável cuidar de crianças que exijam atenção contínua, 'não faça isso, não faça aquilo', ou que só possam ser mantidas em tolerável ordem com uma quantidade maior de bolo do que possivelmente poderia lhes fazer bem."

Além disso, ela ouvia de Mary: "A Sra. Musgrove acredita que todos os seus criados são tão confiáveis, que seria alta traição colocar o comportamento deles em questão; mas estou certa, e sem qualquer exagero, de que a criada de quarto e a lavadeira, em vez de cuidarem de suas tarefas, passam o dia todo andando pelo vilarejo. Eu as encontro em qualquer lugar que vá; e declaro que raramente não me deparo com uma delas no quarto das crianças. Se Jemima não fosse a criatura mais confiável e eficiente deste mundo, seria o suficiente para estragá-la, pois a convidam continuamente para passear." E, da parte da Sra. Musgrove, a versão da história era: "Tenho uma regra de nunca interferir nos assuntos de minha nora, pois sei que não traria bons resultados; mas devo dizer-lhe, Srta. Anne, porque acredito que possa ajudar a resolver essa situação, que não tenho a melhor opinião sobre a ama das crianças da Sra. Charles: ouço histórias estranhas a respeito dela; está sempre vagueando; e até onde sei, é uma mulher tão bem-vestida, que é capaz de arruinar qualquer criada de quem se aproxime. A Sra. Charles confia nela, eu sei; mas lhe sugiro que fique atenta; pois se presenciar qualquer coisa imprópria, não deve temer mencioná-la.

Novamente, Mary reclamava que a Sra. Musgrove se recusava a lhe oferecer a prioridade que lhe era de direito quando jantavam com outras famílias na casa principal; e ela não conseguia enxergar qualquer razão para ser tratada com tão pouca cerimônia a ponto de perder seu lugar. E certo dia, quando Anne estava caminhando somente com as Musgrove, uma delas, após falar sobre nobreza, nobres e intrigas da nobreza, afirmou: "Não tenho escrúpulos em comentar com *você* quão despropositada é a preocupação de algumas pessoas quanto ao lugar que ocupam, porque todos conhecem sua indiferença em relação ao assunto; mas eu desejaria que alguém pudesse avisar a Mary que seria muito melhor se ela não fosse tão obstinada; especialmente que não se colocasse sempre à frente para tomar o lugar de mamãe. Ninguém duvida de seu direito de precedência, mas seria mais elegante da parte dela se não estivesse sempre insistindo a esse respeito. Não que mamãe absolutamente se importe, mas sei que muitos já repararam."

Como Anne poderia consertar todas aquelas coisas? Ela não podia fazer muito além de ouvir pacientemente, amenizar cada queixa e oferecer algumas ideias sobre a tolerância necessária para lidar com vizinhos tão próximos, destacando as que eram para o bem da irmã.

Em todos os outros sentidos, a visita começou e se desenrolou muito bem. Seu estado de espírito se beneficiara com a mudança de ares e de assuntos ao se distanciar cinco quilômetros de Kellynch; as indisposições de Mary diminuíram por ter uma companhia constante; e o relacionamento diário com a outra família, desde que não houvesse confidências e não interrompesse as tarefas do chalé, era bastante agradável. Os encontros se estendiam o máximo possível, pois se reuniam todas as manhãs e dificilmente passavam uma tarde separados; mas ela acreditava que o resultado não teria sido tão proveitoso se não fosse pelo comportamento respeitável do Sr. e da Sra. Musgrove, ou pelas conversas, risos e cantorias das filhas.

Ela tocava consideravelmente melhor do que ambas as Srtas. Musgrove; mas, como não tinha voz, conhecimento da harpa ou pais zelosos que se sentavam deliciados para ouvi-la, sua performance só era requisitada por cortesia ou quando as outras estavam descansando, como ela sabia muito bem. Estava consciente de que tocava para agradar exclusivamente a si mesma; mas essa não era uma sensação nova: com exceção de um breve período em sua vida, ela jamais, desde os quatorze anos, jamais desde a morte de sua querida mãe, conhecera a felicidade de ser ouvida ou estimulada por uma apreciação justa ou por um gosto verdadeiramente refinado. No que se referia à música, ela sempre se sentira sozinha no mundo; e a afetuosa parcialidade do Sr. e da Sra. Musgrove pelo desempenho das filhas, assim como a total indiferença pelo de qualquer outra pessoa, mais a alegrava por elas do que a entristecia por si mesma.

Aos moradores da casa principal eventualmente se juntavam outras companhias. A vizinhança não era extensa, mas os Musgrove eram visitados por todos. Organizavam mais jantares e recebiam mais visitantes, convidados ou ocasionais, do que qualquer outra família. Eram extremamente populares.

As meninas adoravam dançar; e, ocasionalmente, as noites terminavam, em pequenos bailes espontâneos. Havia uma família de primos, em situação menos favorável, que morava a uma pequena distância de Uppercross e que dependia inteiramente dos Musgrove para seu divertimento: eles chegavam a qualquer momento, ajudavam a tocar qualquer instrumento e dançavam em qualquer lugar; e Anne, que preferia o ofício de músico a uma participação mais ativa, tocava músicas tradicionais para eles por horas; uma gentileza que, mais que qualquer outra, chamava a atenção do Sr. e da Sra. Musgrove para seus talentos musicais, e em geral, suscitava o seguinte elogio: "Muito bem Srta. Anne! Muito bem mesmo! Que Deus me abençoe! Como são velozes esses dedinhos!"

Assim transcorreram as três primeiras semanas, e chegou o dia de São Miguel; e agora o coração de Anne ia novamente de encontro a Kellynch. Um adorado lar entregue a outras pessoas; todos os cômodos, mobiliários refinados, bosques e paisagens começavam a pertencer a outros olhos e outras mãos! Ela não podia pensar em nada mais no dia vinte e nove de setembro e, à tarde, recebeu um gesto carinhoso, de Mary, que, dando-se conta do dia do mês em que se encontravam, exclamou: "Deus meu! Não é hoje que os Croft chegam a Kellynch? Fico feliz por não ter pensado nisso antes. Como isso me deixa triste!"

Os Croft tomaram posse da residência com agilidade naval, e deviam ser visitados. Mary deplorava a obrigação: "Ninguém sabia o quanto lhe seria penoso, e evitaria a situação ao máximo." Mas não se aquietou até convencer Charles a levá-la até lá em uma manhã; e estava em um estado muito alegre e satisfeito de agitação imaginária quando voltou. Anne apreciara verdadeiramente não ter podido ir. No entanto, ela desejava ver os Croft, e ficou feliz por estar presente quando eles retribuíram a visita. Eles chegaram; o dono da casa não estava presente, mas as duas irmãs se encontravam juntas; e como a Sra. Croft sentou-se com Anne, enquanto o almirante ficava ao lado de Mary, mostrando-se bastante agradável com suas observações bem-humoradas sobre as crianças, ela pôde procurar por uma semelhança com o irmão, se não nas feições, ao menos na voz, nas reações e nas expressões.

A Sra. Croft, embora não fosse alta ou gorda, demonstrava justeza, rigor e vigor de forma, o que lhe conferia um ar de importância. Possuía olhos escuros vivazes, belos dentes e, de forma geral, um rosto agradável; embora sua pele avermelhada e batida pelo tempo, consequência de permanecer quase tanto tempo no mar quanto o marido, fizesse parecer que estava havia mais tempo neste mundo do que os seus trinta e oito anos. Seus modos eram sinceros, tranquilos e decididos, como os de alguém seguro de si mesmo e que não tem dúvidas sobre o que deve fazer; sem, entretanto, demonstrar falta de polidez ou de bom humor. De fato, Anne percebeu que ela lhe devotava sentimentos de consideração pela perda de Kellynch; e o que a reconfortou especialmente, segundo verificou desde o primeiro minuto, desde o exato momento em que foram apresentadas, foi que não havia o menor sintoma de conhecimento ou suspeita por parte da Sra. Croft, que a influenciasse de maneira alguma. Estava bastante tranquila quanto a isso e, consequentemente, cheia de força e coragem, até que o comentário repentino da Sra. Croft:

– Acredito que tenha sido a senhorita, e não sua irmã, que meu irmão teve o prazer de conhecer quando esteve nesta região.

Anne esperava já ter ultrapassado a idade de se ruborizar; mas certamente não ultrapassara a da emoção.

– Talvez não saiba que ele se casou – acrescentou a Sra. Croft.

Quando ia responder adequadamente, as palavras seguintes da Sra. Croft explicaram que havia se referido ao Sr. Wentworth, e Anne ficou feliz por não ter dito nada que não pudesse se aplicar a qualquer um dos irmãos. Imediatamente, sentiu como era razoável que a Sra. Croft estivesse falando de Edward e não de Frederick, e ficou envergonhada por seu próprio esquecimento, demonstrando o interesse adequado sobre o antigo vizinho.

O resto da tarde transcorreu com tranquilidade; até que, pouco antes de a visita terminar, ela ouviu o almirante dizer a Mary:

– Estamos esperando a visita de um dos irmãos da Sra. Croft em breve. Acredito que o conheça de nome.

Ele foi interrompido pelos ataques impetuosos dos dois meninos, que se agarravam a ele como a um velho amigo e declaravam que ele não deveria ir embora; e, tendo se distraído, propondo levá-los no bolso do casaco etc., não teve oportunidade de lembrar ou terminar a frase que começara. Anne não tinha outra opção a não ser persuadir-se de que ainda estavam falando do mesmo irmão. No entanto, ela não conseguiu o grau de certeza necessário para não sentir-se ansiosa por saber se algo mais fora mencionado na casa ao lado, que os Croft haviam visitado mais cedo.

A família da casa principal iria ao chalé naquela noite, e como a época do ano já não permitisse que a distância fosse percorrida a pé, esperavam ouvir a carruagem, quando a Srta. Musgrove mais nova entrou. A primeira ideia que lhes veio à mente foi que ela ia se desculpar, pois elas teriam de passar a noite sozinhas; e Mary estava pronta para se sentir afrontada, quando Louisa esclareceu que fora a pé para dar lugar à harpa, que estava sendo levada na carruagem.

– E lhes contarei o motivo – ela acrescentou –, e tudo o mais a esse respeito. Vim avisar que papai e mamãe estão desanimados esta noite, sobretudo mamãe. Ela tem pensado tanto no pobre Richard! E concordamos que seria a melhor opção trazer a harpa, pois parece animá-la ainda mais do que o piano. Vou lhes dizer por que ela está desanimada. Quando os Croft nos visitaram esta manhã (eles vieram até aqui depois, não?), disseram que o irmão dela, o capitão Wentworth, acabou de retornar para a Inglaterra, ou está de licença, não sei ao certo, e virá imediatamente vê-los; e, desafortunadamente, mamãe se lembrou, tão logo eles se foram, que Wentworth, ou algo parecido, era o nome do capitão do pobre Richard no passado, não sei quando ou onde, mas muito antes de sua morte, pobre rapaz! Olhando suas cartas e pertences, descobriu que estava certa; e está absolutamente confiante de que se trata do mesmo homem, não consegue parar de pensar nisso, nem no pobre Richard! Então, devemos nos mostrar felizes, para que ela não fique se prendendo a esses pensamentos tristes.

As circunstâncias reais dessa comovente história familiar eram que os Musgrove haviam sofrido o infortúnio de ter um filho problemático, irrecuperável; e a boa sorte de perdê-lo antes que completasse vinte anos. Ele fora enviado para o mar porque era obtuso e intratável em terra; tinha recebido pouquíssima atenção da família, embora fosse o que merecia; raramente tinham notícias dele, e pouco lamentaram quando a notícia de sua morte chegara a Uppercross, dois anos antes.

Embora as irmãs agora fizessem tudo o que podiam por ele, chamando-o de "pobre Richard", na verdade, ele não passava do teimoso, insensível e inútil Dick Musgrove, que nunca fizera nada para merecer mais do que uma abreviação de seu nome, estando vivo ou morto.

Ele passara muitos anos no mar, e em uma das transferências a que todo marinheiro está sujeito, em especial aqueles de quem todo capitão deseja ver-se livre, permanecera por seis meses na fragata do capitão Frederick Wentworth, o *Laconia*; e do *Laconia* ele tinha, sob a influência do capitão, escrito as duas únicas cartas que o pai e a mãe receberam durante todo o período de sua ausência; ou melhor, as duas únicas cartas desinteressadas, pois todas as outras tinham sido meros pedidos de dinheiro.

Em cada carta ele elogiara seu capitão; mas os familiares estavam tão pouco habituados a prestar atenção a esses assuntos, eram tão desatentos e indiferentes a nomes de marinheiros e navios, que aquilo pouco os impressionara; e o fato de a Sra. Musgrove ter sido repentinamente abalada, exatamente naquele dia, pela lembrança da ligação do nome de Wentworth com o de seu filho, parecia um daqueles rompantes extraordinários que ocorrem ocasionalmente.

Ela relera as cartas, confirmando suas suspeitas; e o eco dessas cartas após um intervalo tão longo, seu pobre filho perdido para sempre, e esquecida toda a intensidade de suas falhas, tinham-na afetado imensamente e levado a um sofrimento maior do que o que experimentara ao saber de sua morte. O Sr. Musgrove também fora, em menor grau, afetado pela notícia; e quando chegaram ao chalé, queria, primeiro, ser novamente ouvidos a respeito desse assunto, e, depois, desfrutar do alívio que as boas companhias podiam oferecer.

Ouvi-los falando do capitão Wentworth, repetindo incessantemente seu nome, tentando desvendar acontecimentos passados e, por fim, afirmando que *devia* ser, e que provavelmente *era*, o mesmo capitão Wentworth que lembravam ter encontrado uma ou duas vezes logo que retornaram de Clifton (um belo jovem), embora não pudessem afirmar se tinha sido há sete ou oito anos, era uma nova provação para os nervos de Anne. No entanto, percebeu que precisava habituar-se a ela. Como a visita dele à região era esperada, ela teria que aprender a se tornar insensível a esse respeito. E não apenas sua visita era aguardada em breve, como os Musgrove, muito gratos pela gentileza que demonstrara pelo pobre Dick, e sentindo imenso respeito por seu grande caráter, evidenciado nos fortes, embora mal redigidos, elogios que o pobre Dick fizera a ele durante os seis meses que passara sob sua tutela, "um sujeito *impetuozo*, embora um *polco esigente* demais com o estudo", estavam inclinados a se apresentar e buscar sua amizade tão logo soubessem que havia chegado.

Essa resolução ajudou a reconfortá-los naquela noite.

7

Poucos dias mais tarde, soube-se que o capitão Wentworth estava em Kellynch, o Sr. Musgrove o visitara e retornara com calorosos elogios, e ele ia jantar com os Croft em Uppercross no final da semana seguinte. Para o Sr. Musgrove foi uma grande decepção descobrir que não havia uma data mais próxima, pois estava muito impaciente por demonstrar sua gratidão em ter o capitão Wentworth sob seu próprio teto e convidá-lo a desfrutar do que havia de melhor em sua adega. Mas uma semana passaria; apenas uma semana, pelas contas de Anne, e eles se encontrariam; e logo ela começou a desejar que pudesse sentir-se segura ao menos por uma semana.

O capitão Wentworth rapidamente retribuiu a civilidade do Sr. Musgrove, e ela quase os visitara na mesma meia hora. Ela e Mary rumavam para a casa principal, onde, como descobriu depois, inevitavelmente o teriam encontrado, quando foram interrompidas, pois o filho mais velho de Mary era, naquele momento, conduzido de volta para casa após uma grave queda. A situação da criança relegou a visita para segundo plano, mas ela não era indiferente ao fato de ter sido poupada de vê-lo, a despeito da grande ansiedade que sentiram em nome do menino.

Ele havia deslocado a clavícula e, como caíra de costas, as preocupações mais alarmantes foram suscitadas. Foi uma manhã de angústia, e Anne precisava fazer tudo ao mesmo tempo; chamar o farmacêutico, encontrar e avisar o pai, apoiar a mãe e evitar que se entregasse à histeria, administrar os criados, afastar o filho mais novo e cuidar do pobrezinho que sofria; além de todo o resto, lembrou-se de que era necessário avisar a casa vizinha, o que acarretou um grande número de visitantes, mais assustados e curiosos do que úteis.

O retorno do cunhado foi um dos primeiros alentos; ele poderia cuidar melhor da esposa, e o segundo alívio foi a chegada do farmacêutico. Até que ele chegasse e examinasse a criança, os receios eram os piores possíveis, pois não passavam de meras conjecturas; eles suspeitavam de um ferimento grave, mas não sabiam onde; mas agora a clavícula fora colocada em seu devido lugar, e apesar de o Sr. Robinson tê-lo apalpado, massageado e assumido uma expressão séria ao falar em voz baixa com o pai e a tia, todos estavam otimistas e esperavam poder sair dali e jantar com relativa tranquilidade; e foi assim que, pouco antes de partirem, as duas jovens tias conseguiram se desviar do estado de saúde do sobrinho e informar a respeito da visita do capitão Wentworth. Ambas se detiveram cinco minutos após a saída dos pais para expressar quanto estavam encantadas com ele, como o consideravam mais bonito e infinitamente mais agradável do que qualquer outro rapaz de seu círculo de amizades que pudessem ter considerado um favorito. Como tinham ficado felizes em ouvir o pai convidá-lo para jantar, quanto lamentaram ao saber que ele não poderia ficar, e como novamente se alegraram ao ouvi-lo prometer que aceitaria os convites insistentes do pai e da mãe para jantar no dia seguinte, de fato, no dia seguinte; e ele havia se comprometido de forma tão gentil, como se pudesse apreender inteiramente o motivo da atenção que recebia. Em suma, ele havia se comportado e se expressado com tão extraordinária elegância, que ambas estavam muito interessadas nele; e lá foram elas, tão cheias de alegria quanto de amor e, aparentemente, mais preocupadas com o capitão Wentworth do que com o pequeno Charles.

A mesma história e o mesmo arrebatamento foram repetidos quando as duas jovens chegaram acompanhadas pelo pai, durante o entardecer, para saber notícias do menino; e o Sr. Musgrove, livre das incertezas a respeito do herdeiro, pôde acrescentar seus elogios, e esperar que não houvesse motivo para desmarcar com o capitão Wentworth, e só lamentava que os moradores provavelmente não poderiam deixar o menino para encontrá-lo. "Oh, não. Não é possível deixar o menino." A preocupação ainda era recente demais para que o pai e a mãe tolerassem a ideia; e, feliz por escapar da situação, não se deteve e adicionou os próprios calorosos protestos.

Posteriormente, Charles Musgrove demonstrou maior inclinação, "o menino estava muito bem, e ele queria tanto ser apresentado ao capitão Wentworth que talvez se juntasse a eles à noite; não jantaria fora de casa, mas passaria meia hora com eles".

No entanto, foi ansiosamente impedido pela esposa:

– Oh, não! Francamente, Charles, não posso tolerar sua ausência. Imagine se algo acontecer!

A criança passou uma boa noite e sentia-se melhor no dia seguinte. Apenas o tempo asseguraria de que não houvera nenhum dano para a coluna. No entanto, o Sr. Robinson não identificara nada que pudesse gerar preocupação, e Charles Musgrove, consequentemente, começava a sentir que não tinha mais a necessidade de se manter confinado. O menino deveria permanecer na cama e as distrações deveriam ser as mais calmas possíveis; mas o que um pai deveria fazer? Essa era uma tarefa feminina, e seria bastante absurdo, já que ele não tinha utilidade, manter-se trancafiado em casa. Seu pai desejava imensamente que ele conhecesse o capitão Wentworth, e como não existiam justificativas suficientes para impedi-lo, ele devia ir; e, por fim, fez uma corajosa declaração pública, assim que voltou da caçada, anunciando que ia vestir-se imediatamente e jantaria na casa ao lado.

– O menino não poderia estar melhor – disse ele –, então eu disse a meu pai que iria jantar, e ele considerou que era a decisão correta. Com sua irmã a seu lado, meu amor, não sinto qualquer hesitação. A senhora não gostaria de deixá-lo, mas como pode perceber, não serei útil aqui. Anne mandará me chamar se for necessário.

Maridos e esposas normalmente compreendem quando é inútil se opor. Mary sabia, pela forma com que Charles tinha se expressado, que ele estava determinado a ir, e não valia a pena importuná-lo. Assim, ela não disse uma palavra até que ele tivesse deixado o aposento e somente Anne pudesse ouvir.

– Então, eu e você fomos deixadas sozinhas para cuidar desta pobre criança doente; e ninguém nos visitará hoje! Eu sabia que seria assim. Este é meu destino. Se algo desagradável ocorre, os homens sempre conseguem se abster, e Charles é tão ruim quanto os demais. Muito insensível! É muita falta de sensibilidade afastar-se do pobre menino, e dizer que ele está melhorando! Como pode afirmar que ele continuará se sentindo bem, ou que não haverá uma mudança brusca daqui a meia hora? Eu não imaginei que Charles pudesse ser tão insensível. Agora lá vai ele se divertir, e porque eu sou a pobre mãe, não posso fazer o mesmo; e, mesmo assim, estou certa de que sou a pessoa mais inadequada para cuidar do menino. Justamente pelo fato de ser a mãe, meus sentimentos não deveriam ser testados. Não sou capaz de fazê-lo. Você viu como eu estava histérica ontem.

– Mas aquilo foi apenas o efeito do susto, do choque. Você não ficará histérica novamente. Acredito que não teremos qualquer motivo para alarme. Compreendi perfeitamente as instruções do Sr. Robinson e não tenho receios; e, na verdade, Mary, não posso discordar de seu marido. Cuidar de doentes não é tarefa para homens; não faz parte de suas atribuições. Uma criança enferma é sempre uma responsabilidade da mãe: seus próprios sentimentos o exigem.

– Espero amar meu filho como qualquer outra mãe, mas não estou certa de que serei mais útil para o doente do que Charles, pois não posso ficar o tempo todo censurando e importunando a pobre criança quando está doente; e como você viu esta manhã, que se eu o mandava ficar quieto, era certo que começasse a se agitar. Não tenho cabeça para esse tipo de comportamento.

– Mas você se sentiria confortável consigo mesma passando a noite toda longe do pobre menino?

– Sim; pois, veja bem, se o pai dele pode, por que eu não poderia fazer o mesmo? Jemima é tão cuidadosa! A cada hora ela poderia nos enviar notícias de como ele está passando. Realmente acho que Charles deveria ter dito ao pai que todos nós iríamos. Não estou mais tão preocupada com o pequeno Charles. Ontem me senti terrivelmente alarmada, mas hoje a situação é bastante diferente.

– Bem, se você não considera que é tarde demais para anunciar sua ida, creio que deve acompanhar seu marido. Deixe o pequeno Charles sob meus cuidados. O Sr. e a Sra. Musgrove não a repreenderão se eu estiver com ele.

– Está falando sério? – exclamou Mary, com os olhos brilhando. – Deus meu! Essa é uma ótima ideia, é mesmo ótima. Estou certa de que, indo ou não, eu não faria a menor diferença aqui, não é mesmo? E só me atormentaria. Você, que não possui os sentimentos de mãe, é a pessoa mais adequada. Você consegue levar o pequeno Charles a fazer qualquer coisa; ele sempre a obedece. Será bem melhor do que deixá-lo sozinho com Jemima. Oh! Sem dúvida irei; estou certa de que devo ir se puder, assim como Charles, pois eles desejam excessivamente que eu conheça o capitão Wentworth, e sei que você não se incomoda em ser deixada sozinha. De fato, Anne, foi uma excelente ideia. Vou dizer a Charles e me aprontar imediatamente. Sabe que pode mandar nos chamar a qualquer momento se algo acontecer, mas acredito que não haverá nenhum imprevisto. Eu não iria, pode estar certa, se não estivesse me sentido tranquila em relação a meu querido filho.

No momento seguinte, ela estava batendo à porta do quarto de vestir do marido e, como Anne a seguira até o andar de cima, chegou a tempo de ouvir toda a conversa que começou com Mary dizendo, em tom exultante:

– Vou acompanhá-lo, Charles, pois não tenho maior utilidade em casa do que o senhor. Se eu me isolar ao lado do menino o tempo todo, não serei capaz de persuadi-lo a fazer nada de que não goste. Anne ficará; ela encarregou-se de permanecer em casa e cuidar dele. A ideia foi da própria Anne, então poderei acompanhá-lo, o que será muito mais proveitoso, pois janto na outra casa desde quinta-feira.

– É muita gentileza de Anne – foi a resposta do marido –, e eu ficaria muito satisfeito em tê-la comigo; mas não me parece que ela deva ser deixada em casa sozinha para cuidar de nosso filho doente.

Anne estava por perto para defender a própria causa, e a sinceridade de seus modos foi suficiente para convencê-lo, pelo menos naquilo que lhe era conveniente, e ele não hesitou em deixá-la jantar sozinha, embora desejasse que ela se juntasse a eles mais tarde, quando o menino adormecesse, e gentilmente insistiu em ir buscá-la; mas ela não se deixou persuadir; e, sendo assim, teve o prazer de vê-los partir juntos, bastante animados. Eles tinham saído, ela esperava, a despeito do caráter peculiar em que essa diversão estava baseada. Ela, por sua vez, fora deixada com uma sensação de bem-estar que já sentira. Ela sabia que era de grande utilidade para a criança; e por que deveria se deixar afetar pelo fato de Frederick Wentworth estar a menos de um quilômetro de distância, sendo agradável com todos?

Ela gostaria de saber como ele se sentia diante da possibilidade de encontrá-la. Talvez estivesse indiferente, caso a indiferença pudesse existir sob tais circunstâncias. Devia estar se sentindo indiferente ou relutante. Se ele tivesse desejado encontrá-la novamente, não precisaria ter esperado todo esse tempo; ele teria feito o que ela não podia, mas acreditava que, se estivesse no lugar dele, teria feito há muito tempo, quando os eventos lhe ofereceram a independência precoce, cuja falta fora o único empecilho para ambos.

O cunhado e a irmã retornaram encantados com o novo conhecido e com a visita de forma geral. Houvera música, cantoria, conversa e muitas risadas, ou seja, tudo o que existia de mais agradável. O comportamento do capitão Wentworth era encantador, sem pudores ou reserva; todos pareciam se conhecer perfeitamente bem, e ele retornaria na manhã seguinte para caçar com Charles. Ele viria para o café da manhã, que não ia acontecer no chalé, embora essa tivesse sido a primeira proposta; mas em seguida, insistiram que fosse até a casa principal, e ele parecia receoso de incomodar a Sra. Charles Musgrove, por causa do menino; e assim, de alguma maneira, não sabiam dizer como, ficou definido que Charles o encontraria para tomar café da manhã na casa do pai.

Anne compreendeu tudo. Ele não queria encontrá-la. Soubera que ele perguntara superficialmente por ela, como faria um conhecido distante, e parecia ter agido da mesma maneira que ela, talvez, para evitar uma apresentação quando se encontrassem.

A rotina matinal no chalé sempre começava mais tarde que na outra casa; mas naquela manhã, a diferença era tamanha que Mary e Anne estavam apenas começando o desjejum quando Charles entrou para dizer que estava de saída, que viera buscar os cachorros e que as irmãs estavam chegando com o capitão Wentworth, pois desejavam ver Mary e o menino, e o capitão Wentworth propusera participar da visita caso não fosse um inconveniente; e embora Charles houvesse respondido que o estado de saúde da criança não era grave a ponto de oferecer qualquer inconveniente, o capitão Wentworth não ficaria satisfeito sem que Charles fosse na frente para alertá-las.

Mary, extremamente grata pela atenção dele, estava encantada em poder recebê-lo; enquanto Anne experimentava miríades de sentimentos; dentre os quais, o maior consolo era que a visita seria breve. E foi. Cerca de dois minutos após o aviso de Charles, os demais apareceram; eles se encontravam na sala de visitas. Seus olhos se encontraram rapidamente com os do capitão Wentworth, uma mesura, uma reverência; ela ouviu a voz dele, que falava com Mary, e dizia tudo o que era adequado; em seguida, disse às Srtas. Musgrove algo que bastou para indicar que se davam bem; a sala parecia cheia; cheia de pessoas e de vozes, mas em alguns minutos tudo tinha chegado ao fim. Charles aparecera na janela, tudo estava pronto, o visitante fizera uma reverência e partira; as Srtas. Musgrove também foram embora, tendo repentinamente resolvido caminhar até o final do vilarejo para acompanhar os desportistas: o aposento estava vazio, e Anne tinha de terminar o café como pudesse.

"Já passou! Já passou!", ela repetia para si mesma continuamente, com um sentimento de gratidão inquieta. "O pior já passou!"

Mary falava, mas ela não conseguia ouvir. Ela o vira. Eles tinham se encontrado. Haviam estado novamente no mesmo cômodo.

No entanto, logo começou a dialogar consigo mesma e tentou controlar suas emoções. Oito anos, quase oito anos tinham se passado desde que desistira de tudo. Que absurdo retomar a mesma agitação que tal intervalo banira para a distância e o esquecimento! O que oito anos não teriam feito? Eventos de toda sorte, mudanças, afastamento... tudo, tudo devia ter acontecido; e o esquecimento do passado... como era natural, e óbvio também! Aquele tempo era quase um terço de sua vida.

Ai! A despeito de todas as suas considerações, ela compreendeu que, no que se refere a sentimentos tenazes, oito anos pode ser o mesmo que nada.

Agora, como os sentimentos dele deveriam ser interpretados? Desejaria evitá-la? No momento seguinte, ela detestava-se pela tolice que a levara a formular a pergunta.

Em outra pergunta, que talvez nem sua mais elevada sabedoria poderia ter prevenido, ela foi poupada de todo o suspense; pois, após as Srtas. Musgrove terem retornado e terminado sua visita ao chalé, ela obteve essa informação espontânea de Mary:

– O capitão Wentworth não foi muito galante com você, Anne, embora tenha sido bastante atencioso comigo. Quando saíram, Henrietta lhe perguntou o que achava de você; e ele respondeu que "você está tão diferente que ele não a teria reconhecido."

Mary não tinha o hábito de respeitar os sentimentos da irmã, mas naquele momento não fazia ideia de que a estava magoando.

"Tão diferente que ele não a reconheceria", Anne rendia-se a uma mortificação silenciosa e profunda. Sem dúvida, estava correto; e ela não podia se vingar, pois ele não mudara, ao menos não para pior. Ela já reconhecera o fato para si mesma, e não podia pensar de forma diferente, que ele a avaliasse como bem quisesse. Não: os anos que haviam destruído sua juventude e beleza tinham apenas servido para dar a ele um aspecto mais encantador, viril e expansivo, de forma alguma diminuindo suas qualidades pessoais. Ela vira o mesmo Frederick Wentworth.

"Tão diferente que ele não a teria reconhecido!" Eram palavras que inevitavelmente permaneceriam com ela. Por outro lado, logo começou a alegrar-se por tê-las ouvido. Possuíam um caráter apaziguador; suavizavam a agitação; elas acalmavam, e, consequentemente, deixavam-na mais feliz.

Frederick Wentworth usara aquelas palavras, ou algo parecido, mas sem saber que chegariam a ela. Ele a tinha considerado lamentavelmente mudada e, em um primeiro momento, expressou o que havia sentido. Não perdoara Anne Elliot. Ela o tinha feito sofrer; o deixara e o decepcionara. E pior, ela tinha demonstrado uma fraqueza de caráter ao fazê-lo que, para um temperamento confiante e decidido como o dele, era insuportável. Ela desistira dele para agradar a outros. Tinha sido o efeito de uma persuasão excessiva. Tinha sido fraqueza e timidez.

Ele a amara fervorosamente e, desde então, nunca tinha encontrado uma mulher que se comparasse a ela; mas, com exceção de um sentimento natural de curiosidade, não desejava encontrá-la novamente. O poder que ela exercia sobre ele tinha se extinguido para sempre.

Agora desejava se casar. Era rico e, estando em terra, estava decidido a se estabelecer assim que fosse devidamente tentado; de fato, estava com os olhos abertos, disposto a se apaixonar com toda a rapidez que uma mente lúcida e determinada permitisse. Seu coração estava disponível para ambas as Srtas. Musgrove, caso conseguissem capturá-lo; seu coração, em suma, estava aberto a qualquer jovem atraente que cruzasse seu caminho, com exceção de Anne Elliot. Essa era sua única exceção secreta, quando revelou à irmã, em resposta a suas suposições:

– Sim, Sophia, aqui estou, preparado para uma união tola. Qualquer uma entre quinze e trinta anos poderá me ter. Um pouco de beleza, alguns sorrisos e elogios à Marinha, e serei um homem perdido. Isso não deveria ser o suficiente para um marujo que não teve a necessária convivência com as mulheres para se tornar agradável?

Ele dissera aquilo, ela bem sabia, para ser contrariado. Seus olhos orgulhosos e brilhantes expressavam a convicção de que era agradável; e Anne Elliot não estava distante de seus pensamentos quando descreveu seriamente a mulher que desejava encontrar.

– Uma mente determinada, com maneiras doces.

Esse foi o início e o fim de sua descrição.

– Essa é a mulher que desejo – disse ele. – Posso me satisfazer com algo um pouco inferior, mas não muito. Se escolher mal, devo ser mesmo um tolo, pois tenho me dedicado ao assunto mais do que a maioria dos homens.

8

A partir de então, o capitão Wentworth e Anne Elliot frequentemente compartilhavam o mesmo círculo de pessoas. Pouco depois, jantavam na residência do Sr. Musgrove, pois as condições de saúde do menino não mais ofereciam à tia uma justificativa para não comparecer; e aquele era apenas o primeiro de outros jantares e encontros.

Se os sentimentos pregressos seriam recuperados, ainda não se sabia; ambos indubitavelmente relembravam o passado; *este* era citado com frequência; o ano do noivado era trazido à tona por ele nas breves narrativas e descrições exigidas pelas conversas. Sua profissão o qualificava, sua disposição o conduzia a dizer "*isso* foi no ano seis", "*aquilo* ocorreu antes que eu fosse para o mar no ano seis". Esse diálogo transcorreu na primeira tarde que passaram juntos; e, embora a voz dele não tivesse se alterado, e ela não visse motivos para supor que os olhos dele estariam buscando por ela enquanto falava, Anne sentiu a total impossibilidade, por conhecê-lo, que não estivesse, assim como ela, sendo visitado pelas lembranças. Talvez tivessem a mesma associação de pensamentos, embora ela duvidasse de que a dor fosse semelhante.

Eles não conversavam a sós, e suas relações se restringiam ao que era ditado pela civilidade. Haviam sido tão importantes um para o outro! Agora, nada! *Houvera* um tempo em que durante todas as grandes comemorações que preenchiam os cômodos de Uppercross, eles teriam tido dificuldade de não conversar um com o outro. Com exceção, talvez, do almirante e da Sra. Croft, que parecia particularmente afeiçoados e felizes (Anne não podia identificar outras exceções, mesmo entre os casais), não parecia existir corações mais abertos, preferências mais semelhantes, sentimentos em tamanha harmonia ou feições mais amadas. Agora, eram estranhos um ao outro; não, pior que estranho, pois nunca poderiam se tornar próximos. Era um estranhamento perpétuo.

Quando ele falava, ela ouvia a mesma voz e discernia os mesmos pensamentos. Havia um desconhecimento geral em meio aos convidados sobre questões navais; e ele era o alvo de muitas perguntas, especialmente das Srtas. Musgrove, que não pareciam ter olhos para nada mais além dele, sobre a vida a bordo, normas diárias de conduta, alimentação, tempo etc.; e a surpresa que causavam seus relatos sobre as acomodações e arranjos possíveis em um navio, extraía dele uma zombaria aprazível, que lembrava a Anne os tempos passados, quando ela também era ignorante em relação a esses assuntos, e fora acusada de supor que os marinheiros viviam a bordo sem ter o que comer, ou no caso de haver comida, sem um cozinheiro, ou qualquer criado para ajudar servir a comida, ou ainda de facas e garfos.

Ouvindo e refletindo, ela foi despertada por um sussurro da Sra. Musgrove, que, subjugada por arrependimentos, não pôde evitar dizer:

– Ah! Srta. Anne, se os Céus tivessem poupado meu pobre filho, tenho certeza de que ele seria outro agora.

Anne suprimiu um sorriso, e ouviu polidamente enquanto a Sra. Musgrove aliviava um pouco mais o coração; e por alguns minutos, portanto, não pôde acompanhar a conversa dos demais.

Assim que sua atenção voltou ao seu curso natural, ela viu as Srtas. Musgrove indo buscar a Lista Naval (sua própria Lista Naval, e a primeira que houvera em Uppercross); e sentando-se juntas para examiná-la, com a declarada intenção de encontrar os navios que o capitão Wentworth comandara.

– O primeiro foi o *Asp*, eu me lembro; procuraremos o *Asp*.

– A senhorita não vai encontrá-lo aí, estava muito velho e degradado. Fui o último a comandá-lo. Praticamente já não estava adequado para uso. Foi considerado apto para serviços no país por um ano ou dois, e em seguida fui enviado para as Índias Ocidentais.

As jovens pareciam extremamente admiradas.

– O almirantado – ele continuou –, se diverte de tempos em tempos ao enviar algumas centenas de homens ao mar em um navio impróprio para uso. Mas eles têm um grande número de homens para manter; e entre os milhares que podem ir ou não para o fundo mar, é impossível para eles distinguir quem fará menos falta.

– Oh! – exclamou o almirante –, vejam só o que dizem esses jovens! Não houve melhor corveta do que o *Asp* naquela época. Para uma velha corveta, não se encontraria outra igual. Sujeito felizardo em comandá-la! Ele deve saber que devia existir pelo menos vinte homens mais adequados se candidatando para esse navio ao mesmo tempo. Sujeito felizardo em ser o escolhido tão rapidamente, sem que estivesse tão interessado.

– Sei que tive sorte, almirante, posso assegurá-lo – respondeu o capitão Wentworth seriamente. – Eu fiquei muito satisfeito por ser escolhido. Era um grande desejo meu, naquela época, estar no mar; um grande desejo. Eu queria estar envolvido com alguma coisa.

– Certamente que sim. O que um jovem como você faria aportado durante seis meses? Se um homem não tem esposa, ele logo deseja estar no mar novamente.

– Mas, capitão Wentworth – exclamou Louisa –, como o senhor não deve ter se aborrecido ao chegar ao *Asp* e constatar que tinham lhe designado um navio antigo.

– Eu já conhecia muito bem as condições do navio antes – disse ele sorrindo. – Eu não tinha mais descobertas a fazer do que a senhorita tem em relação ao estilo e à utilidade de uma velha peliça que tenha sido emprestada a metade de suas conhecidas, e que, por fim, em um dia bastante chuvoso, lhe é emprestada. Ah! Para mim, o *Asp* foi muito querido. Desempenhou tudo o que lhe foi solicitado. E sabia que seria assim. Eu sabia que iríamos juntos para o fundo do mar, ou que ele me ajudaria a ser promovido; e nunca tive dois dias seguidos de tempo ruim durante todo o período em que o comandei; e após capturar corsários suficientes para nos entretermos, tive a boa sorte, durante minha estada em casa no outono seguinte, de ser chamado para a fragata francesa que eu desejava. Eu a trouxe para Plymouth, e novamente tive uma maré de sorte. Não havia nem mesmo seis horas que estávamos no Sound, quando chegou uma tempestade que durou quatro dias e quatro noites e que teria afundado o pobre e velho Asp em metade desse tempo; o contato com a Grande Nação não ajudou a aprimorar nosso estado. Vinte e quatro horas a mais e eu não passaria do galante capitão Wentworth, constando de um pequeno parágrafo em um canto do jornal; e tendo perdido a vida em uma simples corveta, ninguém teria se lembrado de mim.

Anne guardava seu estremecimento para si mesma; mas as Srtas. Musgrove podiam ser tão evidentes quanto sinceras em suas exclamações de lamento e horror.

– E então, acredito – disse a Srta. Musgrove em um sussurro, como se estivesse pensando alto –, que ele foi para o *Laconia* e lá encontrou nosso pobre menino. Charles, meu querido – (acenando para ele) –, pergunte ao capitão Wentworth quando ele conheceu seu pobre irmão. Eu sempre esqueço.

– Foi em Gibraltar, mamãe, eu sei. Dick foi deixado doente em Gibraltar com uma recomendação de seu antigo capitão para o capitão Wentworth.

– Oh! Mas, Charles, diga ao capitão Wentworth que ele não deve ter receio de mencionar o pobre Dick diante de mim, pois seria um prazer ouvir tão grande amigo falar sobre ele.

Charles, mais cauteloso acerca dessa afirmação, limitou-se a assentir com a cabeça e se afastar.

As meninas estavam agora procurando o *Laconia*; e o capitão Wentworth não pôde negar a si mesmo o prazer de tomar o precioso volume em suas mãos para lhes poupar o trabalho, e uma vez mais leu em voz alta o breve relato acerca do nome e da condição do navio, e da atual classe não comissionada, observando que aquela embarcação também fora um dos melhores amigos que um homem poderia ter.

– Ah! Foram bons dias os que tive comandando o *Laconia*! Como fiz fortuna rapidamente com aquele navio. Eu e um amigo fizemos um belo cruzeiro ao longo das Ilhas Ocidentais. Pobre Harville, irmã! Sabe quanto ele desejava enriquecer, até mais do que eu. Ele tinha uma esposa. Excelente sujeito. Jamais esquecerei sua felicidade. Ele era feliz por causa dela. Eu desejei que ele retornasse no verão seguinte, quando tive a mesma sorte no Mediterrâneo.

– E estou certa, senhor – disse a Srta. Musgrove –, de que foi um dia bem-aventurado para *nós*, quando foi nomeado capitão daquele navio. *Nós* nunca esqueceremos o que fez.

A emoção tornava baixa sua voz; e o capitão Wentworth, tendo ouvido somente uma parte, e provavelmente sem qualquer lembrança de Dick Musgrove, observava com atenção, como se estivesse esperando por outras declarações.

– Meu irmão – sussurrou uma das meninas. – Mamãe está pensando no pobre Richard.

– Pobre rapaz! – continuou a Sra. Musgrove –, ele tinha se tornado tão seguro e tão bom correspondente enquanto estava sob seus cuidados! Ah! Teria sido extremamente afortunado se ele nunca o tivesse deixado. Posso assegurá-lo, capitão Wentworth, de que sentimos muito por ele tê-lo deixado.

Houve uma expressão momentânea no rosto do capitão Wentworth durante esse discurso, certo brilho no olhar, e o trejeito de seus belos lábios, que convenceu Anne de que, em vez de compartilhar os desejos da Sra. Musgrove em relação ao filho, ele provavelmente tinha encontrado algumas dificuldades em se ver livre dele; mas era uma demonstração de surpresa efêmera demais para que pudesse ser percebida por qualquer outra pessoa que o conhecesse menos do que ela; no momento seguinte, ele estava perfeitamente refeito e sério; e, quase instantaneamente, caminhou em direção ao sofá no qual ela e a Sra. Musgrove se encontravam, sentando-se próximo a esta, e deu início a uma conversa em voz baixa a respeito do filho, comportando-se com tanta simpatia e graça, como se tivesse a maior consideração por tudo o que fosse real e natural nos sentimentos de uma mãe.

Eles estavam no mesmo sofá, pois a Sra. Musgrove imediatamente abrira espaço para ele; estavam separados apenas pela Sra. Musgrove. Não era uma barreira insignificante, na verdade. A Sra. Musgrove era de um tamanho considerável, infinitamente mais adequado para expressar ânimo e bom humor do que ternura e sensibilidade; e enquanto as agitações do corpo delgado e do rosto pensativo de Anne podiam ser considerados completamente encobertos, o capitão Wentworth deveria receber algum crédito pelo autocontrole diante dos generosos suspiros pelo destino de um filho que em vida não fora importante para ninguém.

O tamanho físico e o sofrimento não são necessariamente proporcionais. Uma figura larga e volumosa tem o mesmo direito de demonstrar aflição que o corpo mais gracioso do mundo. Mas, sendo justo ou injusto, existem combinações inapropriadas que a razão tenta em vão perdoar, que o bom gosto não consegue tolerar, das quais o ridículo se apodera.

O almirante, após duas ou três voltas pela sala com as mãos voltadas para trás, foi convocado pela esposa e dirigiu-se ao capitão Wentworth, e sem qualquer consideração pelo que poderia interromper, imerso nos próprios pensamentos, disse:

– Se tivesse permanecido em Lisboa por uma semana a mais na primavera passada, Frederick, teria de trazer lady Grierson e as filhas.

– É mesmo? Então me alegro por não ter ficado mais uma semana.

O almirante o censurou por sua falta de cavalheirismo. Ele se defendeu; embora declarando que nunca admitiria por vontade própria qualquer senhora a bordo, exceto para um baile ou uma visita de poucas horas.

– Mas, se conheço a mim mesmo – disse ele –, não é por falta de cavalheirismo em relação a elas. E, sim, por considerar impossível, a despeito de todos os esforços e sacrifícios, preparar a bordo as acomodações necessárias a uma dama. Não é por falta de cavalheirismo, almirante, que considero *todas* as exigências de uma mulher em nome do bem-estar, pois é exatamente o que faço. Detesto ouvir falar de mulheres a bordo, ou vê-las a bordo; e nenhum navio sob meu comando transportará uma família de mulheres para lugar algum, se eu puder evitar.

Essa conversa fez a irmã dele se aproximar.

– Oh! Frederick! Não posso acreditar que disse isso. Que cavalheirismo exagerado! As mulheres podem ficar tão confortáveis a bordo quanto nas melhores casas da Inglaterra. Acredito que tenha vivido mais tempo a bordo do que grande parte das mulheres, e não conheço nada melhor do que os confortos apresentados por um navio de guerra. Declaro que não há nada superior aos confortos ou indulgências, mesmo do Solar de Kellynch – (fazendo uma gentil reverência para Anne) – que encontrei na maioria dos navios em que estive; e ao todo foram cinco.

– Mas sua situação não vem ao caso – respondeu o irmão. – Você estava com seu marido; e era a única mulher a bordo.

– Mas você mesmo trouxe a Sra. Harville, sua irmã, sua prima e três crianças de Portsmouth para Plymouth. Onde estava esse seu extraordinário cavalheirismo, então?

– Imerso em minha amizade, Sophia. Eu prestaria meus serviços a qualquer esposa de um companheiro da Marinha, e levaria qualquer coisa de Harville até o fim do mundo, se ele assim o desejasse. Mas não pense que apreciei fazê-lo.

– Pode acreditar, elas estavam perfeitamente bem-acomodadas.

– Isso não quer dizer que as aprecie mais. Essa quantidade de mulheres e crianças não tem o *direito* de ficar confortável a bordo.

– Meu querido Frederick, você está falando bobagens. Peço que reflita no que seria de nós, esposas de marinheiros, que sempre precisamos ser conduzidas de um porto a outro para acompanhar nossos maridos, se todos os demais se sentissem como você.

– Meus sentimentos, como pode observar, não me impediram de levar a Sra. Harville e toda a sua família para Plymouth.

– Mas detesto ouvi-lo falar assim, como um distinto cavalheiro, e como se todas as mulheres fossem damas encantadoras, e não criaturas racionais. Nenhuma de nós espera encontrar somente a calmaria todos os dias.

– Ah, minha querida – disse o almirante –, quando ele estiver casado, pensará de forma muito diferente. Quando ele estiver casado, e se nós tivermos a sorte de viver para ver outra guerra, ele se comportará como nós, e muitos outros. Nós o veremos muito agradecido a qualquer um que conduzir sua esposa até ele.

– Sim, tem toda a razão.

– Agora basta – exclamou o capitão Wentworth. – Quando pessoas casadas começam a me atacar com "Você pensará de maneira diferente quando estiver casado", eu só posso afirmar "Não, não pensarei", e então, dizem uma vez mais "Sim, você pensará", e a conversa nunca chega a um fim.

Ele se levantou e afastou-se.

– Quantas viagens não deve ter feito, senhora! – disse a Sra. Musgrove para a Sra. Croft.

– Sim, é verdade, senhora, ao longo dos quinze anos de casamento; embora muitas mulheres tenham viajado bem mais. Eu cruzei o Atlântico quatro vezes e estive uma vez nas Índias Orientais; além de ter viajado por diferentes lugares próximos à Inglaterra como Cork, Lisboa e Gibraltar. Mas nunca estive além dos Estreitos ou nas Índias Ocidentais. Não chamamos as Índias Ocidentais de Bermudas ou as Bahamas, como sabe.

A Sra. Musgrove não tinha nenhuma objeção; e não poderia censurar a si mesma por ter mencionado esses nomes uma única vez em toda a sua vida.

– E lhe asseguro, senhora – continuou a Sra. Croft – que nada pode exceder aos confortos de um navio de guerra; falo, como deve imaginar, dos escalões mais altos. Quando se está em uma fragata, claro, fica-se mais confinada, embora qualquer mulher razoável possa ficar perfeitamente bem acomodada; e posso dizer com segurança que a parte mais feliz de minha vida se passou a bordo de um navio. Enquanto estivéssemos juntos, não havia nada a temer. Graças a Deus! Sempre fui abençoada com saúde, e nenhum clima me afeta. Sinto um ligeiro mal-estar nas primeiras vinte e quatro horas, mas nunca soube o que era enjoo após esse período. A única ocasião em que realmente sofri de corpo e de espírito, a única ocasião que me senti indisposta ou tive qualquer receio de estar em perigo foi durante o inverno que passei em Deal, quando o almirante (*capitão* Croft, na época) estava nos mares do norte. Eu vivia em um temor ininterrupto, na época, apresentava todas as queixas imaginárias por não saber como preencher meu tempo, ou quando receberia notícias dele; mas, enquanto estávamos juntos, nada me afligia, e nunca enfrentei qualquer inconveniência.

– Sim, certamente. Sim, de fato, ah, sim! Minha opinião é a mesma, Sra. Croft – foi a resposta sincera da Sra. Musgrove. – Não há nada tão ruim quanto uma separação. Tenho a mesma opinião que a senhora. *Eu* sei o que isso significa, pois o Sr. Musgrove sempre comparece aos julgamentos, e fico muito feliz quando terminam e ele volta são e salvo para casa.

A noite terminou com dança. Diante dessa proposta, Anne ofereceu seus serviços, como de hábito, e embora os seus olhos tivessem se enchido de lágrimas algumas vezes enquanto tocava, ela ficou extremamente feliz de estar ocupada em alguma atividade e não desejava nada mais do que passar despercebida.

Foi uma festa alegre e divertida, e ninguém parecia estar mais bem-humorado que o capitão Wentworth. Ela acreditava que ele tinha tudo para se sentir elevado, a consideração e a deferência de todos e, em especial, a atenção de todas as jovens. Às Srtas. Hayters, as moças da família de primos já mencionadas, fora permitida a honra de se apaixonar por ele; e quanto a Henrietta e Louisa, pareciam tão absorvidas por ele, que nada mais além da aparente benevolência entre elas poderia fazer crer que não eram decididamente rivais. Quem se espantaria se ele se deixasse levar um pouco pela vaidade diante de tão universal, tão ávida admiração?

Esses eram alguns dos pensamentos que ocupavam Anne, enquanto seus dedos trabalhavam mecanicamente, tocando ao longo de meia hora, igualmente sem erros ou consciência. Uma *única* vez ela achou que ele a olhava, observando suas feições modificadas, talvez; tentando identificar as ruínas do rosto que um dia o encantara; e por uma *única* vez, ela sabia que ele falara sobre ela; quase não tinha percebido, até que ouviu a resposta, e então teve a certeza de que ele perguntara à sua parceira se a Srta. Elliot nunca dançava. A resposta foi: "Oh, não, nunca. Ela praticamente desistiu de dançar. Ela prefere tocar. Nunca se cansa de fazê-lo."

Uma vez ele dirigiu-se a ela, que deixara o piano quando a dança estava terminada, e ele se sentou para tocar uma ária que desejava mostrar às Srtas. Musgrove o que estava pensando. Inconscientemente, ela se reaproximou; ele a viu e, levantando-se imediatamente, disse com estudada polidez: "Perdoe-me, senhoria, este lugar lhe pertence."; e, embora ela tivesse virado as costas decididamente, ele não foi induzido a sentar-se novamente.

Anne não desejava mais tais olhares ou frases. A polidez fria e a elegância cerimoniosa dele eram piores do que qualquer coisa.

9

O capitão Wentworth instalara-se em Kellynch como se estivesse na própria casa, para permanecer por quanto tempo desejasse, sendo alvo de toda a gentileza fraternal tanto do almirante quanto de sua esposa. Ele pretendia, assim que chegara, dirigir-se sem demora a Shropshire e visitar o irmão que residia naquela região, mas os atrativos de Uppercross o induziram a cancelar a viagem. Havia afabilidade, adulação e fascínio em demasia em sua recepção ali; os mais velhos eram tão hospitaleiros, e os mais jovens, tão agradáveis, que ele não poderia tomar outra decisão a não ser permanecer onde estava e esperar um pouco mais para conhecer todo o charme e o encanto da esposa de Edward.

Em pouco tempo, ele visitava Uppercross quase todos os dias. Os Musgrove estavam tão dispostos a convidá-lo, quanto ele a aceitar, em especial durante as manhãs, quando não tinha companhia em casa, quando o almirante e a Sra. Croft estavam geralmente no jardim, interessados em seus novos domínios, sua grama, suas ovelhas, com uma falta de pressa que seria intolerável a uma terceira pessoa; ou passeando em um cabriolé recentemente adquirido.

Até o momento, havia uma única opinião acerca do capitão Wentworth entre os Musgrove e os demais familiares. Era uma admiração generalizada e calorosa. Mas essa intimidade mal se estabelecera quando retornou ao convívio deles certo Charles Hayter que, muito incomodado, considerou o capitão Wentworth um intruso.

Charles Hayter era o mais velho entre os primos, um jovem amável e gentil com quem Henrietta parecera estar envolvida antes de ser apresentada ao capitão Wentworth. Ele tinha se ordenado; e como seu curato era próximo e não havia necessidade de residir lá, vivia na casa do pai, a pouco mais de três quilômetros de Uppercross. Um breve período de ausência privara sua amada de suas atenções nesse período crítico, e ao retornar sentiu o desprazer de encontrar suas maneiras bastante alteradas e de conhecer o capitão Wentworth.

A Sra. Musgrove a Sra. Hayter eram irmãs. Ambas eram mulheres ricas, mas o casamento fez uma diferença substancial em seu grau de importância. O Sr. Hayter possuía algumas propriedades, mas eram insignificantes se comparadas às do

Sr. Musgrove; e, enquanto os Musgrove ocupavam a classe social mais alta da região, os jovens Hayter, devido ao estilo de vida inferior, retraído e pouco sofisticado dos pais, e a uma educação repleta de falhas, não pertenceriam a sociedade alguma se não fosse pela relação com Uppercross; esse filho mais velho era uma exceção, pois escolhera ser um erudito e um cavalheiro, e mostrava-se superior em seus conhecimentos e modos em relação a todos os demais.

As duas famílias sempre haviam mantido um ótimo relacionamento, não havendo orgulho de um lado, e nem inveja do outro, apenas a percepção da própria superioridade nas Srtas. Musgrove, que as deixava satisfeitas em poder contribuir para o aperfeiçoamento dos primos. A inclinação de Charles por Henrietta fora observada pelos pais dela sem qualquer sentimento de desaprovação. "Não seria uma união excepcional para ela, mas se Henrietta gostar dele...". E Henrietta parecia *de fato* gostar dele.

Henrietta também estava certa de seus sentimentos, até a chegada do capitão Wentworth; mas a partir daquele momento, o primo Charles fora praticamente esquecido.

Qual das duas irmãs era a preferida do capitão Wentworth ainda era bastante incerto, segundo as observações de Anne. Henrietta era, possivelmente, a mais bonita, enquanto Louisa, a mais espirituosa; e, *agora*, ela não saberia identificar se era mais provável que ele se sentisse atraído por um comportamento mais terno ou vivaz.

O Sr. e a Sra. Musgrove, talvez por não observarem atentamente, ou por uma confiança extrema na prudência das filhas, e de todos os jovens que se aproximassem delas, pareciam deixar tudo ao acaso. Não havia qualquer demonstração de preocupação ou comentários a esse respeito na mansão; mas o mesmo não acontecia no chalé: o jovem casal mostrava-se mais disposto às especulações. O capitão Wentworth não tinha estado nem mesmo quatro ou cinco vezes na companhia das Srtas.

Musgrove, e Charles Hayter acabara de retornar, quando Anne teve de ouvir as opiniões do cunhado e da irmã acerca de *qual* das duas era a preferida. Charles acreditava que era Louisa, e Mary, Henrietta, mas ambos concordavam que o casamento com qualquer uma delas seria extremamente encantador.

Charles "nunca vira um homem tão agradável em toda a sua vida; e pelo que ouvira o capitão Wentworth dizer em uma determinada ocasião, estava certo de que não tinha ganhado menos do que vinte mil libras durante a guerra. E essa quantia constituía uma fortuna; além disso, havia a possibilidade de ganhar mais em uma guerra futura; e ele tinha certeza de que o capitão Wentworth poderia distinguir-se entre os demais, assim como qualquer outro homem na Marinha. Oh! Seria uma grande união para qualquer uma das irmãs."

– Sem dúvida alguma – respondeu Mary. – Deus meu! Imagine se ele for promovido a novas patentes! Imagine se atingir a condição de baronete! "Lady Wentworth" soa muito bem. De fato, seria uma condição muito nobre para Henrietta! Então, ela assumiria meu lugar, o que não a desagradaria. Sir Frederick e lady Wentworth! No entanto, seria um título novo, e eu nunca aprecio muito os títulos novos.

Mary preferia pensar que Henrietta era a favorita, motivada justamente por Charles Hayter, cujas pretensões ela desejava ver terminadas. Ela menosprezava a proximidade com os Hayter, e achava que seria um grande infortúnio se as relações existentes entre as famílias fossem renovadas; muito triste para ela e para as crianças.

– Como sabe – disse ela –, não enxergar nele um partido apropriado para Henrietta; e, considerando as alianças estabelecidas pelos Musgrove, ela não tem o direito de desperdiçar suas chances. Acho que nenhuma jovem tem o direito de tomar uma decisão desagradável ou inconveniente para o lado *principal* da família, e impor conexões pouco vantajosas àqueles que não estão acostumados a tê-las. E, diga-me, quem é Charles

Hayter? Nada além de um cura do interior. Uma união extremamente imprópria para a Srta. Musgrove de Uppercross.

Nesse assunto, entretanto, o marido não concordava com ela; pois além de estimar o primo, Charles Hayter era o filho mais velho, e ele mesmo enxergava as coisas sob o ponto de vista de um filho mais velho.

– Agora a senhora está dizendo disparates, Mary. – Foi, portanto, a resposta dele. – Não seria uma união *excepcional* para Henrietta, mas Charles tem uma bela chance, por intermédio dos Spicer, de conseguir algo a mais do bispo em um ou dois anos; e não se esqueça de que ele é o filho mais velho; quando meu tio morrer, ele irá assumir uma bela propriedade. A propriedade em Winthrop não tem menos de duzentos e cinquenta acres, além da fazenda próxima a Taunton, uma das melhores terras da região. Posso lhe assegurar que qualquer um deles, com exceção de Charles, seria um péssimo partido para Henrietta, e, de fato, a união não aconteceria; ele é o único possível; mas é um sujeito de boa índole e bem-humorado; e tão logo Winthrop caia em suas mãos, ele transformará o lugar em algo melhor, e viverá de maneira diferente; e com essa propriedade, ele nunca será um homem desprezível. É uma boa propriedade livre. Não, não; Henrietta poderia fazer pior do que casar-se com Charles Hayter; e se ela o escolhesse, e Louisa ao capitão Wentworth, eu ficaria muito satisfeito.

– Charles pode dizer o que quiser – exclamou Mary para Anne, tão logo ele deixou o cômodo –, mas seria um choque se Henrietta se casasse com Charles Hayter; algo muito ruim para *ela*, e ainda pior para *mim*; e, sendo assim, é altamente desejável que o capitão Wentworth logo a faça esquecê-lo, e não tenho muitas dúvidas de que já não o tenha feito. Ela mal notou a presença de Charles Hayter ontem. Eu gostaria que você tivesse visto o comportamento dela. E imaginar que o capitão Wentworth goste de Louisa tanto quanto de Henrietta é um despropósito; pois estou certa de que ele *gosta* muito mais de

Henrietta. Mas Charles é tão resoluto! Gostaria que você tivesse estado conosco ontem, pois poderia ter decidido qual de nós estava certo; e tenho certeza de que teria a mesma opinião que eu, a não ser que estivesse determinada a discordar de mim.

A ocasião na qual Anne poderia ter presenciado tudo aquilo fora um jantar na residência do Sr. Musgrove; mas ela ficara em casa, sob a dupla alegação de que estava com dor de cabeça, e de que o pequeno Charles tivera uma recaída. Seu único propósito era evitar o capitão Wentworth; mas o fato de ter escapado de servir como juíza era agora acrescentado às vantagens de uma noite tranquila.

Quanto à opinião do capitão Wentworth, ela achava mais importante que ele escolhesse a tempo de não colocar em risco a felicidade das duas irmãs, nem manchar a própria honra, do que o fato de Henrietta a Louisa, ou Louisa a Henrietta. Qualquer uma das duas tinha toda a probabilidade de se tornar uma esposa afetuosa e bem-humorada. Quanto a Charles Hayter, ela possuía uma delicadeza que se contrariava por qualquer comportamento leviano de uma jovem bem-intencionada, e um coração que simpatizava com todos os sofrimentos que esta pudesse ocasionar; mas se Henrietta percebesse que estava equivocada em relação a seus sentimentos, essa mudança deveria ser comunicada o mais breve possível.

Charles Hayter vira o suficiente do comportamento da prima para sentir-se inquieto e atormentado. Ela o estimava havia tempo demais para ter se distanciado tanto que apenas dois encontros extinguissem toda a esperança do passado e o deixassem sem nada a fazer além de se afastar de Uppercross; mas tamanha mudança era motivo de grande alarme quando um homem como o capitão Wentworth era considerado a causa mais provável. Ele tinha se ausentado apenas por dois domingos; e ao se separarem, a deixara tão interessada quanto ele na perspectiva de, em breve, deixar o curato atual e obter o de Uppercross. Naquele momento, parecera-lhe que o que ela mais desejava era que o Dr. Shirley, o reitor, que ao longo de quarenta anos tinha desempenhado com grande zelo suas funções, mas que ficava cada vez mais fraco e impossibilitado de realizá-las, se decidisse a nomear um cura; fizesse melhorias no curato e o designasse a Charles Hayter. O privilégio de ter de ir apenas até Uppercross, em vez de se deslocar quase dez quilômetros em outra direção; de possuir, em todos os aspectos, um curato melhor; de trabalhar com o estimado Dr. Shirley e de o estimado Dr. Shirley ser desobrigado das funções que não mais poderia realizar sem grande fadiga, tinha sido um excelente prospecto, até mesmo para Louisa, mas era quase vital para Henrietta. Mas ao retornar, que pena!, seu interesse estava perdido. Louisa nem sequer ouviu seu relato sobre a conversa que travara com o Dr. Shirley; ela estava à janela, procurando pelo capitão Wentworth; e até mesmo Henrietta ofereceu no máximo uma atenção superficial e parecia ter esquecido todas as dúvidas e a preocupação que a negociação causara.

– Bem, estou muito satisfeita, mas sempre soube que conseguiria; tinha certeza de que daria tudo certo. Não me parecia que... em suma, o Dr. Shirley *precisa* de um cura, e lhe prometeu o posto. Ele está vindo, Louisa?

Certa manhã, pouco tempo depois do jantar nos Musgrove, ao qual Anne não comparecera, o capitão Wentworth entrou na sala de estar do chalé, onde estavam somente ela e o adoentado Charles, deitado no sofá.

A surpresa de encontrar-se praticamente sozinho com Anne Elliot privou-o de seus modos habituais: ele ficou paralisado e só conseguiu dizer:

– Eu achei que as Srtas. Musgrove estariam aqui. A Sra. Musgrove me disse que as encontraria aqui.

E foi até a janela para se recompor e decidir como deveria se comportar.

– Elas estão lá em cima com minha irmã: acredito que logo estarão aqui. – Foi a resposta de Anne, em meio à natural confusão; e se o menino não a tivesse chamado, ela teria saído dali no momento seguinte, e liberado o capitão Wentworth e a si mesma.

Ele permaneceu próximo à janela; e ficou em silêncio após dizer, calma e educadamente:

– Espero que o menino esteja melhor.

Ela teve de ajoelhar-se ao lado do sofá para satisfazer o desejo de seu paciente; e assim permaneceram por alguns minutos quando, para sua grande satisfação, ela ouviu alguém cruzar o pequeno vestíbulo. Ela esperava, ao virar a cabeça, encontrar o dono da casa; mas era alguém com muito menos probabilidade de melhorar a situação: Charles Hayter, provavelmente não mais satisfeito ao deparar-se com o capitão Wentworth do que capitão Wentworth ficara ao ver Anne.

Ela aventurou-se a dizer apenas:

– Como está? Não deseja sentar-se? Os outros estarão aqui em breve.

No entanto, o capitão Wentworth deixou a janela, aparentemente disposto a conversar; mas Charles Hayter logo pôs um fim às suas tentativas, sentando-se à mesa e abrindo o jornal; e o capitão Wentworth retornou à sua janela.

O minuto seguinte trouxe uma nova adição. O filho mais novo, um menino robusto e ativo de dois anos, tendo conseguido alguém para abrir a porta, fez uma aparição determinada e foi diretamente ao sofá para ver o que estava acontecendo, e solicitar qualquer coisa boa que pudessem lhe dar.

Como não havia nada para comer, sua única alternativa era brincar; e como a tia não permitia que ele importunasse o irmão doente, ele agarrou-se a ela enquanto estava ajoelhada, de maneira que, ocupada com Charles, ela não tinha como afastá-lo. Ela falou, ordenou, suplicou e insistiu em vão. Uma única vez conseguiu empurrá-lo, mas o menino demonstrava grande satisfação em subir novamente em suas costas.

– Walter – disse ela – desça agora mesmo. Você é extremamente malcriado. Estou muito chateada com você.

– Walter – exclamou Charles Hayter –, por que não obedece? Você não está ouvindo sua tia? Venha aqui, Walter, venha para o primo Charles.

Mas Walter nem sequer se mexeu.

No entanto, logo em seguida, ela viu-se liberta dele; alguém o estava tirando de cima dela, mesmo que tivesse se agarrado com toda a força, suas mãozinhas robustas foram desenlaçadas e ele foi resolutamente levado embora, antes que ela percebesse que era o capitão Wentworth.

As sensações diante da descoberta a deixaram sem palavras. Ela não conseguiu sequer agradecer. Limitou-se a voltar para o pequeno Charles com os sentimentos totalmente confusos. A gentileza demonstrada por ele em ajudá-la, a forma como o tinha feito, o silêncio em que tudo aconteceu, as pequenas particularidades daquela circunstância e a convicção logo alcançada, por causa do barulho que ele fazia com o menino, de que desejava evitar seus agradecimentos e demonstrava que conversar com ela era o último de seus desejos, produziram uma dolorosa agitação da qual não conseguiu se recobrar até que, com a chegada de Mary e das Srtas. Musgrove, pôde repassar os cuidados de seu pequeno paciente e deixar o aposento. Ela não poderia ficar. Teria sido uma oportunidade para presenciar o amor e o ciúme entre os quatro; estavam agora todos juntos, mas ela não poderia ficar por nada daquilo. Era evidente que Charles Hayter não se mostrava favorável ao capitão Wentworth. Tinha a forte impressão de tê-lo ouvido dizer, em um tom de voz contrariado, após a interferência do capitão Wentworth: "Você deveria ter vindo até *mim*, Walter; eu lhe disse para não incomodar sua tia"; e ele compreendeu seu pesar por o capitão Wentworth ter feito o que ele deveria fazer. Mas nem mesmo os sentimentos de Charles Hayter, ou os de qualquer outra pessoa, poderiam interessá-la até que pudesse sentir-se melhor. Ela estava envergonhada de si mesma, envergonhada por ter ficado tão nervosa, tão dominada por algo sem importância; mas assim era; e era necessária uma longa pausa de silêncio e reflexão para que ela pudesse se recobrar.

10

Outras oportunidades para observá-los não deixariam de acontecer. Anne logo conviveria com os quatro por tempo suficiente para formar uma opinião, embora fosse sábia demais para expô-la em casa, onde sabia que não teria agradado nem ao marido e nem à esposa; pois mesmo que considerasse Louisa a favorita, ela não poderia deixar de perceber, tendo como base do seu julgamento a lembrança e a experiência, que o capitão Wentworth não estava apaixonado por nenhuma das duas. O sentimento delas era mais intenso; mas mesmo assim não era amor. Era apenas um arroubo de admiração; mas poderia, ou deveria, transformar-se em amor. Charles Hayter pareceu saber que fora preterido, embora às vezes Henrietta parecesse dividida entre os dois. Anne desejava poder dizer a eles o que estavam fazendo, e assinalar alguns dos males a que estavam se expondo. Ela não atribuía malícia a nenhum deles. Era uma grande satisfação acreditar que o capitão Wentworth não estava consciente da dor que causava. Não havia sentimento de triunfo, nenhuma lamentável demonstração de triunfo de sua parte. Ele provavelmente nunca soubera, ou pensara a respeito das intenções de Charles Hayter. Seu único erro era aceitar (pois aceitar era a palavra correta) as atenções de duas jovens ao mesmo tempo.

Após uma breve luta, entretanto, Charles Hayter pareceu abandonar o campo de batalha. Três dias se passaram sem que fosse a Uppercross sequer uma vez; uma grande mudança. Ele tinha até mesmo recusado um convite para jantar; e tendo sido visto pelo Sr. Musgrove diante de volumosos livros, o Sr. e a Sra. Musgrove se convenceram de que nem tudo caminhava bem, e debateram, com expressões graves, a possibilidade de ele matar-se de tanto estudar. Mary esperava e acreditava que ele recebera uma negativa definitiva de Henrietta, enquanto o marido estava sempre acalentando a esperança de encontrá-lo no dia seguinte. Anne sentia apenas que Charles Hayter era um homem sábio.

Certa manhã, quando Charles Musgrove e o capitão Wentworth haviam saído para caçar juntos e as irmãs no chalé bordavam tranquilamente, foram visitadas pelas jovens da casa principal.

Era um belo dia de novembro, e as Srtas. Musgrove atravessaram o terreno e pararam ali com o único propósito de avisar que sairiam para uma *longa* caminhada e, portanto, concluíram que Mary não gostaria de acompanhá-las; quando Mary imediatamente respondeu, com certo despeito por não ser considerada uma boa caminhante, "Ah, sim, eu adoraria poder acompanhá-las, gosto muito de longas caminhadas", Anne se convenceu, pelo olhar das duas jovens, de que era precisamente o que não desejavam, e novamente se admirou com o tipo de necessidade que os hábitos familiares tendem a produzir, de que tudo deva ser comunicado e feito em conjunto, mesmo que seja indesejado e inconveniente. Ela tentou dissuadir Mary de ir, mas foi em vão; e nesse caso, achou melhor aceitar o convite, muito mais cordial quando dirigido a ela, das Srtas. Musgrove para acompanhá-las, pois poderia ser útil em retornar com a irmã e reduzir a interferência nos planos que poderiam ter formulado.

– Não posso imaginar por que teriam achado que eu não apreciaria uma longa caminhada – disse Mary, conforme subia as escadas. – Todos sempre presumem que não sou uma boa companhia para longas caminhadas; mas mesmo assim não ficariam nada satisfeitas se tivéssemos recusado o convite. Quando alguém se dispõe a vir até nós para fazer um convite, como podemos dizer não?

Quando estavam saindo de casa, os cavalheiros retornaram. Eles tinham levado um cachorro jovem, que estragara a caçada, e os fizera voltar mais cedo. A disponibilidade de tempo, a disposição e o ânimo deles, portanto, eram perfeitos para aquela caminhada, e se prontificaram a acompanhá-las com grande satisfação. Se Anne pudesse ter previsto tamanha confluência de eventos, teria ficado em casa; mas, com interesse e curiosidade, achou que era tarde demais para recuar, e os seis partiram juntos na direção escolhida pelas Srtas. Musgrove, que, sem sombra de dúvida, consideravam-se as guias do passeio.

O objetivo de Anne era não ficar no caminho de ninguém; e onde os estreitos atalhos pelo campo obrigassem o grupo a se separar, manter-se perto do cunhado e da irmã. Seu *prazer* na caminhada ficaria por conta do exercício do dia, da visão dos últimos sorrisos do ano sobre a folhagem amarelo-acastanhada e os arbustos que começavam a perder o vigor, e da repetição íntima de algumas entre as miríades de descrições poéticas acerca do outono, aquela estação do ano que tinha uma influência peculiar e inexaurível sobre o espírito e a sensibilidade, aquela estação que extraíra de cada poeta digno de ser lido uma tentativa de descrição ou algumas frases repletas de sentimentos. Ela ocupou os pensamentos tanto quanto pôde com esses devaneios e citações; mas não era possível, quando estava perto do capitão Wentworth e das Srtas. Musgrove, não tentar ouvir sua conversa; embora muito pouco do que ouvia a interessasse. Era apenas uma conversa animada, como a que qualquer grupo de jovens, com algum grau de intimidade, poderia ter. Ele estava mais atento a Louisa que a Henrietta. Louisa, sem dúvida alguma, esforçava-se mais para chamar sua atenção do que a irmã. Essa distinção parecia aumentar, e houve uma frase em particular de Louisa que chamou sua atenção. Após uma série de elogios ao dia, continuamente sendo evocados, o capitão Wentworth falou:

– Que tempo glorioso para o almirante e minha irmã! Eles pretendiam sair para uma longa viagem de cabriolé nesta manhã; talvez possamos saudá-los de uma dessas colinas. Falaram em vir nesta direção. Eu me pergunto onde irão virar hoje. Oh! Acontece com muita frequência, posso assegurá-las; mas minha irmã não se incomoda; para ela tanto faz ser lançada ao chão ou não.

– Ah! Estou certa de que o senhor está exagerando – exclamou Louisa –, mas se fosse verdade, eu faria o mesmo no lugar dela. Se eu amasse um homem como ela ama o almirante, estaria sempre ao seu lado, e nada poderia nos separar, e eu preferiria ser derrubada por ele do que conduzida em segurança por qualquer outra pessoa.

Essas palavras foram ditas com entusiasmo.

– É mesmo? – exclamou ele, com o mesmo tom. – Eu a admiro! – E então o silêncio recaiu sobre eles por um momento.

Anne não conseguiu voltar imediatamente às citações, e as belas cenas de outono seriam colocadas de lado temporariamente, a não ser que um suave soneto, preenchido de analogias adequadas acerca do ano que findava, assim como a felicidade, e com imagens de juventude, esperança e primavera, todos tendo se extinguido ao mesmo tempo, lhe viesse à mente. Ela se prontificou a dizer, quando entravam em um novo atalho:

– Esse não é um dos caminhos para Winthrop?

Mas ninguém ouviu, ou, ao menos, ninguém respondeu.

Winthrop, entretanto, ou suas cercanias, pois os primos costumavam passear de vez em quando perto de casa, era o destino deles; e após quase um quilômetro de subida através de extensas cercas, onde os arados trabalhando e os sulcos recém-abertos demonstravam que os lavradores contrariavam o ardoroso desânimo poético, desejando uma vez mais a primavera, eles atingiram o topo da mais alta colina, que dividia Uppercross e Winthrop, possibilitando uma ampla visão da última, no sopé da colina em frente.

Winthrop, destituída de beleza e dignidade, estava diante deles, uma casa baixa sem atrativos, próxima aos estábulos e às demais construções da fazenda.

Mary exclamou:

– Por Deus! Estamos em Winthrop. Eu confesso que não fazia ideia! Bem, acho que agora devemos voltar; estou extremamente cansada.

Henrietta, tímida e envergonhada, não tendo visto o primo Charles caminhando por um dos atalhos, ou próximo a algum portão, estava disposta a fazer o que Mary desejava; mas "Não!", disse Charles Musgrove, e "Não, não!", exclamou Louisa, ainda mais determinada, e tendo conduzido a irmã para longe do grupo, parecia debater o assunto calorosamente.

Nesse ínterim, Charles declarava decidido sua resolução de visitar a tia, agora que estava tão perto; e claramente, embora com mais receio, tentava induzir a esposa a acompanhá-lo. Mas esse era um dos aspectos em que a senhora demonstrava sua força. Quando ele lhe recomendou que descansasse por um quarto de hora em Winthrop, já que se sentia tão cansada, ela respondeu resolutamente, "Oh, não! Subir novamente aquela colina lhe faria mais mal do que sentar-se para descansar poderia fazer-lhe bem"; e, em suma, seu olhar e modos declaravam que não iria.

Após uma pequena sucessão desses pequenos debates e consultas, ficou decidido entre Charles e as irmãs, que ele e Henrietta iriam rapidamente até a casa para visitar a tia e os primos, enquanto os demais aguardavam no alto da colina. Louisa parecia ser a principal fomentadora do plano; e enquanto os acompanhava ao longo de um pequeno trecho do caminho, ainda conversando com Henrietta, Mary aproveitou a oportunidade para olhar desdenhosamente ao redor, e disse para o capitão Wentworth:

– Essas ligações familiares são muito desagradáveis! Mas, posso assegurá-lo, não estive mais que duas vezes naquela casa.

Como resposta, ela não recebeu nada além de um sorriso forçado e, conforme se distanciava, um olhar desdenhoso, do qual Anne conhecia perfeitamente o significado.

O topo da colina, onde tinham permanecido, era um local agradável: Louisa retornou; Mary, tendo encontrado um lugar confortável para sentar-se, estava bastante satisfeita, contanto que todos os demais permanecessem próximos a ela; mas quando Louisa se afastou com o capitão Wentworth para tentar coletar algumas nozes em um bosque próximo, e os dois foram aos poucos saindo de seu campo de visão e audição, a satisfação de Mary acabou: ela implicou com seu assento, e estava certa de que Louisa tinha encontrado um muito melhor em algum lugar, e nada poderia impedi-la de ir procurar outro também. Ela foi em direção ao mesmo portão, mas não conseguiu vê-los. Anne encontrara um bom local para sentar-se em um declive seco e ensolarado, sob as árvores, na qual estava certa de que eles ainda estavam, em algum lugar. Mary sentou-se por um momento, mas não sossegou; estava certa de que Louisa achara um lugar melhor para descansar e ela não desistiria até encontrá-la.

Anne, bastante cansada, ficou satisfeita por sentar-se; e logo ouviu o capitão Wentworth e Louisa no bosque atrás de si, como se estivessem cruzando o caminho de volta ao longo de uma espécie de canal irregular. Estavam conversando conforme se aproximavam. Ela distinguiu primeiro a voz de Louisa. Parecia estar em meio a um acalorado discurso. O que Anne ouviu foi:

– E, então, eu a obriguei a ir. Eu não podia suportar que ela estivesse temerosa em relação à visita por tamanha insensatez. Eu desistiria de fazer algo que estava determinada a fazer, algo que sabia ser correto, por causa da atitude e da interferência dessa pessoa, ou de qualquer outra? Não, eu não sou tão facilmente persuadida. Quando tomo uma decisão, está tomada. Henrietta parecia inteiramente determinada a visitar Winthrop hoje; no entanto, estava a ponto de desistir por uma complacência absurda.

– Então, ela teria desistido se não fosse pela senhorita?

– Sim, certamente. Estou quase envergonhada em admitir.

– Que felicidade a dela por ter uma mente tão determinada quanto a sua por perto! Após as insinuações que acabou de revelar, que serviram apenas para confirmar minhas próprias observações na última vez em que estive na companhia dele, eu não preciso fingir que não sei o que está acontecendo. Vejo que se tratava de mais que uma mera visita matutina de cortesia à sua tia; e ai dele, e dela também, quando se tratar de coisas importantes, quando se virem em circunstâncias que exijam determinação e firmeza de propósitos, se ela não possui determinação suficiente para resistir a interferências indolentes em situações sem importância como esta. Sua irmã é uma criatura adorável; mas vejo que *o seu* é um caráter forte e determinado. Se a senhorita preza a conduta e a felicidade de sua irmã, tente incutir nela o máximo de seu caráter que puder. Mas estou certo de que o vem fazendo desde sempre. O pior de um temperamento submisso e indeciso é que nunca podemos ter certeza da influência exercida sobre ele. Nunca se pode estar certo do quanto uma boa impressão irá durar; qualquer um pode alterá-la. Que aqueles que desejam ser felizes, sejam firmes. Aqui está uma noz – disse ele, colhendo uma entre os galhos mais altos – para exemplificar: uma bela e lustrosa noz que, abençoada com a resistência, sobreviveu a todas as tempestades do outono. Não há nenhuma imperfeição, nenhum ponto fraco. Esta noz – ele continuou, com uma solenidade brincalhona –, enquanto muitas de suas irmãs caíram e foram pisoteadas, ainda possui toda a felicidade que uma avelã é capaz de ter. – Então, voltando ao tom sério: – Meu principal desejo em relação àqueles que me interessam é de que sejam determinados. Para Louisa Musgrove ser bela e feliz no outono de sua vida, deve cultivar todas as suas qualidades atuais.

Ele tinha terminado, e não obtivera resposta. Anne teria ficado surpresa se Louisa pudesse responder imediatamente a um discurso como aquele: palavras tão interessadas, ditas com tão sério ardor! Ela podia imaginar o que Louisa estava sentindo. Quanto a si mesma, temia se mover e ser vista. Enquanto permanecia parada, um pequeno ramo sinuoso a protegia, e logo eles continuaram a caminhar. Antes que saíssem de seu campo de audição, Louisa falou novamente:

– Mary tem um bom temperamento em muitos aspectos – disse ela –, mas às vezes ela me provoca imensamente com a sua insensatez e seu orgulho, o orgulho dos Elliot. Nós desejávamos que Charles tivesse se casado com Anne. Imagino que saiba que a intenção dele era casar-se com Anne.

Após uma breve pausa, o capitão Wentworth disse:

– A senhorita quer dizer que ela recusou a proposta?

– Oh! Sim; certamente.

– Quando isso aconteceu?

– Não sei exatamente, pois Henrietta e eu estávamos na escola; mas acredito que tenha sido um ano antes do casamento com Mary. Eu gostaria que ela o tivesse aceitado. Todos nós gostaríamos muito mais dela; e papai e mamãe acreditam que tenha sido ideia de sua grande amiga, lady Russell. Eles acham que Charles pode não ser suficientemente letrado e culto para agradar lady Russell e, sendo assim, ela persuadiu Anne a recusá-lo.

Os sons estavam tornando-se mais difusos, e Anne não pôde compreender nada mais. Suas emoções a mantinham paralisada. Havia muito do que se recuperar antes que conseguisse se mexer. Não sofrera o destino proverbial dos que escutam as conversas alheias: não ouvira falar mal de si mesma, mas o assunto lhe causava grande sofrimento. Percebera de que maneira seu caráter era analisado pelo capitão Wentworth, e o nível de interesse e curiosidade demonstrado por ele a deixara extremamente agitada.

Tão logo lhe foi possível, ela saiu de encontro a Mary, e tendo-a encontrado, caminharam juntas até onde estavam anteriormente. Sentiu-se reconfortada quando todos se reuniram e novamente puseram-se a caminho. Seu espírito desejava a solidão e o silêncio que somente um grupo pode oferecer.

Charles e Henrietta retornaram, trazendo, como esperado, Charles Hayter. Anne não tentou compreender as minúcias do que acontecera; mesmo o capitão Wentworth não parecia estar totalmente confiante; mas não havia dúvida de que houvera um recuo por parte do cavalheiro, e uma concessão por parte da dama, e agora estavam satisfeitos de estarem juntos novamente. Henrietta parecia um pouco envergonhada, mas bastante satisfeita; Charles Hayter estava extremamente feliz; e se dedicaram um ao outro desde o momento em que começaram a caminhada de volta a Uppercross.

Tudo agora designava Louisa para o capitão Wentworth: nada podia ser mais óbvio; e nos locais em que era necessário dividir o grupo, ou mesmo quando não era, eles caminharam lado a lado, quase tanto quanto os outros dois. Em uma longa extensão da campina, onde havia espaço suficiente para todos, ainda assim andaram divididos, formando três grupos distintos; e Anne, naturalmente, pertencia ao grupo menos alegre e amável. Ela se aproximou de Charles e Mary, e estava cansada o suficiente para alegrar-se por tomar o outro braço de Charles; mas Charles, ainda que a tratasse com simpatia, estava irritado com a esposa. Mary fora descortês e agora devia aceitar as consequências. Constantemente, ele soltava seu braço para cortar as urtigas da sebe com uma vara; e quando Mary começou a reclamar a esse respeito e lamentar por estar sendo maltratada, como de costume, por estar do lado da sebe enquanto Anne nunca era incomodada do outro, ele dispensou o braço de ambas para caçar uma doninha que vira de soslaio, e elas mal puderam acompanhá-lo.

Essa longa campina circundava uma estrada que deveriam cruzar; e quando o grupo chegou ao portão de saída, o cabriolé que adentrava na mesma direção e que já vinha sendo ouvido havia algum tempo, estava quase chegando ao mesmo local, e era mesmo o almirante Croft. Ele e a esposa tinham feito o passeio planejado e agora retornavam para casa. Ao ouvir quanto os jovens tinham caminhado, eles gentilmente ofereceram um assento para uma dama que estivesse particularmente cansada; aquilo a pouparia de mais de um quilômetro, e eles iam passar por Uppercross. O convite foi feito a todas, e por todas recusado. As Srtas. Musgrove não estavam nem um pouco cansadas, e Mary estava ofendida por não ter sido convidada antes das demais, ou de acordo com o que Louisa definiu como o orgulho dos Elliot, não suportaria ser o terceiro passageiro de um veículo de um só cavalo.

O grupo cruzou a estrada, e estavam transpondo o talude oposto enquanto o almirante colocava os cavalos em marcha quando o capitão Wentworth caminhou até a sebe para comunicar algo à irmã. O que foi dito poderia ser inferido pelos efeitos.

– Srta. Elliot, não tenho dúvidas de que está *muito* cansada – exclamou a Sra. Croft. – Nos dê o prazer de levá-la para casa. Há espaço suficiente para três pessoas, posso assegurar-lhe. Se fôssemos todos como a senhorita, seria possível acomodar quatro. Deve vir conosco, sem dúvida.

Anne ainda estava na estrada, e embora começasse instintivamente a declinar o convite, não lhe foi possível prosseguir. As súplicas gentis do almirante vieram reforçar as da esposa: não aceitariam não como resposta; eles se comprimiram no menor espaço possível para deixar lugar para ela, e o capitão Wentworth, sem dizer uma palavra, virou-se para ela e silenciosamente a obrigou a aceitar a ajuda para subir no cabriolé.

Sim; ele o fizera. Ela estava no cabriolé e sentiu que ele a colocara ali, com suas mãos e sua vontade, que aquilo se devia à percepção dele de que estava fatigada e à resolução de oferecer-lhe descanso. Ela ficou bastante mobilizada com a disposição do capitão em relação a ela, que todos esses atos revelavam. Essa pequena circunstância parecia a conclusão de tudo o que ocorrera antes. Ela o compreendia. Ele não podia perdoá-la, mas não era insensível. Embora a condenasse pelos acontecimentos do passado, e os resguardasse com grande e injusto ressentimento, embora fosse perfeitamente indiferente a ela e estivesse se ligando a outra pessoa, não podia vê-la sofrer sem o desejo de lhe oferecer algum conforto. Era um indício dos sentimentos pregressos; era um impulso de pura, ainda que não reconhecida, amizade; era o sinal de um coração caloroso e amável, que ela não podia contemplar sem uma mistura tão complexa de prazer e dor, que não sabia qual dos dois triunfava.

Suas respostas à gentileza e aos comentários dos companheiros foram dadas, a princípio, inconscientemente. Já tinham percorrido metade da difícil estrada quando ela se deu conta do que estavam conversando. E, então, os ouviu falar sobre "Frederick".

– Ele certamente pretende casar-se com uma das duas damas, Sophy – disse o almirante –, mas não há como saber qual delas. Creio que já conviveram tempo suficiente para que ele possa escolher. Ah! Isso é consequência dos tempos de paz. Se estivéssemos em guerra, ele já teria se decidido havia muito tempo. Nós, marinheiros, Srta. Elliot, não podemos nos dar ao luxo de fazer longas cortes em tempos de guerra. Minha querida, quantos dias transcorreram desde a primeira vez em que a vi até estarmos sentados juntos em minhas acomodações em North Yarmouth?

– É melhor não falarmos sobre isso, querido – respondeu a Sra. Croft agradavelmente. – Pois se a Srta. Croft souber que em pouco tempo decidimos nossa situação, nunca acreditará que poderíamos ser felizes juntos. Mas eu já conhecia seu caráter desde muito antes.

– Bem, eu já tinha ouvido dizer que era uma jovem muito bonita, e o que mais deveríamos esperar? Não gosto de me alongar muito nesse tipo de assunto. Eu desejaria que Frederick tomasse logo uma decisão e levasse uma dessas jovens para Kellynch. Assim, sempre teriam companhia. E ambas são ótimas moças; mal consigo diferenciar uma da outra.

– De fato, são jovens muito bem-humoradas e simples – disse a Sra. Croft, em um elogio mais contido, despertando em Anne a suspeita de que sua perspicácia mais aguçada não considerava nenhuma das duas digna do irmão. – E uma família muito respeitável. Não se poderia estar ligado à família melhor. Meu querido almirante, aquele poste! Vamos acabar batendo naquele poste.

Mas ao tomar calmamente as rédeas ela mesma e as conduzir em uma direção mais apropriada, eles ultrapassaram o perigo; e quando, depois, colocou uma das mãos para fora, ela impediu que eles caíssem em um barranco ou fossem de encontro a uma carroça de estrume; Anne, entretida com o estilo de condução do cabriolé, que, ela acreditava, não devia estar longe do estilo com que conduziam suas questões pessoais, chegou sã e salva no chalé.

11

Chegava o dia do retorno de lady Russell: a data já havia até sido marcada; e Anne, que deveria encontrá-la tão logo estivesse instalada, ansiava por deixar Kellynch, e começava a imaginar como o seu bem-estar seria afetado por essa mudança.

Ela ficaria instalada no mesmo vilarejo que o capitão Wentworth, a menos de um quilômetro de distância; eles teriam de frequentar a mesma igreja, e certamente haveria convivência entre as famílias. Esse fato lhe era desfavorável; mas, por outro lado, ele passava tanto tempo em Uppercross que, mudando-se, ela podia considerar que se afastava dele e não que ia em sua direção; e de qualquer maneira, ela acreditava que estaria, naquela interessante questão, beneficiando-se mais do que qualquer outra pessoa ao mudar de cenário doméstico e trocar a pobre Mary por lady Russell.

Ela desejava que fosse possível evitar ver o capitão Wentworth no Solar, pois aqueles aposentos tinham sido testemunhas de encontros pregressos, cujas lembranças poderiam ser muito dolorosas para ela; mas desejava com ainda mais ansiedade que lady Russell e o capitão Wentworth jamais se encontrassem em lugar algum. Eles não gostavam um do outro, e a renovação da convivência não poderia trazer nenhum benefício; e caso lady Russel os visse juntos, poderia pensar que ele possuía autoconfiança em excesso, e ela, muito pouca.

Esses pontos eram suas principais preocupações quando pensava em sua saída de Uppercross, onde sentia já ter passado tempo suficiente. Os cuidados dispensados ao pequeno Charles sempre seriam motivo para lembrar com carinho dos dois meses que estivera de visita, mas ele estava se fortalecendo depressa e não havia nada mais que pudesse prendê-la ali.

O final de sua visita, no entanto, aconteceu de uma maneira que ela jamais esperara. Após dois dias sem visitas ou notícias, o capitão Wentworth reapareceu em Uppercross para explicar o motivo de sua ausência.

A carta de um amigo, o capitão Harville, finalmente tinha chegado com a notícia de que este passaria o inverno em Lyme com a família; estavam, sem que soubessem, a pouco mais de trinta quilômetros um do outro. O capitão Harville nunca mais gozara de boa saúde desde que fora gravemente ferido dois anos antes, e a ansiedade do capitão Wentworth em vê-lo fez com que se dirigisse imediatamente para Lyme. Sua estada durou vinte e quatro horas. Sua absolvição estava completa, sua amizade, devidamente honrada, um vivo interesse por seu amigo fora despertado, e sua bela descrição dos campos em Lyme fora recebida com tanta simpatia pelo grupo, que um desejo sincero de visitar o lugarejo e um projeto de viagem foram as consequências.

Os jovens estavam muito animados para conhecer Lyme. O capitão Wentworth falou em ir novamente; eram menos de trinta quilômetros de Uppercross; e embora fosse novembro, o clima não estava nada mau; e, em resumo, Louisa, a mais ansiosa entre os ansiosos, tendo se determinado a ir, além do prazer de agir como queria, estando agora armada pela ideia do mérito em não ceder, venceu todos os argumentos dos pais para adiar a visita até o verão; e para Lyme iriam, Charles, Mary, Anne, Henrietta, Louisa e o capitão Wentworth.

O primeiro e imprudente plano era ir de manhã e retornar à noite. Mas, preocupado com os cavalos, o Sr. Musgrove não permitiu; e quando pensaram com mais calma, perceberam que um dia no meio de novembro não possibilitaria que tivessem muito tempo para explorar o lugar desconhecido, depois de deduzir as sete horas de jornada, exigidas pela natureza do percurso. Dessa forma, foi decidido que passariam a noite lá, e só seriam aguardados para o jantar no dia seguinte. Essa foi uma melhoria considerável; e embora tivessem se encontrado cedo na casa principal para o café, e saído pontualmente no horário estipulado, somente após o meio-dia as duas carruagens – o coche do Sr. Musgrove com as quatro damas, e o corricoche de Charles, que conduzia o capitão Wentworth – desceram a colina em direção a Lyme e chegaram à ladeira íngreme que conduzia à cidade, e ficou evidente que não teriam mais tempo para conhecer a cidade antes que a luz e o calor do dia tivessem se dissipado.

Após reservarem acomodações e pedirem um jantar em uma das hospedarias, o próximo passo era, inquestionavelmente, caminhar até o mar. O ano já estava muito avançado para aproveitarem os divertimentos que Lyme poderia oferecer. Os hotéis estavam vazios, e os visitantes haviam partido, quase não havia famílias, com exceção dos residentes; e como não havia nada que admirar nos prédios, a condição notável da cidade, com sua rua principal praticamente indo até a água, a caminhada até o Cobb, localizado na orla da pequena e agradável baía, que durante a alta temporada fica repleta de máquinas de banho e visitantes; o Cobb em si, com suas maravilhas antigas e as novas melhorias, com o belo penhasco se estendendo até a região leste da cidade, são justamente os atrativos admirados pelos visitantes; E só um visitante muito estranho não conseguiria perceber os encantos das cercanias de Lyme e sentir-se estimulado a conhecê-las melhor. As paisagens de Charmouth, com seus terrenos altos e vasto campo, e ainda uma baía recuada e agradável protegida por penhascos escuros, onde fragmentos de pedra na areia faziam daquele o melhor ponto para observar o fluxo da maré, para sentar-se em despreocupada contemplação; a variedade de árvores do vilarejo alegre de Up Lyme; e, acima de tudo, Pinny, com seus pequenos e verdes abismos entre românticas rochas, onde as floresta e o pomar de crescimento exuberante pareciam declarar que muitas gerações passaram por ali desde que um dos lados do penhasco ruíra, preparando o terreno para um lugar onde a maravilhosa paisagem poderia ser comparada aos belos cenários da famosa e distante Isle of Wight: esses lugares devem ser visitados mais de uma vez para que se possa dar o devido valor a Lyme.

O grupo de Uppercross passava pelas casas desertas e melancólicas, e continuaram a descer até se encontrarem diante do mar; detiveram-se por algum tempo, como todos os que merecem ver o mar deveriam fazer quando voltam a vê-lo, e continuaram até o Cobb, objeto de interesse, tanto por si próprio quanto pelo relato do capitão Wentworth: pois em uma pequena casa, próximo a um antigo píer, cuja data era desconhecida, encontravam-se os Harville. O capitão Wentworth foi visitar o amigo; os demais continuavam a caminhada, e ele os encontraria no Cobb.

Eles não estavam, em absoluto, cansados de admirar e se surpreender; e nem mesmo Louisa sentia que a ausência do capitão Wentworth tinha sido longa, quando o viram vindo na direção deles com mais três acompanhantes, todos já bastante familiares, por causa das descrições prévias: eram o capitão e a Sra. Harville, e o capitão Benwick, que estava hospedado com eles.

Algum tempo antes, o capitão Benwick fora o primeiro-tenente do *Laconia*; e o relato que o capitão Wentworth fizera a seu respeito quando voltara de Lyme, sua calorosa opinião de que era um jovem de excelente caráter e um oficial que sempre tinha estimado, haviam deixado uma boa impressão em todos os ouvintes, e o breve relato sobre a sua vida pessoal fez com que se tornasse particularmente interessante para todas as damas presentes. Ele fora noivo da irmã do capitão Harville, e agora estava enlutado por sua perda. Haviam passado um ou dois anos esperando promoção e fortuna. A fortuna chegou, pois, como tenente, sua parte na divisão dos lucros da Marinha era alta; a promoção, também, finalmente chegou; mas Fanny Harville não vivera tempo suficiente para saber. Ela tinha falecido no verão anterior enquanto ele estava no mar. O capitão Wentworth achava impossível ter sentimentos mais fortes por uma mulher do que o pobre Benwick tinha por Fanny Harville, ou ficar mais angustiado pelo terrível acontecimento. Ele considerava que a personalidade do rapaz era do tipo que sofre enormemente, unindo sentimentos muito fortes a um caráter silencioso, sério e introvertido, com um claro gosto pela leitura e por atividades sedentárias. Para concluir a história, a amizade entre ele e os Harville parecia, como se fosse possível, ampliada pelo evento que encerrou todas as perspectivas de aliança, e o capitão Benwick agora morava com eles. O capitão Harville havia alugado aquela casa por seis meses: seu gosto, sua saúde e sua fortuna o direcionavam para uma casa pouco dispendiosa e próxima ao mar; e a grandeza da região e o isolamento de Lyme no inverno pareciam perfeitamente adequadas ao estado de espírito do capitão Benwick. A simpatia e a compaixão suscitada pelo capitão Benwick eram intensas.

"Ainda assim", pensou Anne, conforme caminhavam para se encontrarem com o restante do grupo, "o coração dele talvez não seja mais pesaroso do que o meu. Não posso acreditar que suas esperanças estejam arruinadas para sempre. Ele é mais jovem do que eu; parece mais jovem, se não o é de fato; é mais jovem como homem. Ele vai restabelecer-se e será feliz com outra mulher."

Todos se encontraram e foram apresentados uns aos outros. O capitão Harville era um homem alto e moreno, com uma expressão sensível e benevolente: um pouco manco; e, por causa de suas feições fortes e saúde débil, parecia ser bem mais velho que o capitão Wentworth. O capitão Benwick parecia, e era, o mais jovem dos três, e comparado com eles, um homem baixo. Tinha um rosto agradável e um ar melancólico, exatamente como deveria, e se absteve da conversa.

O capitão Harville, ainda que não se igualasse ao capitão Wentworth em maneiras, era um perfeito cavalheiro, simples, caloroso e educado. A Sra. Harville, um pouco menos polida que o marido, parecia, entretanto, possuir os mesmos bons sentimentos; e não poderiam ter sido mais agradáveis no desejo de considerar a todos como amigos, por serem amigos do capitão Wentworth, ou mais hospitaleiros ao tentar fazer o grupo prometer que jantaria com eles. O jantar já encomendado no hotel foi, por fim, embora a contragosto, aceito como uma justificativa; mas pareceram um pouco magoados com o capitão Wentworth por ter trazido um grupo de amigos para Lyme sem ter como certo de que estariam convidados para o jantar.

Havia tanta afeição pelo capitão Wentworth naquilo tudo, e um charme encantador em um grau de hospitalidade tão incomum, tão diferente do estilo habitual da troca de convites, da formalidade e da ostentação dos jantares, que Anne sentia que seu estado de espírito não se beneficiaria de um conhecimento mais aprofundado sobre os companheiros dele de Marinha. "Eles poderiam ser todos meus amigos", foi o que pensou; e precisou lutar contra uma forte tendência à tristeza.

Ao deixarem o Cobb, todos se dirigiam até a casa com os novos amigos, e se depararam com cômodos tão pequenos, que só aqueles que convidavam com sinceridade poderiam imaginar que acomodavam tantas pessoas. A própria Anne teve um momento de perplexidade, que logo se dissipou diante de sensações mais aprazíveis suscitadas pelas boas ideias e modificações feitas pelo capitão Harville para transformar o espaço da melhor forma possível, para suprir as deficiências dos móveis da casa alugada e para proteger as janelas e portas contra as esperadas tempestades de inverno. A discrepância entre a decoração dos aposentos, onde os móveis essenciais tinham sido fornecidos pelo dono e arranjados na disposição habitual, e alguns artigos feitos com raras variedades de madeira, belamente entalhados, assim como objetos interessantes e valiosos provenientes dos países distantes em que o capitão Harville estivera, era uma grande diversão para Anne: como tudo aquilo se relacionava com a profissão do capitão, com o fruto de seu trabalho, com a influência deste em seus hábitos, e o quadro de descanso e felicidade doméstica que demonstrava causavam em Anne uma sensação de alegria.

O capitão Harville não costumava ler; mas tinha arranjado ótimas acomodações e construído belas estantes para a razoável coleção de volumes encadernados que pertenciam ao capitão Benwick. O fato de mancar o impedia de fazer exercícios, mas a mente habilidosa e objetiva parecia lhe deixar sempre ocupado. Ele desenhava, envernizava, colava e trabalhava com carpintaria; confeccionava brinquedos para crianças, aperfeiçoava peças de tear; e se não houvesse mais nada a fazer, sentava-se para trabalhar em sua extensa rede de pesca em um dos cantos da sala.

Anne achou que deixara para trás uma intensa felicidade ao sair da casa; Louisa, que caminhava a seu lado, irrompeu em arroubos de admiração e contentamento a respeito das qualidades da Marinha: sua afabilidade, irmandade, franqueza e retidão; declarando de que estava convencida de que os marinheiros tinham mais valor e afabilidade do que qualquer outro grupo de homens na Inglaterra; que eles sabiam viver, que eles mereciam ser respeitados e amados.

Todos retornaram para se vestir e jantar; e as providências haviam sido tomadas com tanta eficiência, que não havia nada com que se preocupar; ainda que estivessem "totalmente fora da temporada", e "quase não houvesse movimento em Lyme" ou "não esperassem companhia", os donos da hospedaria haviam pedido profusas desculpas.

Anne já sentia-se tão mais confortável na companhia do capitão Wentworth que sentar-se à mesma mesa com ele e a troca de civilidades (nunca passavam delas) que decorria disso não a perturbavam mais.

As noites eram escuras demais para que as damas pudessem se reencontrar antes do dia seguinte, mas o capitão Harville tinha prometido visitá-los à noite; e ele chegou acompanhado do amigo, surpreendendo a todos, pois tinham concordado que o capitão Benwick parecia sentir-se oprimido pela presença de tantos estranhos. Ele se aventurou uma vez mais entre eles, entretanto, mesmo que seu estado de espírito não parecesse adequar-se à alegria dos demais membros do grupo.

Enquanto os capitães Wentworth e Harville conduziam a conversa em um canto da sala, relembrando os dias na Marinha e oferecendo histórias em abundância para ocupar e entreter os demais, Anne acabou ficando um pouco afastada com o capitão Benwick; e a sua boa índole fez com que tentasse conhecê-lo. Ele era tímido, e com disposição para as abstrações; mas a suavidade do rosto dela e a gentileza de seus modos logo surtiram efeito; e Anne foi recompensada por seu empenho. Sem dúvida alguma ele era um jovem com gosto pela leitura, embora preferisse sobretudo a poesia; e além de estar certa de que oferecera a ele a satisfação de discutir assuntos que não faziam parte do interesse habitual de seus companheiros, ela tinha a esperança de ter-lhe sido verdadeiramente útil com observações sobre o dever e o benefício de lutar contra a angústia, assunto que naturalmente tinha surgido na conversa. Pois, mesmo que fosse tímido, ele não parecia reservado: pelo contrário, deu a impressão de estar feliz em poder revelar sentimentos que em geral ficavam encarcerados; e, tendo conversado sobre poesia e a riqueza da época atual, e comparado opiniões acerca dos melhores poetas, tentavam decidir se *Marmion* ou *The Lady of the Lake* era o preferido, e como *Giaour* e *The Bride of Abydos* deveriam ser classificados e, além disso, como se pronunciava *Giaour*, ele se mostrou tão familiarizado com os poemas mais ternos de um dos poetas, e com todas as descrições exaltadas da agonia desesperançada de outro; repetiu com tamanha intensidade de sentimentos as estrofes que revelavam um coração partido ou de uma mente destruída pela infelicidade, e parecia precisar tanto ser compreendido, que ela se aventurou a desejar que ele não lesse apenas poesia, e declarou acreditar que o infortúnio da poesia era raramente ser apreciada com segurança por aqueles que a apreciavam por completo; e que os sentimentos fortes que possibilitavam estimá-la verdadeiramente eram exatamente aqueles que deveriam ser usados moderadamente para apreciá-la.

Ele não parecia aflito, mas satisfeito pela referência feita à sua situação, o que a encorajou a prosseguir; e sentindo-se no direito por ser mais velha, recomendou-lhe uma quantidade maior de prosa em suas leituras diárias; e diante do pedido para que oferecesse alguns exemplos, mencionou trabalhos dos melhores moralistas ingleses, coleções das mais belas correspondências, memórias de personagens de valor e sofrimento que lhe ocorreram naquele momento como um meio de fortalecer o espírito através dos preceitos mais nobres e dos exemplos mais intensos de resistência moral e religiosa.

O capitão Benwick ouvia atentamente e parecia grato pelo interesse dispensado a ele; e embora meneasse a cabeça e suspirasse, o que declarava sua falta de crença na eficácia de tais livros contra dores como a sua, anotou os nomes dos autores recomendados por ela e prometeu que os encontraria e leria.

No fim da noite, Anne divertia-se com a ideia de ter ido até Lyme para pregar paciência e resignação a um jovem que nunca vira antes; mas também não podia deixar de temer, após uma reflexão mais aprofundada, que, da mesma maneira que outros grandes moralistas e oradores, tivesse sido eloquente sobre um ponto em que sua própria conduta falharia.

12

Anne e Henrietta, tendo sido as primeiras a acordar na manhã seguinte, decidiram sair para um passeio à beira-mar antes do café da manhã. Foram até a areia para observar o ir e vir da maré que estava sendo trazida por uma agradável brisa vinda do sul com toda a grandeza que uma costa tão plana podia oferecer. Elas enalteceram a manhã; glorificavam o mar;

compartilharam o deleite da brisa suave; e ficaram em silêncio; até que Henrietta recomeçou com:

– Oh, sim! Estou convencida de que, com raras exceções, a brisa do mar sempre faz bem. Não há dúvidas de que foi extremamente benéfica para o Dr. Shirley após sua enfermidade na última primavera. Ele disse que vir a Lyme por um mês o ajudou mais que todos os remédios que tomou; e que estar próximo ao mar sempre o faz se sentir jovem novamente. Agora, não consigo deixar de pensar que é uma pena que ele não viva permanentemente próximo ao mar. Acredito mesmo que ele deveria deixar Uppercross e se estabelecer em Lyme. Não concorda, Anne? Não acha que é o melhor que ele pode fazer, tanto para o próprio bem quanto para o da Sra. Shirley? Ela tem primos aqui, e muitos conhecidos, o que seria motivo de contentamento para ela; e estou certa de que ficaria aliviada em ter atendimento médico por perto caso ele tenha um novo ataque. Na verdade, acho bastante triste que pessoas excelentes como o Dr. e a Sra. Shirley, que fizeram o bem a vida toda, devam desperdiçar seus últimos dias em um lugar como Uppercross onde, com exceção de nossa família, eles parecem estar isolados do mundo. Gostaria que os amigos lhes propusessem isso. Acho mesmo que deveriam. Quanto a obter uma dispensa, não acredito que haveria algum empecilho para ele, com sua idade e caráter. Minha única dúvida é se algo conseguiria persuadi-lo a deixar a paróquia. Ele é muito rígido e escrupuloso em suas crenças; excessivamente escrupuloso, devo dizer. Não acha, Anne, que ele é excessivamente escrupuloso? Não acha equivocado um clérigo sacrificar a própria saúde em nome de suas obrigações, quando elas poderiam muito bem ser executadas por outra pessoa? Além disso, em Lyme, a menos de trinta quilômetros de distância, ele estaria perto suficiente para saber se houvesse qualquer queixa.

Mais de uma vez durante esse discurso, Anne sorriu para si mesma, e participou da conversa disposta a compreender os sentimentos de uma jovem, tanto quanto compreendera os de um rapaz. Mas, nesse caso, o que poderia fazer além de concordar? Disse tudo o que era apropriado e sensato; solidarizou-se, como devia, com os comentários sobre o Dr. Shirley; percebeu como seria desejável ter um jovem respeitável e ativo como pároco auxiliar, e foi delicada o suficiente para sugerir as vantagens de que esse pároco auxiliar fosse casado.

– Eu gostaria – disse Henrietta, muito satisfeita com a sua companhia – que lady Russell residisse em Uppercross e fosse íntima do Dr. Shirley. Sempre ouvi dizer que lady Russell é uma pessoa que exerce grande influência sobre todos! Acredito que é capaz de persuadir uma pessoa a fazer qualquer coisa! Eu a temo, como já lhe disse antes, a temo bastante por causa de sua inteligência; mas a respeito imensamente, e adoraria que tivéssemos uma vizinha como ela em Uppercross.

Anne achou engraçada a maneira como Henrietta demonstrava sua gratidão, assim como o fato de que o curso dos acontecimentos e os novos interesses de Henrietta tivessem-na tornado bem quista entre a família Musgrove; ela apenas teve tempo, entretanto, para uma resposta rápida e para desejar que tal mulher vivesse em Uppercross antes que todos os assuntos fossem interrompidos pela chegada de Louisa e do capitão Wentworth. Eles também haviam saído para um breve passeio antes que o café da manhã fosse servido; mas Louisa, recordando-se logo em seguida de que precisava comprar algo em uma loja, convidou-os para voltar com ela à cidade. Todos se colocaram a seu dispor.

Quando chegaram à escadaria que subia da praia, um cavalheiro, que se preparava para descer no mesmo instante, educadamente recuou e parou para lhes dar passagem. Eles subiram e passaram por ele; e conforme passavam, seus olhos se fixaram no rosto de Anne com uma expressão tão encantada, que ela não pôde ignorar. Ela estava excepcionalmente bonita; às suas feições, muito regulares e agradáveis, fora devolvido o frescor da juventude, pelo vento suave que tocava sua pele e pela vivacidade em seu olhar. Era evidente que o cavalheiro (um completo cavalheiro em suas maneiras) a admirava excessivamente. O capitão Wentworth imediatamente voltou-se para ela, demonstrando que percebera. Ele lançou-lhe um rápido olhar que parecia dizer: "Esse homem está impressionado com a senhorita, e até mesmo eu, neste instante, vejo algo que se assemelha à antiga Anne Elliot."

Após auxiliar Louisa em sua compra, e tendo estendido um pouco mais a caminhada, eles retornaram para a hospedaria; e Anne, indo apressadamente de seu quarto em direção à sala de jantar, quase esbarrou no mesmo cavalheiro enquanto ele saía do quarto contíguo. Ela havia presumido que ele era um forasteiro, assim como eles, e concluíra que o belo criado que andava entre uma hospedaria e outra quando eles retornaram devia trabalhar para ele. O fato de tanto o amo quanto o criado estarem de luto reforçava a ideia. Agora sabia que ele estava hospedado no mesmo hotel que eles; e nesse segundo encontro, embora breve, sua expressão demonstrou mais uma vez que ele a considerava encantadora, e a prontidão e a polidez de suas desculpas demonstraram que era um homem extremamente bem-educado. Ele parecia ter aproximadamente trinta anos, e mesmo que não fosse bonito, tinha uma compleição agradável. Anne sentiu que gostaria de saber quem ele era.

Eles estavam quase terminando o café da manhã quando o som de uma carruagem (praticamente a primeira que ouviam desde que haviam chegado a Lyme) levou metade do grupo até a janela. Era a carruagem de um cavalheiro, um corricoche, mas estava apenas percorrendo o trajeto do estábulo até a entrada principal. Alguém devia estar indo embora. O cabriolé era conduzido por um criado de luto.

A palavra "corricoche" fez Charles Musgrove levantar-se de um salto, pois poderia compará-lo com o seu; o criado de luto despertou a curiosidade de Anne, e todos os seis estavam reunidos à janela para observar o momento em que o dono do corricoche foi visto saindo pela porta, em meios aos cumprimentos e cortesias dos donos da hospedaria, e acomodando-se na carruagem para partir.

– Ah! – exclamou o capitão Wentworth imediatamente e com um olhar de soslaio para Anne – é justamente o cavalheiro que encontramos durante o passeio.

As senhoritas Musgrove concordaram, e após observá-lo até que atingisse o topo da colina, retornaram para a mesa do café da manhã. O garçom entrou logo depois.

– Por favor – disse capitão Wentworth imediatamente –, poderia nos dizer o nome do cavalheiro que acabou de sair?

– Sim, senhor, chama-se Sr. Elliot, um cavalheiro de extensa fortuna, chegou ontem à noite de Sidmouth. Acredito que tenha ouvido a carruagem ontem, senhor, durante o jantar; e agora está indo para Crewkherne, a caminho de Bath e Londres.

– Elliot! – O grupo se entreolhou e muitos repetiram o nome antes mesmo que o garçom, apesar de sua rapidez, terminasse a frase.

– Por Deus! – exclamou Mary – Deve ser nosso primo, deve ser o nosso Sr. Elliot, deve mesmo! Charles, Anne, não acham? Está de luto, assim como o nosso Sr. Elliot deve estar. Que extraordinário! Na mesma hospedaria em que nos encontramos! Anne, não acha que é o nosso Sr. Elliot; o herdeiro de meu pai? Por favor, senhor – disse, voltando-se para o garçom –, você não o ouviu mencionar, ou o seu criado, que pertencesse à família de Kellynch?

– Não, senhora, ele não mencionou nenhuma família em particular; mas disse que seu amo era um homem muito rico e que um dia se tornaria baronete.

– Pronto! Viram? – exclamou Mary em êxtase –, exatamente como pensei! Herdeiro de Sir Walter Elliot! Eu sabia que descobriríamos, se fosse mesmo ele. Podem acreditar, essa é uma circunstância que os seus criados fazem questão de anunciar aonde quer que ele vá. Mas, Anne, pense em como isso é extraordinário! Queria ter olhado melhor para ele. Gostaria que tivéssemos percebido a tempo para que ele pudesse ter sido apresentado a nós. Que pena não termos nos conhecido! Acham que ele tinha a compleição de um Elliot? Eu mal olhei para ele, estava admirando os cavalos; mas acredito que ele tenha algo dos Elliot. Eu me pergunto como seu brasão não me chamou a atenção! Ah! A vestimenta do criado estava sobre o brasão, foi isso; do contrário estou certa de que os teria notado, assim como a libré; se o criado não estivesse em luto, alguém o teria reconhecido pela libré.

– Levando em conta todas essas extraordinárias circunstâncias – disse o capitão Wentworth –, devemos considerar uma obra da Providência o fato de a senhora não ter sido apresentada a seu primo.

Quando conseguiu chamar a atenção de Mary, Anne tentou convencê-la discretamente de que, havia muitos anos, as relações entre seu pai e o Sr. Elliot não estavam em tão bons termos para que uma apresentação fosse desejável.

Ao mesmo tempo, entretanto, era para ela uma secreta gratificação ter visto o primo e saber que o futuro dono de Kellynch era indubitavelmente um cavalheiro, e que parecia ser um homem sensato. Ela não iria, sob pretexto algum, revelar que o tinha encontrado uma segunda vez; felizmente, Mary não estava presente durante a primeira caminhada, mas ela teria se sentido atraiçoada pelo fato de Anne tê-lo encontrado no corredor e recebido desculpas tão delicadas, enquanto ela nunca havia estado próximo a ele; não, aquele breve encontro entre primos deveria permanecer em sigilo absoluto.

– Certamente – disse Mary –, você mencionará que encontramos o Sr. Elliot na próxima vez que escrever para Bath. Acho que meu pai deve ser informado; não poupe nenhum detalhe.

Anne evitou dar uma resposta direta, mas aquela era uma circunstância que ela não apenas considerava desnecessário comunicar, mas que deveria ser omitida. Ela sabia qual fora a ofensa feita ao pai, muitos anos antes: e suspeitava da participação de Elizabeth; e que a simples menção do Sr. Elliot era motivo de grande irritação para ambos, não havia sombra de dúvida. Mary nunca escrevia para Bath por conta própria; todo o trabalho de manter uma lenta e insatisfatória correspondência com Elizabeth recaía sobre Anne.

Logo após o café da manhã, o capitão e a Sra. Harville, e capitão Benwick, se juntaram a eles, pois tinham combinado uma última caminhada por Lyme. Eles deveriam partir para Uppercross à uma hora da tarde, e, nesse ínterim, ficariam todos juntos e ao ar livre o máximo de tempo que lhes fosse possível.

Anne percebeu que o capitão Benwick se aproximou dela assim que chegaram à rua. A conversa da noite anterior não o desencorajara a procurá-la novamente; e caminharam juntos por algum tempo, conversando como antes sobre o Sr. Scott e lorde Byron, ainda incapazes, assim como quaisquer outros leitores, de avaliar os méritos de ambos, até que um acontecimento ocasionou uma mudança no grupo, e em vez do capitão Benwick, era o capitão Harville quem agora se encontrava ao seu lado.

– Srta. Elliot – disse ele, falando baixo. – A senhorita foi muito bondosa fazendo com que esse pobre rapaz falasse tanto. Gostaria que ele tivesse uma companhia como a sua com mais frequência. Sei que não lhe faz bem ser assim tão calado; mas o que podemos fazer? Nós não podemos deixá-lo.

– Não – disse Anne –, acredito que isso seja quase impossível; mas é com o tempo, talvez... nós sabemos o que o tempo faz com o sofrimento, e o senhor deve se lembrar, capitão Harville, de que o luto de seu amigo ainda pode ser considerado recente... aconteceu no último verão, eu soube.

– Ah, é bem verdade – (com um longo suspiro) –, foi apenas em junho.

– E ele não soube imediatamente, talvez.

– Não até a primeira semana de agosto quando retornou para casa vindo do Cabo, pois tinha acabado de assumir o *Grappler.* Eu estava em Plymouth ansioso para ter notícias dele; ele enviou algumas correspondências, mas o *Grappler* estava indo em direção a Portsmouth. Lá ele deveria ter recebido notícias, mas quem as daria? Não eu. Eu não tinha coragem. Ninguém mais conseguiu fazê-lo, a não ser aquele bom homem – (apontando para o capitão Wentworth). – O *Laconia* tinha chegado a Plymouth na semana anterior; e não havia o risco de ser enviado novamente ao mar. Ele cuidou de todo o resto... solicitou afastamento; e sem nem mesmo aguardar a resposta, viajou dia e noite até chegar a Portsmouth, remou até o *Grappler* no mesmo instante e não deixou o pobre rapaz por uma semana. Foi exatamente o que ele fez, e ninguém mais poderia ter salvado o pobre James. Pode imaginar, Srta. Elliot, quanto ele é estimado por nós!

Anne de fato refletiu sobre a questão com firmeza, e respondeu conforme seus sentimentos permitiram, ou da maneira que os dele pareciam suportar, pois estava abalado demais para continuar no assunto. Quando voltou a falar, foi a respeito de algo inteiramente diferente.

A Sra. Harville, ponderando que o marido já teria caminhado o suficiente quando chegassem em casa, indicou qual deveria ser a direção adotada pelo grupo em sua última caminhada; eles os acompanhariam até sua porta e em seguida voltariam à hospedaria e se preparariam para partir. Pelos cálculos, não havia tempo para nada mais; mas conforme se aproximaram do Cobb, havia um desejo tão generalizado de percorrê-lo mais uma vez, todos estavam tão inclinados, e Louisa logo se mostrou tão determinada, que um quarto de hora, decidiram, não faria nenhuma diferença; assim, após várias despedidas e de toda a troca de convite e promessas que se pode imaginar, eles se separaram do capitão e da Sra. Harville na porta deles e, ainda acompanhados pelo capitão Benwick, que parecia agarrar-se a eles até o último instante, foram se despedir adequadamente do Cobb.

Anne percebeu que o capitão Benwick se aproximava dela mais uma vez. Os "mares azul-escuros" de lorde Byron não poderiam deixar de ser mencionados diante do cenário que vislumbravam, e de bom grado ela ofereceu sua total atenção por todo o tempo possível. Entretanto, esta logo foi desviada para outra direção.

Estava ventando demais para que a caminhada até a parte alta do novo Cobb fosse agradável para as damas, e eles concordaram em descer os degraus para a parte mais baixa. Todos se contentaram em atravessar silenciosa e cuidadosamente a descida íngreme, exceto Louisa: ela precisou do auxílio do capitão Wentworth. Em todos os passeios ele tinha de ajudá-la a saltar os degraus; a sensação para ela era encantadora. A rigidez do solo para os pés dela o deixava menos disposto a fazê-lo na ocasião presente; mas, mesmo assim, ele o fez. Ela chegou em segurança ao chão, e no mesmo instante, para demonstrar seu contentamento, subiu correndo os degraus para saltar novamente. Ele a advertiu para não fazê-lo, achava que o vão era extenso demais; mas falou e ponderou sem ser ouvido pois ela sorriu e disse:

– Estou determinada a fazê-lo.

Ele estendeu os braços; Louisa se precipitou em meio segundo e caiu no chão da parte mais baixa do Cobb, de onde foi erguida desacordada. Não havia nenhum ferimento, sangue ou contusão aparente; mas os olhos dela estavam fechados, ela não respirava e seu rosto parecia morto. Para todos ao redor, o momento era de profundo horror.

O capitão Wentworth, que a levantara, ajoelhou-se com ela em seus braços, olhando-a com o rosto tão pálido quanto a dela, em uma agonia silenciosa.

– Ela está morta! Ela está morta! – gritou Mary, agarrando-se ao marido, contribuindo para deixá-lo paralisado de horror; e no momento seguinte, Henrietta, cedendo àquela convicção, também perdeu os sentidos, e teria caído pelos degraus se não fosse pelo capitão Benwick e por Anne, que a seguraram e ampararam entre eles.

– Não há ninguém que possa me ajudar? – Foram as primeiras palavras que irromperam do capitão Wentworth em um tom de desespero, como se toda a sua força tivesse se dissipado.

– Vá até ele, vá até ele – exclamou Anne –, pelo amor de Deus, vá até ele. Eu posso ampará-la sozinha. Deixe-me e vá auxiliá-lo. Esfregue as mãos e as têmporas dela; aqui estão os sais; leve-os, leve-os.

O capitão Benwick obedeceu, assim como Charles, que desprendera-se da esposa no mesmo momento, e ambos foram para perto dele; e Louisa foi levantada e amparada com mais segurança entre ambos, e tudo o que Anne recomendara foi tentado, mas em vão; enquanto o capitão Wentworth amparava-se no muro exclamou em uma agonia profunda:

– Oh, Deus! O pai e a mãe dela!

– Um médico! – disse Anne.

Ele ouviu a palavra, que pareceu despertá-lo de repente; dizendo apenas:

– É verdade, é verdade, um médico neste instante.

E ia se afastando quando Anne ansiosamente sugeriu:

– Capitão Benwick, não seria melhor para o capitão Benwick? Ele sabe onde podemos encontrar um médico.

Todos que ainda conseguiam raciocinar consideraram aquela uma boa ideia, e em um instante (tudo foi feito rapidamente) o capitão Benwick deixara o corpo moribundo aos cuidados do irmão e se dirigia apressadamente em direção à cidade.

Quanto aos infelizes membros do grupo deixados para trás, era difícil dizer qual dos três que ainda pensava racionalmente sofria mais: o capitão Wentworth, Anne ou Charles, que, um irmão extremamente afetuoso, debruçava-se sobre Louisa com soluços de pesar, e conseguia desviar os olhos da irmã apenas para ver a outra em estado semelhante ao seu, ou para testemunhar a agitação histérica de sua esposa, que solicitava uma ajuda que não lhe era possível oferecer.

Anne, cuidando de Henrietta com toda a determinação, o zelo e a atenção ditados pelo instinto, ainda tentava, às vezes, confortar os outros, acalmar Mary, encorajar Charles e amenizar o sofrimento do capitão Wentworth. Ambos pareciam se dirigir a ela por indicações do que deveriam fazer.

– Anne, Anne – exclamou Charles –, o que devemos fazer em seguida? Por Deus, o que devemos fazer?

Os olhos do capitão Wentworth também estavam voltados em sua direção.

– Não acham mais apropriado que ela seja conduzida de volta à hospedaria? Sim, estou certa. Levem-na cuidadosamente para a hospedaria.

– Sim, sim, para a hospedaria – repetiu o capitão Wentworth, comparativamente mais refeito e ansioso por fazer algo. – Eu mesmo a levarei. Musgrove, cuide dos demais.

Nesse momento, rumores acerca do acidente já tinham se espalhado por entre os trabalhadores e pescadores do Cobb, e muitos se aglomeraram ao redor deles, para ser úteis, se fosse necessário; e, de qualquer maneira, para desfrutar da visão de uma jovem morta, não, de duas jovens mortas, pois aquilo se mostrara duas vezes melhor que o boato inicial. Entre aquelas boas pessoas, Henrietta foi confiada aos ajudantes que tinham melhor aparência, pois, embora tivesse recobrado parcialmente os sentidos, estava bastante desamparada; e dessa maneira, com Anne caminhando a seu lado e Charles amparando a esposa, eles foram adiante, com sentimentos inexprimíveis, percorrendo o caminho que pouco tempo antes, tão pouco tempo antes, e com o coração tão leve, eles tinham percorrido.

Ainda não tinham deixado o Cobb quando os Harville os encontraram. O capitão Benwick fora visto passando rapidamente pela casa com uma expressão que demonstrava que algo estava errado; e eles tinham saído às pressas, sendo informados e direcionados conforme caminhavam em direção ao local designado. Embora o capitão Harville estivesse em estado de choque, contribuiu com sensatez e calma, que foram imediatamente úteis; e um olhar entre ele e a esposa determinou o que deveria ser feito. Ela deveria ser levada para a casa deles; todos deveriam ir para a casa deles, e aguardar a chegada do médico. Eles não deram ouvidos a hesitações: a sugestão foi obedecida; estavam todos sobre seu teto; e enquanto Louisa, sendo atendida pela Sra. Harville, foi levada para o segundo andar, onde foi acomodada na cama com toda a assistência necessária, o marido oferecia aos demais o que lhes fosse necessário para sentirem-se melhor.

Louisa tinha aberto os olhos, mas rapidamente os fechara novamente, sem demonstrar estar consciente. No entanto, essa era uma prova de vida muito valiosa para a irmã; e Henrietta, ainda que completamente incapaz de compartilhar o mesmo aposento que Louisa, foi impedida, pela agitação do medo e da esperança, de perder novamente os sentidos. Mary também estava se acalmando.

O médico chegou mais rápido do que parecia possível. Todos estavam apavorados conforme ele a examinava; mas ele não estava desesperançoso. A cabeça apresentava uma contusão séria, mas ele já vira ferimentos mais graves curados: ele não estava de forma alguma desesperançoso; falava com otimismo.

O fato de não ter considerado o caso desesperador, de não dizer que tudo terminaria em poucas horas, estava, a princípio, além das esperanças da maioria; e a felicidade diante desse alívio, a alegria, profunda e silenciosa, após algumas exclamações de gratidão aos Céus, podem ser imaginadas.

Anne tinha certeza de que nunca esqueceria o tom de voz e a expressão com os quais o capitão Wentworth proferira as palavras "Graças a Deus!"; nem a imagem dele, pouco depois, quando sentou-se à mesa, inclinando-se sobe os braços cruzados ocultando o rosto, como se estivesse consumido pelos diversos sentimentos de sua alma, e buscando acalmá-los através da prece e da reflexão.

Os membros de Louisa estavam ilesos. Não havia outro ferimento que não o da cabeça.

Agora, era necessário que o grupo ponderasse sobre o melhor a fazer diante da situação em que se encontravam. Já que se sentiam em condições de falar uns com os outros e tomarem uma decisão. Não havia dúvidas de que Louisa deveria permanecer onde estava, ainda que fosse embaraçoso para seus amigos causar tal transtorno aos Harville em tal problema, pois removê-la era impossível. Os Harville silenciaram qualquer tentativa de objeção e, tanto quanto lhes foi possível, de gratidão. Eles já tinham cuidado de tudo antes mesmo que o grupo começasse a refletir. O capitão Benwick deveria ceder seu quarto e procurar outro local para dormir; e tudo ficou decidido. Estavam apenas preocupados com o fato de que a casa não podia acomodar mais ninguém; e ainda assim, talvez, se "colocassem as crianças no quarto da criada ou se colocassem um catre em algum lugar", conseguiriam espaço para mais duas ou três pessoas, supondo que todos desejassem ficar; entretanto, em relação à Srta. Musgrove não deviam ter qualquer inquietação em deixá-la inteiramente sob os cuidados da Sra. Harville. A Sra. Harville era uma enfermeira muito experiente; assim como sua ama, que havia muito vivia com ela, e estivera a seu lado em vários lugares. Com as duas, ela não ficaria sem assistência, dia ou noite. E tudo foi dito com tamanha sinceridade que a oferta era irresistível.

Charles, Henrietta e o capitão Wentworth se consultavam entre si, e por algum tempo a conversa foi apenas uma troca de perplexidade e terror. "Uppercross, a necessidade de ir a Uppercross; a notícia precisava ser transmitida; como revelar para o Sr. e a Sra. Musgrove; a manhã já estava no fim; já deveriam ter partido havia uma hora; a impossibilidade de chegarem em uma hora adequada". A princípio, não foram capazes de nada além de tais exclamações; mas, após algum tempo, o capitão Wentworth fez um esforço e disse:

– Nós precisamos tomar uma decisão sem desperdiçar mais um minuto sequer. Cada minuto é valioso. Alguém precisa decidir ir até Uppercross imediatamente. Musgrove, um de nós dois deve ir.

Charles concordou, mas declarou a decisão de não partir. Ele incomodaria o mínimo possível o capitão e a Sra. Harville; mas não devia nem iria deixar a irmã naquele estado. Então estava decidido; e Henrietta, a princípio, declarou o mesmo. No entanto, logo foi persuadida a mudar de ideia. Sua permanência seria inútil! Ela, que não conseguira permanecer no mesmo quarto que Louisa, ou olhar para ela, sem padecer de um sofrimento que a tornava incapaz de ajudar! Ela foi forçada a perceber que não poderia ser útil, e, mesmo assim, não estava disposta a partir, até que, pensando em seu pai e sua mãe, ela consentiu, estava ansiosa por chegar em casa.

O plano chegara a esse ponto quando Anne, descendo silenciosamente do quarto de Louisa e encontrando a porta da sala de estar aberta, não pôde evitar ouvir o seguinte:

– Então está decidido, Musgrove – exclamou o capitão Wentworth –, você ficará e eu acompanharei sua irmã até em casa. Mas quanto ao restante, quanto aos demais, se alguém permanecer para ajudar a Sra. Harville, acho que deve ser apenas uma pessoa. A Sra. Charles Musgrove, é claro, deseja voltar para os filhos; mas se Anne ficar, não há ninguém mais adequado e capaz do que Anne.

Ela parou por um instante para se recuperar da emoção causada por ouvir essas palavras sobre si mesma. Os outros dois calorosamente aquiesceram, e então ela entrou na sala.

– A senhorita ficará, estou certo; a senhorita ficará e cuidará dela – exclamou ele, virando-se para Anne e falando com ardor e, ao mesmo tempo, com gentileza, o que pareceu praticamente restaurar o passado. Ela ruborizou-se intensamente, e ele controlou-se e se distanciou. Ela mostrou-se disposta, pronta e feliz em permanecer. "Era exatamente o que tinha pensado e ansiava que a deixassem fazer. Um colchão ao lado da cama de Louisa seria o suficiente para ela, caso a Sra. Harville concordasse."

Uma decisão a mais, e tudo parecia estar resolvido. Embora fosse desejável que o Sr. e a Sra. Musgrove fossem informados com antecedência a respeito do atraso, o tempo que os cavalos de Uppercross levariam para conduzi-los de volta seria um terrível prolongamento do suspense; e o capitão Wentworth propôs, e Charles Musgrove concordou que seria muito melhor que ele alugasse um cabriolé da hospedaria e deixasse que a carruagem do Sr. Musgrove fosse enviada para casa na manhã seguinte, quando ainda poderiam informar como Louisa passara a noite.

O capitão Wentworth rapidamente pôs-se a cuidar dos preparativos para sua partida, que logo seria acompanhada pelas duas damas. Quando o plano foi comunicado a Mary, entretanto, toda a paz se extinguiu. Ela mostrou-se extremamente triste e queixou-se com veemência da injustiça de ter que ir embora, em vez de Anne: Anne não significava nada para Louisa, enquanto ela era sua cunhada, e tinha o direito de permanecer no lugar de Henrietta! Por que ela não poderia ser tão útil quanto Anne? E voltar para casa sem Charles, também, sem o marido! Não, era cruel demais! Em resumo, ela falou mais do que o marido poderia suportar; e como ninguém mais se opôs quando ele cedeu, não havia o que fazer: a substituição de Anne por Mary foi inevitável.

Anne nunca se submetera com tamanha relutância à inveja e aos julgamentos equivocados de Mary; mas não havia como ser diferente, e se dirigiram à cidade, Charles cuidando da irmã, e o capitão Benwick a acompanhando. Ela recordou-se por um instante, conforme caminhavam apressadamente, das pequenas circunstâncias que aqueles lugares haviam testemunhado naquela manhã. Ali, ela ouvira os planos de Henrietta para afastar Dr. Shirley de Uppercross; mais à frente, vira o Sr. Elliot; não podia dedicar mais que um instante a ninguém além de Louisa e daqueles que estavam envolvidos em seu bem-estar.

O capitão Benwick foi muito atencioso com ela; unidos como estavam pela aflição daquele dia, ela sentiu-se cada vez mais bem-disposta em relação a ele, e teve prazer em imaginar que, talvez, aquela seria a ocasião para se conhecerem melhor.

O capitão Wentworth procurava por eles, e uma carruagem os esperava na parte mais baixa da rua; mas sua evidente surpresa e desprazer pela substituição de uma irmã pela outra, a mudança em seu semblante, a perplexidade, as expressões suprimidas enquanto Charles dava explicações foram uma dolorosa recepção para Anne; ou, no mínimo, a convenceram de que sua presença só era estimada enquanto fosse útil para Louisa.

Ela se esforçou para manter a calma e ser justa. Sem imitar os sentimentos de uma Emma por seu Henry, ela teria cuidado de Louisa com um zelo maior do que as exigências impostas pela amizade, por ele; e esperou que ele não fosse tão injusto a ponto de supor que ela se recusaria a prestar socorro a uma amiga.

Nesse ínterim, ela subiu na carruagem. Ele ajudara ambos a subir na carruagem e se posicionara entre os dois; e dessa maneira, sob tais circunstâncias, repletas de perplexidade e emoção para Anne, ela deixou Lyme. Como a longa viagem transcorreria; como afetaria o comportamento deles; que tipo de conversa teriam, ela não poderia prever. No entanto, tudo se deu naturalmente. Ele era devotado a Henrietta, sempre se voltando para ela; e quando falava, era sempre com a intenção de corresponder a suas expectativas e melhorar seu humor. De maneira geral, o comportamento e a voz dele eram premeditadamente calmos. O principal objetivo parecia ser poupar Henrietta da aflição. Apenas uma vez, quando ela lamentou a equivocado e desdito passeio até o Cobb, sentindo amargamente que houvesse sequer sido cogitado, ele desabafou, parecendo totalmente abalado:

– Não fale sobre isso, não fale sobre isso – ele exclamou. – Oh, Deus! Se eu não tivesse cedido no momento fatal! Se tivesse feito o que devia! Mas estava tão impetuosa e resoluta! Querida, doce Louisa!

Anne se perguntou se agora ocorria a ele questionar a justeza de sua opinião anterior sobre a felicidade e as vantagens de um caráter resoluto, e se ele percebia que, assim como as demais qualidades, aquela deveria ter proporções e limites. Ela achou que dificilmente lhe escaparia a noção de que, às vezes, um temperamento persuasível é tão propenso à felicidade quanto um caráter resoluto.

Eles avançaram rapidamente. Anne ficou perplexa ao reconhecer as mesmas colinas e os mesmos pontos de referência tão cedo. A velocidade em que viajavam, ampliada pelo medo de chegar, fez com que a estrada parecesse muito menor que no dia anterior. Mas já tinha escurecido antes que chegassem a Uppercross, e houve um silêncio total entre eles, durante algum tempo. Henrietta, recostada a um canto, tinha encoberto a cabeça com um xale, dando-lhes a esperança de ter chorado até dormir; quando, conforme subiam a última colina, Anne viu-se subitamente requisitada pelo capitão Wentworth. Em uma voz baixa e cautelosa, ele disse:

– Estive pensando sobre o melhor a fazer. Ela não deve aparecer logo no início. Ela não suportaria. Talvez a senhorita deva permanecer com ela na carruagem enquanto revelo o ocorrido para o Sr. e a Sra. Musgrove. Acha que é um bom plano?

Ela achava: ele ficou satisfeito e não disse mais nada. Mas a lembrança do pedido permaneceu como um motivo de contentamento para ela, como uma prova de amizade, de deferência à sua opinião, um grande prazer; e mesmo que fosse uma espécie de prova de despedida, seu valor não diminuiu.

Quando a triste notícia fora dada em Uppercross, e ele certificou-se de que o pai e a mãe estavam tão refeitos quanto se poderia esperar, e de que a filha sentia-se melhor por estar com eles, anunciou sua intenção de retornar na mesma carruagem a Lyme; e assim que os cavalos foram alimentados ele partiu.

13

O restante da permanência de Anne em Uppercross, que se resumia a apenas dois dias, foi passado inteiramente na casa principal; ela teve a satisfação de perceber que era extremamente útil ali, tanto como companhia, quanto por auxiliar nos preparativos futuros, o que, considerando o estado de espírito do Sr. e da Sra. Musgrove, teria sido difícil.

Na manhã seguinte eles receberam notícias de Lyme. O estado de Louisa era praticamente o mesmo. Não tinham surgido sintomas mais graves. Charles chegou algumas horas depois, trazendo um relato mais recente e pormenorizado. Ele estava razoavelmente animado. Não deveriam esperar uma cura rápida, mas tudo caminhava conforme a natureza do caso permitia. Ao mencionar os Harville, ele parecia não conseguir revelar completamente sua gratidão, em especial sobre o esforço da Sra. Harville para servir de enfermeira. "Ela realmente não deixou nenhuma tarefa para Mary." Ele e Mary haviam sido persuadidos a retornar mais cedo para a hospedaria na noite anterior. Mary ficara novamente histérica naquela manhã. Quando ele deixara a cidade, ela estava saindo para uma caminhada com o capitão Benwick, o que ele esperava que lhe fizesse bem. Ele quase desejava que ela tivesse sido convencida a voltar para casa no dia anterior; mas a verdade era que a Sra. Harville não deixara nada com que os outros pudessem se ocupar.

Charles deveria retornar para Lyme na mesma tarde e, a princípio, a intenção do pai era acompanhá-lo, mas as senhoras não consentiram. A viagem apenas multiplicaria o trabalho dos outros e aumentaria sua própria angústia; por isso um plano bem melhor foi traçado e posto em ação. Mandaram buscar uma carruagem em Crewkherne, e Charles levou de volta com ele uma pessoa que poderia ser infinitamente mais útil, a antiga babá da família que, tendo cuidado de todas as crianças, e visto a última, o vagaroso e mimado Harry, ser enviado para a escola junto com os irmãos, vivia agora em seu deserto quarto infantil, remendando meias, vestidos e todos os cortes e machucados em que conseguisse botar as mãos. Consequentemente, ela ficou felicíssima em poder cuidar da estimada Srta. Louisa. Vagos desejos de trazer Sarah haviam ocorrido à Sra. Musgrove e a Henrietta; mas se não fosse por Anne, a decisão dificilmente seria tomada ou considerada possível tão cedo.

No dia seguinte, ficaram agradecidos a Charles Hayter pelas notícias enviadas a respeito de Louisa, que eram essenciais a cada vinte e quatro horas. Ele decidiu ir até Lyme e seu relato foi animador. Ela estava passando mais tempo consciente. Todas as notícias pareciam demonstrar que o capitão Wentworth permaneceria em Lyme.

Anne deveria deixá-los na manhã seguinte, um momento que todos temiam. "O que fariam sem ela? Eles mal conseguiam confortar uns aos outros." E tanto foi dito a respeito desse assunto, que Anne acreditou que não havia alternativa a não ser comunicar-lhes sua opinião, e persuadi-los a ir para Lyme. Ela não enfrentou muita resistência; logo ficou decidido que iriam no dia seguinte, ficariam na hospedaria ou em uma casa, conforme fosse mais adequado, e lá ficariam até que a estimada Louisa pudesse ser removida. Dessa maneira, eles reduziriam o trabalho das caridosas pessoas que estavam cuidando dela: ao menos, poderiam aliviar a Sra. Harville do cuidado de seus próprios filhos; e, em suma, estavam tão felizes com a decisão, que Anne ficou muito satisfeita com o que fizera, e sentiu que não havia maneira melhor de passar sua última manhã em Uppercross do que auxiliando nos preparativos, e vendo-os partir bem cedo, embora a consequência fosse ficar sozinha na imensidão daquela casa.

Ela foi a última, com exceção dos dois meninos no chalé, a última remanescente entre todos os que haviam preenchido e animado as duas casas, todos os que haviam emprestado a Uppercross seu caráter alegre. Poucos dias haviam operado uma grande mudança!

Caso Louisa se recuperasse, tudo ficaria bem novamente. Mais do que a felicidade anterior seria restaurada. Não poderia haver dúvida, e para ela não havia nenhuma, do que aconteceria após a recuperação. Dali a alguns meses, os cômodos desertos, ocupados somente por seu pensativo e silencioso ser, poderiam estar repletos de todos os sentimentos de felicidade e contentamento, de todo o ardor e brilho do amor próspero, elementos tão ausentes em Anne Elliot!

Uma hora de absoluto ócio dedicada a reflexões como aquelas, em um dia escuro de novembro, um espesso chuvisco que mal permitia discernir o pouco que se via através da janela foi o suficiente para tornar o som da carruagem de lady Russell extremamente bem-vindo; e mesmo assim, embora desejasse partir, ela não conseguiu deixar a casa principal, ou dizer adeus ao chalé, com sua varanda escura, com goteiras e destituída de confortos, ou ainda, ver através das janelas embaçadas as últimas casas do vilarejo sem grande pesar. Os momentos que passara em Uppercross a haviam tornado preciosa. O lugar presenciara muitas sensações de dor, um dia intensas, mas que agora tinham ficado mais brandas; e sentimentos compassivos, sopros de amizade e reconciliação, que nunca mais poderiam ser resgatados, jamais deixariam de lhe ser caros. Ela deixou tudo para trás; tudo menos a lembrança do que acontecera.

Anne não estivera mais em Kellynch desde que deixara a casa de lady Russell em setembro. Não fora necessário e, nas poucas ocasiões que lhe foi possível visitar o solar, ela tinha conseguido se esquivar. O primeiro retorno foi para resgatar seus modernos e elegantes aposentos, e para alegrar a senhoria.

Havia alguma ansiedade misturada ao contentamento que lady Russell sentia em vê-la. Ela sabia quem vinha frequentando Uppercross. Mas, felizmente, ou Anne estava mais exuberante e bonita, ou lady Russell assim imaginava; e Anne, recebendo seus elogios, teve a satisfação de associá-los à admiração silenciosa de seu primo, e de esperar ser abençoada com uma segunda primavera de beleza e juventude.

Quando começaram a conversar, ela logo percebeu algumas mudanças também em suas opiniões. Os assuntos que a preocupavam quando deixara Kellynch, e que sentiu menosprezados e teve de suprimir entre os Musgrove, agora despertavam apenas um interesse secundário. Nos últimos tempos, ela perdera o contato até mesmo com o pai e com a irmã em Bath. As preocupações deles haviam sido suplantadas pelas de Uppercross; e quando lady Russell referiu-se aos antigos anseios e medos, demonstrando sua satisfação com a escolha da casa em Camden Place, e seu pesar pelo fato de a Sra. Clay ainda estar na companhia deles, Anne teria sentido vergonha se ela soubesse que seus pensamentos voltavam-se para Lyme e Louisa Musgrove, e todas as pessoas que conhecera por lá;

que o lar e a amizade dos Harville e do capitão Benwick eram muito mais interessantes do que a casa de seu pai em Camden Place, ou que a amizade da irmã com a Sra. Clay. Ela sentia-se forçada a demonstrar para a Sra. Russell algum interesse em assuntos que, normalmente, seriam sua maior preocupação.

A princípio, houve algum constrangimento quando conversaram sobre outro assunto. Precisavam falar sobre o acidente em Lyme. Lady Russell tinha acabado de chegar no dia anterior quando lhe haviam sido revelados todos os acontecimentos; mas, ainda assim, precisavam falar sobre o tema, ela precisava fazer perguntas, lamentar a imprudência, lastimar o resultado, e o nome do capitão Wentworth seria mencionado por ambas. Anne sabia que não deveria fazê-lo, assim como lady Russell. Ela não conseguiu mencionar esse nome e olhar diretamente para lady Russell até ter adotado a tática de contar brevemente o que pensava sobre a ligação entre ele e Louisa. Quando isso foi revelado, o nome deixou de causar-lhe desconforto.

Lady Russell tinha apenas que ouvir com polidez e desejar a eles toda a felicidade, mas internamente seu coração deleitava-se em um prazer fervoroso, sentindo um satisfeito desprezo pelo fato de que um homem que aos vinte e três anos parecia de alguma forma perceber o valor de uma Anne Elliot, pudesse, após oito anos, encantar-se por uma Louisa Musgrove.

Os primeiros três ou quatro dias transcorreram calmamente, sem qualquer circunstância marcante, com exceção de um ou dois bilhetes com notícias de Lyme, que chegaram às mãos de Anne, embora ela não soubesse como, e traziam notícias da melhora de Louisa. Ao final desse período, a polidez de lady Russell não podia mais ser deixada de lado, e os débeis receios do passado surgiram em um tom decidido:

– Devo visitar a Sra. Croft; devo mesmo visitá-la em breve. Anne, você teria coragem de ir comigo para uma visita? Será um grande desafio para nós duas.

Anne não se recusou: pelo contrário, ela revelou exatamente como se sentia, ao observar:

– Creio que, de nós duas, é possível que a senhora sofra mais; seus sentimentos estão menos reconciliados com a mudança do que os meus. Por ter ficado por aqui, habituei-me com essa circunstância.

Ela poderia ter dito mais, considerando que sua opinião era extremamente positiva em relação aos Croft, considerava o pai tão afortunado por ter inquilinos como eles, sentia que davam um exemplo tão bom à paróquia, e cuidavam tão bem dos pobres, que mesmo envergonhada e lamentando a necessidade da mudança, ela não poderia deixar de sentir que os que haviam partido não mereciam ficar, e o Solar de Kellynch havia passado a melhores mãos que as dos proprietários. Essas convicções vinham acompanhadas de um grande sofrimento; mas evitariam que sentisse a mesma dor que lady Russell sentiria ao entrar na casa novamente e retornar aos aposentos tão familiares.

Nesses momentos, Anne não conseguia dizer para si mesma "Esses cômodos deveriam pertencer apenas a nós. Oh, como seu destino estava desgraçado! Ocupados por pessoas indignas! Uma família antiga expulsa dessa maneira! Estranhos ocupando o seu lugar!" Não, exceto quando se lembrava da mãe, e recordava-se dos lugares onde costumava se sentar e conduzir as decisões da casa, ela não era afligida por esses sentimentos.

A Sra. Croft sempre a tratava com uma amabilidade que lhe proporcionava a satisfação de sentir-se a preferida, e na ocasião, ao recebê-la naquela casa, devotou-lhe uma atenção especial.

O triste acidente em Lyme foi o principal assunto, e ao comparar as últimas notícias a respeito da doente, as senhoras perceberam que tinham recebido informações datadas da mesma hora na manhã anterior; que o capitão Wentworth estivera em Kellynch um dia antes (a primeira vez desde o acidente) e trouxera para Anne o último bilhete, do qual até então ela desconhecia a procedência, permanecera por algumas horas e então voltara para Lyme, sem demonstrar qualquer intenção de deixar a cidade novamente. Ele havia perguntado particularmente a seu respeito, ela ficou sabendo; e expressara seus anseios para que a Srta. Elliot não tivesse se esforçado demais, e comentara que sua dedicação tinha sido imensa. Isso foi gentil, e lhe proporcionou mais satisfação do que qualquer outra coisa.

Quanto à triste catástrofe em si, só poderia ser examinada na perspectiva de duas mulheres equilibradas e sensatas, cujas opiniões se baseavam em fatos comprovados; e ficou decidido que tudo acontecera em consequência de muito descuido e muita imprudência; que os efeitos eram alarmantes, e que era assustador imaginar por quanto tempo a recuperação da Srta. Musgrove ainda permaneceria incerta, e como era provável que ela sofresse com as sequelas da concussão no futuro! O almirante interrompeu sumariamente o assunto, exclamando:

– Ah! Um acontecimento foi terrível, de fato. Uma nova maneira de demonstrar amor, ferir a cabeça da amada, não é mesmo, Srta. Elliot? Sinceramente, é quebrar a cabeça para depois consertá-la!

As maneiras do almirante Croft não tinham o tom certo para lady Russell, mas divertiam Anne. Sua bondade e simplicidade de caráter eram irresistíveis.

– Agora, deve ser desagradável para a senhorita – disse ele, despertando subitamente de seus devaneios – encontrar-nos aqui. Isso não me ocorrera antes, declaro, mas deve ser muito desagradável. Mas agora, não precisa fazer cerimônia. Levante-se e percorra todos os aposentos da casa, se assim o desejar.

– De uma outra vez, senhor, eu agradeço; mas não agora.

– Bem, quando quiser. Você pode entrar pelo bosque a qualquer momento; e ali verá que sempre deixamos nossos guarda-chuvas pendurados na porta. É um bom lugar, não acha? Mas... – (interrompendo-se) – a senhorita não deve considerar este um bom lugar, pois os seus eram sempre mantidos no quarto do mordomo. Ah, é sempre assim, imagino. O comportamento de uma pessoa pode ser tão bom quanto o de outra, mas sempre preferimos o nosso. Portanto, decida por si mesma se é conveniente dar uma volta pela casa ou não.

Anne, achando que podia recusar o convite, o fez com gratidão.

– Nós fizemos poucas mudanças – continuou o almirante, após refletir por um instante. – Muito poucas. Nós comentamos a respeito da porta da lavanderia em Uppercross. Foi uma benfeitoria significativa. A questão era como alguma família neste mundo poderia suportar por tanto tempo a inconveniência de uma porta que abria daquela maneira! A senhorita deverá dizer a Sir Walter o que fizemos, e que o Sr. Shepherd acredita ter sido a melhor benfeitoria já feita nesta casa. Na verdade, devo ser justo e dizer que as poucas alterações que fizemos foram para melhor. No entanto, minha esposa deve receber o crédito por elas. Eu mesmo fiz muito pouco além de me desfazer de alguns dos grandes espelhos que estavam em meu quarto de vestir, que pertencia a seu pai. Um bom homem e certamente um cavalheiro; mas acho, Srta. Elliot – (com um ar de profunda reflexão) –, acho que é um homem bastante vaidoso para a idade. Tantos espelhos! Oh, Deus! Não havia como fugir da própria imagem. Então, pedi a Sophy que me auxiliasse e mudamos os espelhos para outro cômodo; e agora estou bastante confortável, com meu pequeno espelho para barbear em um canto, e outro enorme, do qual nunca me aproximo.

Anne, divertindo-se mesmo contra a vontade, estava aflita para encontrar uma resposta; e o almirante, temendo não ter sido educado o suficiente, retomou o assunto, dizendo:

– Na próxima vez que escrever a seu bom pai, Srta. Elliot, envie meus cumprimentos, e os da Sra. Croft, e diga-lhe que estamos muito bem instalados e não encontramos qualquer falha na casa. A chaminé da lareira da saleta de café da manhã solta um pouco de fumaça, mas somente quando o vento vem com intensidade do norte, o que provavelmente não ocorre mais que três vezes ao longo do inverno. E, de um modo geral, agora que já conhecemos todas as casas da vizinhança, não há outra de que gostemos mais que esta. Por favor, diga isso, com meus cumprimentos. Ele ficará contente em saber.

Lady Russel e a Sra. Croft gostaram muito uma da outra: mas a amizade que começou com essa visita não estava destinada a ter continuidade naquele momento; pois quando retornaram a visita, os Croft anunciaram que passariam algumas semanas com parentes no norte do condado, e provavelmente não retornariam antes que lady Russell fosse para Bath.

Assim, extinguiu-se qualquer perigo de Anne encontrar o capitão Wentworth no Solar de Kellynch, ou de vê-lo ao lado de sua amiga. Tudo estava transcorrendo bem, e ela sorriu dos muitos anseios que tinha desperdiçado com o assunto.

14

Embora a permanência de Charles e Mary em Lyme, apos a chegada do Sr. e da Sra. Musgrove, tivesse feito Anne imaginar se a presença deles ainda era desejada, foram os primeiros da família a voltar para casa; e logo que puderam, após o regresso a Uppercross, foram à casa de lady Russell. Tinham deixado Louisa quando começava a conseguir sentar-se; mas a cabeça, embora clara, estava muito fraca, e seus nervos, extremamente suscetíveis; e embora pudessem dizer que ela, no geral, estava muito bem, ainda era impossível afirmar quando poderia suportar ser removida para casa; e o pai e a mãe, que deveriam voltar para casa a tempo de receber os filhos mais novos para as festas natalinas, não acalentavam muitas esperanças de levá-la com eles.

Todos tinham se hospedado juntos. A Sra. Musgrove cuidara dos filhos da Sra. Harville tanto quanto possível, e todos os suprimentos possíveis tinham sido enviados de Uppercross, para amenizar o incômodo dos Harville, enquanto os Harville, por sua vez, os convidavam para jantar todos os dias: e, em suma, parecia uma disputa entre os dois lados, para saber quem era mais cordial e hospitaleiro.

Mary tivera seus maus momentos; mas, de maneira geral, como sua longa permanência tornava evidente, tinha encontrado mais motivos de alegria do que de sofrimento. Charles Hayter estivera em Lyme com mais frequência do que ela gostaria; e quando jantaram na residência dos Harville, havia somente uma única criada para servir à mesa, e, a princípio, a Sra. Harville dera a precedência à Sra. Musgrove; mas a Sra. Harville se desculpara com Mary de maneira tão gentil, ao descobrir de quem era filha, e havia tanto que fazer todos os dias, houvera tantas caminhadas entre a casa onde estavam e a dos Harville, e ela tomara emprestados livros na biblioteca, e os trocava com tanta rapidez, que a balança pesou bastante a favor de Lyme. Ela tinha sido levada a Charmouth, onde se banhara, e fora à missa, e havia muito mais pessoas para observar na igreja de Lyme do que na de Uppercross; e tudo isso, somado ao fato de sentir-se muito útil, tinham tornado as duas semanas muito agradáveis.

Anne perguntou a respeito do capitão Benwick. O rosto de Mary se anuviou imediatamente. Charles riu.

– Oh! Acredito que o capitão Benwick esteja muito bem, mas ele é um jovem muito peculiar. Não o compreendo. Nós o convidamos para vir conosco por um dia ou dois: Charles comprometeu-se a levá-lo para uma caçada, e ele parecia encantado, e, de minha parte, imaginei que estava tudo acertado, quando, veja só!, na terça-feira à noite ele nos ofereceu uma desculpa muito estranha: "Eu nunca caço" e que "tinha sido malcompreendido", e que prometera isso e aquilo, mas no fim, percebi, não tinha a menor intenção de vir. Creio que ele teve medo de que fosse enfadonho; mas, palavra de honra, eu achava que éramos animados o bastante para um homem com o coração tão triste como o capitão Benwick.

Charles riu novamente e disse:

– Mary, a senhora sabe muito bem o que realmente aconteceu. Foi tudo sua culpa. – (virando-se para Anne) – Ele acreditava que se viesse conosco teria a oportunidade de encontrá-la: ele achava que todos moravam em Uppercross; mas quando descobriu que lady Russell reside a cinco quilômetros de distância, perdeu o ânimo e não teve coragem de vir. São esses os fatos, dou minha palavra de honra. Mary sabe disso.

Mas Mary não aquiesceu de bom grado, quer porque não considerasse o capitão Benwick digno, por nascimento e situação financeira, de se apaixonar por uma Elliot, ou por não querer acreditar que Anne constituía uma atração maior do que ela mesma em Uppercross. A afabilidade de Anne, entretanto, não seria diminuída pelo que ouvira. Ela audaciosamente reconheceu que estava lisonjeada e continuou a fazer perguntas.

– Ah! Ele fala a seu respeito – exclamou Charles – em termos tão...

Mary o interrompeu:

– Eu afirmo, Charles, que não o ouvi mencionar o nome de Anne nem duas vezes durante todo o período em que estive lá. Anne, eu afirmo, ele nunca falou sobre você em absoluto.

– Não – admitiu Charles. – Eu não sei dizer se ele fala a seu respeito; ainda assim, é evidente que ele a admira muito. Os pensamentos dele estão tomados por uma série de livros que a senhorita recomendou, e ele deseja falar-lhe sobre eles; ele descobriu alguma coisa em um dos livros que acha que... oh! Não posso dizer que me recordo, mas era algo muito interessante... eu o ouvi contando tudo a Henrietta; e, em seguida, a "Srta. Elliot" foi mencionada com grande estima! Agora, Mary, eu afirmo que foi exatamente o que aconteceu, eu mesmo ouvi, e a senhora estava em outro cômodo. "Elegância, doçura, beleza". Oh! Os encantos da Srta. Elliot não tinham fim.

– E eu tenho certeza – exclamou Mary calorosamente – de que, se ele realmente o fez, não merece muito crédito. A Srta. Harville morreu em junho passado. Um coração como esse não vale ganhar, não é mesmo, lady Russell? Estou certa de que concordará comigo.

– Preciso ver o capitão Benwick antes de decidir – disse lady Russell, sorrindo.

– Posso dizer-lhe, senhora, que é provável que o veja muito em breve – respondeu Charles. – Mesmo não tendo coragem para vir conosco, e depois vindo até aqui para fazer uma visita formal, ele virá até Kellynch um dia por conta própria, pode acreditar. Eu o informei sobre a distância e a estrada, e disse que a igreja era digna de nota; pois, como ele aprecia esse tipo de coisa, imaginei que poderia servir como uma boa desculpa, e ele ouviu com toda a atenção e dedicação. Não tenho dúvidas, pela sua ração, de que virá em breve. Então, eu a avisarei, lady Russell.

– Qualquer amigo de Anne sempre será bem-vindo para mim – foi a resposta gentil de lady Russell.

– Ah! Quanto a ser amigo de Anne – disse Mary–, creio que ele seja mais meu amigo, pois estive com ele todos os dias nas últimas duas semanas.

– Bem, enquanto amigo em comum de ambas, ficarei muito feliz em conhecer o capitão Benwick.

– Não encontrará nenhum aspecto muito agradável nele, eu lhe asseguro, senhora. Ele é um dos jovens mais enfadonhos que já existiram. Em algumas ocasiões, ele caminhou ao meu lado de um lado a outro da praia sem ao menos dizer uma palavra. Ele não é em absoluto um jovem bem-educado. Estou certa de que não gostará dele.

– Nesse aspecto nossas opiniões diferem, Mary – disse Anne. – Acredito que lady Russel irá gostar dele. Acho que ficará tão satisfeita com sua inteligência, que em pouco tempo não verá deficiência em seus modos.

– Eu concordo, Anne – disse Charles. – Estou certo de que lady Russell gostará dele. Ele é exatamente o tipo de lady Russell. Dê a ele um livro, e ele passará o dia inteiro lendo.

– Sim, isso ele fará – exclamou Mary com sarcasmo. – Ele irá se debruçar sobre o livro sem perceber quando alguém falar com ele, ou quando alguém deixar cair uma tesoura, ou qualquer outra coisa que acontecer. Acha que lady Russell gostaria disso?

Lady Russell não conseguiu conter a risada.

– Dou minha palavra – disse ela –, estável e prática como sou, eu não poderia supor que minha opinião a respeito de alguém pudesse gerar tantas conjeturas. Estou muito curiosa para conhecer a pessoa que suscitou opiniões tão díspares. Espero que ele seja persuadido a vir nos visitar. E quando o fizer, Mary, pode ter certeza de que ouvirá minha opinião; mas estou determinada a não julgá-lo de antemão.

– A senhora não gostará dele, posso afirmar.

Lady Russell mudou de assunto. Mary mencionou animadamente o encontro, ou melhor, o extraordinário desencontro com o Sr. Elliot.

– Ele é um homem – disse lady Russell – que eu não tenho o menor desejo de ver. A recusa em estabelecer relações cordiais com o chefe de sua família o desfavoreceu em minha opinião.

Essa declaração cortou o entusiasmo Mary, que se interrompeu no meio de uma descrição sobre o semblante de Elliot.

Em relação ao capitão Wentworth, embora Anne não tivesse se aventurado a fazer perguntas, houve suficientes informações voluntárias. Nos últimos tempos, ele tinha recuperado a disposição, como era de esperar. Conforme Louisa melhorava, ele também tinha melhorado, e estava muito diferente do que estivera na primeira semana. Ele não tinha estado com Louisa: e estava tão apavorado que uma visita sua pudesse ter consequências ruins, que não insistiu; e, pelo contrário, parecia estar planejando se ausentar por uma semana ou dez dias, até que a cabeça dela estivesse mais forte. Ele mencionara a possibilidade de ir a Plymouth por uma semana e queria persuadir o capitão Benwick a acompanhá-lo; mas, como Charles dissera, o capitão Benwick parecia muito mais disposto a ir até Kellynch.

Não há dúvidas de que, desde esse encontro, lady Russell e Anne ocasionalmente pensavam no capitão Benwick. Lady Russell não podia ouvir a campainha sem imaginar que poderia ser o mensageiro dele; nem Anne conseguia retornar de um passeio solitário pelos jardins da propriedade de seu pai, ou de qualquer visita de caridade pelo vilarejo, sem imaginar se o veria ou receberia notícias dele. O capitão Benwick não apareceu, no entanto. Ou ele estava menos disposto do que Charles pensara, ou era muito tímido; e após conceder-lhe a indulgência de uma lady Russell determinou que ele não era digno do interesse que tinha começado a suscitar.

Os Musgrove retornaram para receber seus alegres meninos e meninas que chegavam da escola, e traziam com eles os filhos da Sra. Harville, para aumentar o barulho em Uppercross e reduzir o de Lyme. Henrietta ficara com Louisa, mas todos os demais membros da família estavam em casa.

Lady Russell e Anne foram visitá-los uma vez, e Anne não pôde evitar sentir que Uppercross voltara a ter vida. Embora nem Henrietta, nem Louisa, nem Charles Hayter e nem o capitão Wentworth estivessem lá, a sala apresentava um contraste tão forte quando se poderia esperar em relação à última vez em que tinha estado ali.

Rodeando a Sra. Musgrove estavam os pequenos Harville, a quem ela protegia diligentemente da tirania das duas crianças do chalé, que estavam ali expressamente para brincar com eles. De um lado havia uma mesa que era ocupada por jovens tagarelas que cortavam pedaços de papel de seda e papel dourado; e, de outro, encontravam-se cavaletes e bandejas, curvados pelo peso de carnes de caça e tortas frias, onde meninos animados faziam uma algazarra; o cenário ficava completo com uma lareira crepitante, que parecia disposta a fazer-se ouvir a despeito de todo o barulho dos outros. Charles e Mary também compareceram, é claro, durante a visita; e o Sr. Musgrove fez questão de oferecer seus cumprimentos a lady Russell, sentando-se próximo a ela por dez minutos, falando em voz bastante alta, mas, por causa do clamor das crianças que subiam em seus joelhos, praticamente em vão. Era uma bela visão familiar.

Anne, julgando por seu temperamento, teria considerado esse furacão doméstico um péssimo tônico para os nervos, que a enfermidade de Louisa tanto abalara. Mas a Sra. Musgrove, que colocara Anne a seu lado de propósito para agradecer-lhe cordialmente inúmeras vezes por toda a dedicação dispensada a eles, concluiu uma breve recapitulação de tudo o que ela própria havia sofrido, observando, com um olhar contente pelo aposento, que depois de tudo por que tinha passado, nada mais poderia lhe fazer tão bem como a tranquila animação de sua casa.

Louisa estava se recuperando rapidamente. Sua mãe podia até pensar que ela poderia se reunir a eles em casa, antes que os irmãos e irmãs retornassem para a escola. Os Harville haviam prometido ir com ela e ficar em Uppercross quando ela retornasse. O capitão Wentworth estava ausente devido a uma visita ao irmão em Shropshire.

– Espero me lembrar no futuro – disse lady Russell, assim que retornaram à carruagem –, de não visitar Uppercross durante as festas de Natal.

Cada um tem seu gosto em relação a ruídos e a outros assuntos; e o barulho é inofensivo, ou perturbador, mais por seu tipo que por sua intensidade. Não muito tempo depois, quando lady Russell estava entrando em Bath em uma tarde chuvosa, tendo percorrido as extensas ruas desde Old Bridge a Camden Place, em meio ao grande número de carruagens, carroças e carrinhos, os gritos incessantes dos vendedores de jornal, de leite e de pão, e o incessante tinir dos tamancos, ela não reclamou. Não, aqueles eram ruídos que pertenciam aos encantamentos do inverno: seu ânimo crescia sob sua influência; e assim como a Sra. Musgrove, ela sentia, embora não falasse, que após uma longa estada no campo, nada poderia lhe fazer tão bem do que um pouco de tranquila animação.

Anne não compartilhava esses sentimentos. Ela persistia em uma aversão muito determinada, embora muito silenciosa, a Bath; teve o primeiro relance das grandes construções, com suas chaminés soltando fumaça na chuva, sem qualquer desejo de observá-las melhor; considerou o progresso através das ruas, embora desagradável, muito rápido; pois quem ficaria feliz em vê-la quando chegasse? E olhou para trás, pesarosa, para o alvoroço de Uppercross e a reclusão de Kellynch.

A última carta de Elizabeth trazia uma notícia interessante. O Sr. Elliot estava em Bath. Ele visitara Camden Place; visitara uma segunda vez, uma terceira; fora bastante atencioso: se Elizabeth e o pai não estivessem equivocados, ele se esforçava tanto para estabelecer a amizade, e proclamar o valor do parentesco como antes se esforçara para demonstrar indiferença. Isso seria maravilhoso, caso fosse verdade; e lady Russell estava em um agradável estado de curiosidade e perplexidade sobre o Sr. Elliot, já desdizendo o sentimento que havia tão pouco tempo expressara para Mary, de que ele era "um homem que ela não desejava conhecer". Ela desejava muito conhecê-lo. Se ele realmente tencionava reconciliar-se como um obediente membro da família, ele deveria ser perdoado por ter se desvencilhado da linhagem paterna.

Anne não estava igualmente animada pela circunstância, mas sentia que preferiria encontrar o Sr. Elliot que não entrar, o que era mais do que poderia dizer em relação a várias pessoas em Bath.

Ela foi deixada em Camden Place, e lady Russell seguiu suas próprias acomodações em Rivers Street.

15

Sir Walter escolhera uma bela casa em Camden Place, uma localização imponente e digna, como cabia a um homem importante; e tanto ele quanto Elizabeth estavam muito bem instalados ali.

Anne entrou com o coração triste, antecipando um aprisionamento de muitos meses, e ansiosamente dizendo para si mesma: "Ah! Quando deixarei novamente este lugar?" Mas uma cordialidade inesperada nas boas-vindas que recebeu lhe fez bem. O pai e a irmã estavam felizes em vê-la, e animados para lhe mostrar a casa e o mobiliário, e receberem-na com afeto. O fato de passarem a ser quatro à mesa com a presença dela foi considerado uma vantagem.

A Sra. Clay estava muito agradável e muito sorridente, mas sua cortesia e seus sorrisos eram uma questão de hábito. Anne havia imaginado que ela se comportaria como esperado na ocasião de sua chegada, mas a amabilidade dos demais não fora prevista. Evidentemente, eles estavam muito bem-humorados, e logo ela saberia a causa. Eles não desejavam ouvi-la. Após esperarem para ouvir quanto sua ausência era sentida na antiga vizinhança, o que Anne não pôde lhes dizer, tinham apenas algumas poucas perguntas a fazer, antes que dominassem a conversa. Uppercross não suscitava qualquer interesse, e Kellynch, muito pouco: o que importava era Bath.

Eles tiveram o prazer de informá-la que Bath excedia as expectativas em todos os aspectos. A casa em que residiam era, sem dúvida alguma, a melhor em Camden Place, as salas possuíam vantagens evidentes sobre todas as outras que haviam visitado, visto ou de que tivessem ouvido falar, e a superioridade também se mostrava na adequação dos espaços e no bom gosto do mobiliário. A companhia deles era extremamente procurada. Todos queriam visitá-los. Tinham recusado vários convites, e, mesmo assim, estavam sempre recebendo cartões de visita de completos desconhecidos.

Havia inúmeros prazeres! Anne deveria ficar surpresa com a felicidade do pai e da irmã? Talvez não, mas lamentava que ele não sentisse que a mudança era degradante, não se incomodasse por se abster dos deveres e da dignidade de um proprietário de terras, e encontrasse tantos motivos para se envaidecer em uma cidade mesquinha; e ela suspirava, sorria e se surpreendia, conforme Elizabeth abria as portas e caminhava exultante de uma sala de estar à outra, vangloriando-se do espaço: que aquela mulher, que, ora senhora do Solar de Kellynch, encontrasse motivos para se orgulhar entre duas paredes, a apenas uns dez metros uma da outra.

Mas aquilo não era tudo o que tinham para se sentirem felizes. Tinham também o Sr. Elliot. Anne precisou ouvir muito sobre o Sr. Elliot. Ele não fora simplesmente perdoado, estavam inteiramente encantados com ele. Ele estava em Bath havia aproximadamente duas semanas (passara por Bath em novembro, a caminho de Londres, quando a notícia de que Sir Walter estava instalado na cidade chegara a seus ouvidos, embora só tivesse ficado ali por vinte e quatro horas, mas não tinha podido aproveitar a oportunidade); mas agora estava em

Bath havia duas semanas, e seu primeiro objetivo ao chegar fora deixar um cartão de visita em Camden Place, o que foi seguido por uma série de tentativas de marcar um encontro, e quando se encontraram, de uma conduta tão franca, de tal prontidão em se desculpar pelo passado, de tamanho desejo de ser novamente recebido como integrante da família, que o antigo entendimento fora completamente restabelecido.

Eles não viam defeito algum no Sr. Elliot. Ele havia esclarecido a impressão de indiferença que causara. Tudo não passara de um grande mal-entendido. Ele jamais desejara se afastar; temera estar sendo desprezado por eles, mas não sabia por quê, e a discrição o obrigara a se calar. Diante da insinuação de que pudesse ter falado de maneira desrespeitosa ou negligente da família e de sua honra, ficou bastante indignado. Ele, que sempre se vangloriara por ser um Elliot, e cujos sentimentos em relação ao parentesco eram rigorosos demais para se adequarem ao tom antifeudal dos tempos atuais! Ele estava perplexo, de fato, mas seu caráter e sua conduta geral o contradiziam. Sir Walter poderia certificar-se com todos os seus conhecidos; e certamente, o esforço que vinha empreendendo nessa primeira oportunidade de reconciliação, para ser readmitido à condição de parente e herdeiro, era um forte indício de sua opinião sobre o assunto.

As circunstâncias de seu casamento também pareciam admitir atenuantes. Esse era um assunto do qual ele não trataria pessoalmente; mas um amigo muito íntimo, certo coronel Wallis, homem muito respeitável e um perfeito cavalheiro (e bem-apessoado, segundo Sir Walter), que vivia com muito conforto em Marlborough Buildings, e que tinha, por sua própria solicitação, sido apresentado pelo Sr Elliot, mencionara uma ou duas coisas sobre o casamento, que tiveram grande impacto na má impressão que tinham.

O coronel Wallis conhecia o Sr. Elliot havia muito tempo e tivera contato também com sua esposa, por isso compreendera a história perfeitamente. Ela certamente não era uma moça de família, mas era bem-educada, prendada, rica e excessivamente apaixonada por seu amigo. Esse tinha sido o encanto. Ela o procurara. Sem essa atração, nem todo o dinheiro que possuía teria tentado Elliot, e Sir Walter fora, além disso, assegurado de que ela fora uma mulher muito bonita. Aquilo amenizava muito a situação. Uma bela mulher, com uma grande fortuna e apaixonada por ele! Sir Walter pareceu aceitar aquilo como uma desculpa definitiva; e embora Elizabeth não conseguisse enxergar o caso sob uma luz tão favorável, concordou que havia um grande atenuante.

O Sr. Elliot aparecia com frequência, jantara com a família uma vez, evidentemente encantado pela distinção do convite, pois eles não costumavam oferecer jantares; satisfeito, em suma, pela atenção dos primos, e baseando toda a sua felicidade em estabelecer relações próximas com Camden Place.

Anne ouviu, mas não compreendeu inteiramente. Ela sabia que deveria fazer concessões, grandes concessões, às opiniões dos que falavam. Sem dúvida alguma estavam exagerando. Tudo o que soava extravagante ou irracional, durante o processo de reconciliação, não devia ter outra origem que não nas palavras dos próprios relatores. De qualquer maneira, ela tinha a sensação de que havia algo por trás do interesse do Sr. Elliot, após um intervalo de tantos anos, de ser bem recebido por eles. Do ponto de vista material, ele não ganhava nada fazendo as pazes com Sir Walter; não arriscava nada por não estar em bons termos com ele. Possivelmente, ele já era o mais rico dos dois, e Kellynch certamente seria dele no futuro, da mesma maneira que o título. Para um homem sensato, e ele aparentava ser um homem *muito* sensato. Qual seria o interesse naquilo? Ela só conseguia pensar em uma resposta: era, talvez, por causa de Elizabeth. Era possível que tivesse havido um sentimento no passado, embora a conveniência e o acaso o houvessem conduzido a um caminho diferente; e agora, que ele podia se dar ao luxo de agir como queria, talvez pretendesse cortejá-la. Sem dúvida, Elizabeth era muito bonita, com maneiras educadas, elegantes, e seu caráter podia nunca ter sido compreendido pelo Sr. Elliot, que só a encontrara em público, e quando ele próprio ainda era muito jovem. Como seu temperamento e inteligência passariam pelo escrutínio dele, agora mais velho, era outra questão, e bastante preocupante. Ela ansiava fervorosamente que ele não fosse demasiado amável ou observador, caso Elizabeth fosse alvo de seu interesse; e parecia evidente que Elizabeth estava disposta a acreditar que sim, e que sua amiga, a Sra. Clay, a encorajava, de acordo com a troca de olhares entre as duas quando mencionavam as frequentes visitas do Sr. Elliot.

Anne mencionou tê-lo visto em Lyme, mas não lhe deram muita atenção. "Oh! Sim, é possível que fosse o Sr. Elliot. Eles não sabiam ao certo. Podia ser ele, talvez." Não queriam ouvir a descrição de Anne sobre ele. Eles mesmos o descreviam; especialmente Sir Walter. Ele fazia justiça à sua aparência cavalheiresca, seu ar elegante e distinto, seu rosto bem-proporcionado, seu olhar sábio; mas ao mesmo tempo, "lamentava que tivesse um queixo tão saliente, defeito que parecia ter piorado com o tempo; nem poderia fingir que dez anos não tinham alterado quase todas as feições para pior. O Sr. Elliot parecia pensar que ele (Sir Walter) tinha exatamente a mesma aparência que na última ocasião em que tinham se encontrado"; mas Sir Walter "não tinha podido retribuir o elogio inteiramente, o que o deixara acabrunhado. No entanto, ele não tinha a intenção de reclamar. O Sr. Elliot era mais bem-apessoado que a maioria dos homens, e ele não fazia objeção em ser visto com ele em qualquer lugar."

O Sr. Elliot e seu amigo de Marlborough Buildings foram o assunto de toda a tarde. "O coronel Wallis estava tão impaciente para ser apresentado a eles! E o Sr. Elliot tão ansioso por isso!", e havia também uma Sra. Wallis, que até o momento só conheciam através de descrições, pois estava nos últimos dias de gravidez; mas o Sr. Elliot falava dela como sendo "uma mulher encantadora, digna de ser conhecida em Camden Place", e tão logo se recuperasse, eles se conheceriam. Sir Walter tinha grande estima pela Sra. Wallis; diziam que era uma mulher extremamente bonita, linda. "Ele ansiava em vê-la. Ele esperava que ela pudesse compensasse os muitos rostos feios com os quais ele continuamente cruzava nas ruas. O pior de Bath era a quantidade de mulheres feias. Ele não queria dizer que não havia mulheres bonitas, mas o número de mulheres feias era desproporcional. Ele tinha observado com frequência, conforme caminhava, que um rosto bonito seria seguido por trinta, ou trinta e cinco, rostos feios; e certa vez, quando parara em uma loja em Bond Street ele havia contado oitenta e sete mulheres passando, uma depois da outra, sem ver um único rosto tolerável entre elas. Era uma manhã muito fria com uma terrível geada, e nem mesmo uma mulher entre mil teria se saído bem. De qualquer maneira, existia uma espantosa abundância de mulheres feias em Bath; e quanto aos homens! Eram infinitamente piores. As ruas estavam repletas de espantalhos! Era evidente que as mulheres estavam pouco acostumadas a ver qualquer coisa tolerável, pelo efeito causado por um homem de aparência decente. Ele nunca caminhara ao lado do coronel Wallis (que tinha uma bela figura militar, ainda que fosse ruivo) sem observar que os olhares de todas as mulheres recaíam sobre ele; com certeza, todos os olhares femininos voltavam-se para o coronel Wallis". Sir Walter, que modesto! No entanto não conseguiu escapar. A filha e a Sra. Clay mencionaram em uníssono que o acompanhante do coronel Wallis tinha uma aparência tão boa quanto a dele, e certamente não era ruivo.

– Como está Mary? – perguntou Sir Walter, no auge do bom humor. – Na última vez em que a vi ela estava com o nariz vermelho, mas espero que isso não ocorra todos os dias.

– Oh! Não, deve ter sido só daquela vez. De maneira geral, sua saúde e sua aparência estão muito boas e desde o dia de São Miguel.

– Se não achasse que seria um estímulo a sair no vento forte e estragar a pele, eu enviaria para ela um chapéu novo e uma peliça.

Anne considerava silenciosamente se deveria se aventurar a sugerir que um vestido ou uma touca não seriam passíveis de mau uso, quando uma batida na porta suspendeu tudo. "Uma batida na porta! E tão tarde! Já eram dez horas da noite! Poderia ser o Sr. Elliot? Eles sabiam que ele jantaria em Lansdown Crescent. Era possível que tivesse parado ali a caminho de casa para saber como estavam passando. Não conseguiam pensar em mais ninguém. A Sra. Clay estava certa de que se tratava da batida do Sr. Elliot". A Sra. Clay estava certa. Com toda a cerimônia que um mordomo e um criado poderiam oferecer, o Sr. Elliot foi introduzido conduzido na sala.

Era o mesmo, exatamente o mesmo homem, sem qualquer diferença a não ser pela vestimenta. Anne recuou um pouco, enquanto os demais recebiam seus cumprimentos, e a irmã, suas desculpas por chegar a uma hora tão pouco habitual, mas "ele não podia estar tão perto sem desejar saber se nem ela nem sua amiga tinham se gripado no dia anterior" etc., etc.: o que foi tão educadamente dito e recebido quanto possível, mas então era a vez dela. Sir Walter falou na filha mais nova: "O Sr. Elliot deveria lhe dar o prazer de apresentar sua filha mais nova" (não era o momento para mencionar Mary); e Anne, sorrindo e corando, mostrou ao Sir Elliot as belas feições que ele não tinha de maneira alguma esquecido, e imediatamente percebeu, divertindo-se com sua surpresa, que ele não tinha percebido de quem se tratava. Ele parecia inteiramente perplexo, mas não mais perplexo que satisfeito; seus olhos brilharam, e com grande espontaneidade louvou o parentesco, aludiu ao passado e rogou ser recebido como um amigo. Ele era tão bonito quanto lhe parecera em Lyme, suas feições eram favorecidas quando falava, e suas maneiras eram exatamente como deveriam ser, tão educadas, tão serenas, tão agradáveis, que ela só podia compará-las em excelência às de uma pessoa. Não eram iguais, mas eram, talvez, igualmente primorosas.

Ele sentou-se com eles e contribuiu muito para a conversa. Não havia dúvidas de que fosse um homem sensato. Dez minutos bastaram para comprovar isso. Seu tom de voz, suas expressões, sua escolha de assuntos, o fato de saber quando parar; era a ação de uma mente sensata e perspicaz. Tão logo lhe foi possível, começou a falar com ela sobre Lyme, desejoso de comparar opiniões a respeito do lugar, mas especialmente querendo falar sobre o fato de terem estado na mesma hospedaria ao mesmo tempo; descrever a própria viagem, saber um pouco sobre a dela, e lamentar ter perdido a oportunidade de apresentar seus cumprimentos a ela. Ela fez um breve relato sobre seu grupo e seus objetivos em Lyme. O pesar dele aumentou conforme ouvia. Ele tinha passado a tarde sozinho no cômodo contíguo ao deles; ouvira vozes e risadas constantes; imaginara que eram um grupo encantador de pessoas, desejara juntar-se a eles, mas certamente não suspeitara de que tinha o mínimo direito de se apresentar a eles. Se tivesse ao menos perguntado quem eram! O nome Musgrove teria sido o suficiente. "Bem, ao menos o curaria de uma prática absurda de nunca fazer perguntas em uma hospedaria, que tinha adotado quando ainda era muito jovem, seguindo o princípio de que é muito indelicado ser curioso."

– As noções de um jovem de vinte e um, vinte e dois anos – disse ele – sobre o que é necessário para se tornar respeitado são mais absurdas, creio, que as de qualquer outra pessoa neste mundo. A tolice dos meios que empregam só pode ser equiparada à tolice de seus objetivos.

Mas ele não deveria dirigir suas reflexões exclusivamente para Anne: ele sabia disso; e logo voltou-se para os outros, e somente a intervalos podia voltar a se referir a Lyme.

Suas perguntas, no entanto, produziram um relato dos acontecimentos em que Anne estivera envolvida, assim que ele partira. Diante da alusão a "um acidente", ele quis saber de tudo. Quando ele questionou, Sir Walter e Elizabeth se puseram a fazer o mesmo, mas a diferença em suas maneiras não podia passar despercebida. Ela podia apenas comparar Sir Elliot a lady Russell, em seu desejo de compreender realmente o que havia acontecido, e no grau de preocupação pelo que ela devia ter sofrido ao passar por aquilo.

Ele permaneceu uma hora na companhia deles. O elegante relógio sobre a lareira soou onze horas com um badalar límpido, e o guarda noturno começou a ser ouvido dizendo o mesmo antes que o Sr. Elliot, ou qualquer um dos demais, percebesse que se passara tanto tempo.

Anne não poderia ter imaginado que sua primeira noite em Camden Place seria tão agradável!

16

Ao retornar para sua família, havia um ponto que deixaria Anne ainda mais agradecida do que o fato do Sr. Elliot estar apaixonado por Elizabeth, que era seu pai não estar apaixonado pela Sra. Clay; e, após apenas algumas horas em casa, ela estava longe de sentir-se tranquila a esse respeito. Ao descer para o desjejum na manhã seguinte, percebeu que havia uma pretensa intenção, por parte dessa senhora, de deixá-los. Ela podia imaginar a Sra. Clay dizendo que "agora que a Srta. Anne chegara, ela não podia imaginar que sua presença era desejada"; pois Elizabeth estava respondendo em uma espécie de sussurro:

– Não há razão para tanto, certamente. Posso assegurá-la de que não é o que desejo. Ela não significa nada para mim, comparada a você.

E ainda teve tempo de ouvir o pai dizer:

– Minha cara senhora, não faça isso. Ainda não viu nada de Bath. A senhora foi muito útil enquanto esteve aqui. Não deve nos abandonar agora. Deve ficar para conhecer a Sra. Wallis, a bela Sra. Wallis. Para uma mente refinada como a sua, bem sei que a visão da beleza é algo gratificante.

Ele falava com um ar tão sincero, que Anne não se surpreendeu ao ver a Sra. Clay lançando para ela e para Elizabeth um olhar de relance. Talvez a expressão de Anne expressasse algum receio; mas aquele elogio à mente refinada não parecia suscitar nenhuma reação na irmã. A senhora não tinha outra opção a não ser aquiescer a todas essas súplicas, e prometeu ficar.

Ao longo dessa mesma manhã, Anne e o pai viram-se sozinhos e ele elogiou a melhora de sua aparência; achou-a "menos magra tanto no corpo quanto no rosto; a pele, muito melhor: mais clara e fresca. Estava usando algo em particular?"

– Não, nada.

– Apenas loção Gowland – ele supôs.

– Não, absolutamente nada.

– Ah! – ele disse, surpreso, e adicionou: – o melhor que você não pode fazer é continuar como está; não se pode melhorar o que está bom; caso contrário, eu recomendaria o uso de Gowland durante os meses da primavera. A Sra. Clay tem usado por recomendação minha, e veja o que fez por ela. Veja como acabou com suas sardas.

Se Elizabeth pudesse ter ouvido aquilo! Um elogio tão pessoal poderia tê-la feito cair em si, sobretudo porque Anne não achava que as sardas pareciam em nada suavizadas. Mas as coisas devem seguir o seu curso. O malefício de um casamento poderia ser diminuído se Elizabeth também se casasse. Quanto a ela, sempre poderia ficar com lady Russell.

A compostura e a polidez de lady Russell foram colocadas à prova em suas relações em Camden Place. Ver a Sra. Clay em tão boas graças e Anne tão negligenciada era uma provocação constante para ela ali; e a aborrecia tanto quando estava distante quanto uma pessoa em Bath que bebe a água, lê todas as publicações recentes e tem muitos conhecidos pode se aborrecer.

Quando conheceu o Sr. Elliot, ela tornou-se mais bondosa, ou mais indiferente, em relação aos demais. Suas maneiras eram uma recomendação imediata; e, conversando com ele, descobriu que o interior condizia tão perfeitamente com o exterior que, a princípio, conforme contou a Anne, esteve prestes a exclamar: "Será mesmo o Sr. Elliot?", e não podia imaginar um homem mais agradável e adorável. Todos os predicados se uniam nele: inteligência, opiniões acertadas, conhecimento sobre o mundo e um coração bondoso. Possuía fortes sentimentos em relação aos laços e à honra familiares, sem demonstrar orgulho ou fraqueza; vivia com a liberalidade de um homem de fortuna, mas sem ostentação; ele tinha opiniões próprias em relação aos assuntos importantes, sem desafiar a opinião pública em nenhuma questão de decoro social. Ele era estável, observador, moderado e sincero; nunca se deixava levar pelo entusiasmo ou pelo egoísmo; e ainda assim, demonstrava sensibilidade para o que era agradável e encantador, e valorizava as alegrias da vida doméstica, sentimentos raros em personalidades propensas a entusiasmos imaginários e agitações violentas. Ela estava certa de que ele não fora feliz no casamento. O coronel Wallis o afirmara, e lady Russell percebera; mas a infelicidade não tinha tornado seu espírito rancoroso, nem (ela logo começou a suspeitar) o impedia de pensar em uma segunda escolha. Seu contentamento em relação ao Sr. Elliot sobrepunha-se a todos os aborrecimentos causados pela Sra. Clay.

Havia alguns anos que Anne tinha compreendido que ela e sua grande amiga às vezes possuíam opiniões diferentes;

e se surpreendeu, portanto, que lady Russell não visse nada de suspeito ou inconsistente, nenhuma segunda intenção no desejo de reconciliação do Sr. Elliot. Para lady Russell, era perfeitamente natural que o Sr. Elliot, agora mais maduro, tivesse como objetivo, o que o tornava ainda mais recomendável, entre as pessoas sensatas, estar em bons termos com o chefe de sua família; o resultado de um dos processos mais simples do mundo para alguém inteligente, e que somente cometera um equívoco na juventude. Anne atreveu-se, no entanto, a sorrir daquilo; e, afinal, a mencionar "Elizabeth". Lady Russell ouviu, considerou e limitou-se a dar a seguinte resposta cautelosa:

– Elizabeth! Muito bem; o tempo dirá.

Era uma referência ao futuro, que Anne, após uma breve reflexão, percebeu que devia aceitar. Ela não poderia determinar nada naquele momento. Naquela casa, Elizabeth vinha em primeiro lugar; e estava tão habituada a ser conhecida por todos como "Srta. Elliot", que qualquer atenção particular parecia quase impossível. O Sr. Elliot, deve-se recordar, era viúvo havia apenas sete meses. Certa morosidade em suas ações era totalmente adequada. Na verdade, Anne não conseguia ver sua faixa de luto sem temer que fosse ela a inadequada, ao atribuir-lhe tais ideias; pois embora o casamento não tivesse sido feliz, ainda assim tinha durado por tantos anos, que ela não poderia compreender uma recuperação rápida da terrível impressão de seu término. Independentemente de como tudo terminasse, ele era, sem dúvida alguma, o conhecido mais agradável que tinham em Bath; ela não via ninguém com quem pudesse compará-lo; e era uma grande satisfação quando, de vez em quando, conversavam sobre Lyme, que ele, assim como ela, desejava avidamente rever e conhecer melhor. Eles falaram dos pormenores de seu primeiro encontro diversas vezes. Ele deu a entender que a olhara com interesse. Ela o sabia bem; e se lembrava também do olhar de outra pessoa.

Eles nem sempre pensavam da mesma forma. Ela via que o valor que ele dava à posição social e às relações era superior ao seu. Não foi apenas gentileza, deve ter sido amor à causa, o que o motivou a discorrer calorosamente sobre o interesse de seu pai e de sua irmã por um assunto que ela considerava indigno de animá-los. Certa manhã, o jornal de Bath anunciou a chegada da viscondessa viúva Dalrymple, e de sua filha, a ilustre Srta. Carteret; e toda a tranquilidade do nº – de Camden Place esvaiu-se por vários dias; pois os Dalrymple (infelizmente, na opinião de Anne) eram primos dos Elliot; e o desafio era apresentarem-se de maneira apropriada.

Anne nunca vira o pai ou a irmã em contato com a nobreza, e teve que admitir que estava desapontada. Ela esperava mais do elevado conceito que tinham sobre a própria posição social, e acabou reduzida a desejar algo que nunca imaginara: que tivessem mais orgulho; pois passou o dia ouvindo "nossas primas, lady Dalrymple e a Srta. Carteret" e "nossas primas, as Dalrymple".

Sir Walter estivera uma vez na companhia do falecido visconde, mas nunca conhecera o restante da família; e as dificuldades nesse caso deviam-se à suspensão de toda a troca da correspondência formal, desde a morte do referido visconde, quando, em consequência de uma grave enfermidade que tinha acometido Sir Walter, ao mesmo tempo, houvera uma infeliz omissão da parte de Kellynch. Não fora enviada nenhuma carta de condolências à Irlanda. A negligência voltou-se contra o pecador; pois quando a pobre Sra. Elliot faleceu, nenhuma carta de condolências foi recebida em Kellynch, e, consequentemente, havia motivos suficientes para acreditar que os Dalrymple consideravam as relações encerradas. Como consertar essa situação e uma vez mais ser admitidos como primos era a questão: e era uma questão que, embora de maneira mais racional, nem lady Russell e nem o Sr. Elliot consideravam desimportante. "As relações familiares sempre devem ser preservadas, boas companhias sempre merecem ser procuradas; lady Dalrymple tinha alugado uma casa em Laura Place, por três meses, e viveria com luxo. Ela estivera em Bath no ano anterior, e lady Russell ouvira dizer que era uma mulher encantadora. Era muito desejável que a relação entre as famílias fosse renovada, se fosse possível, sem comprometer o decoro dos Elliot."

Sir Walter, no entanto, decidiu agir por conta própria e, por fim, escreveu uma bela carta repleta de explicações, arrependimentos e súplicas à sua nobre prima. Nem lady Russell nem o Sr. Elliot apreciaram a carta; mas esta obteve o efeito esperado, proporcionando, como resposta, três linhas rabiscadas pela viscondessa viúva. "Ela estava muito honrada e ficaria muito feliz em vê-los." A parte desagradável do caso terminara, começavam as alegrias. Eles visitaram Laura Place, eles colocaram os cartões de visita da viscondessa viúva Dalrymple e da ilustre Srta. Carteret onde pudessem ficar bastante visíveis; e "nossas primas em Laura Place" e "nossas primas lady Dalrymple e Srta. Carteret" eram mencionadas para todos.

Anne sentia-se envergonhada. Mesmo que lady Dalrymple e a filha fossem muito agradáveis, ficaria envergonhada pelo alvoroço que causavam; mas não eram em nada interessantes. Não possuíam superioridade de modos, de talentos ou de inteligência. Lady Dalrymple era conhecida como "uma mulher encantadora" porque tinha um sorriso e uma resposta polida para todos. A Srta. Carteret, ainda mais calada, era tão feia e desagradável, que nunca teria sido tolerada em Camden Place se não fosse por sua origem.

Lady Russell confessou que esperava algo melhor; ainda assim, "era uma relação que valia a pena possuir"; e quando Anne se aventurou a compartilhar sua opinião com o Sr. Elliot, ele concordou que elas, pessoalmente, não tinham nada de especial, mas como relações familiares, como boas companhias e como pessoas que atraíam boas companhias, tinham seu valor. Anne sorriu e disse:

– Minha ideia de boa companhia, Sr. Elliot, é a companhia de pessoas inteligentes e bem-informadas, que sabem conversar sobre diversos assuntos; é a isso que chamo boa companhia.

– A senhorita está equivocada – disse ele gentilmente –, essas não são boas companhias; são as melhores. Boa companhia requer apenas boa origem familiar, educação e bons modos, sendo que a educação não precisa ser das melhores. Ter berço e boas maneiras é essencial; mas alguma instrução não é, em absoluto, perigosa para a boa companhia; pelo contrário, cai muito bem. Minha prima Anne balança a cabeça. Ela não está satisfeita. Ela é exigente. Minha querida prima – (sentando-se ao lado dela) –, a senhorita tem mais direito de ser exigente do que qualquer outra dama que conheço; mas de que servirá? Isso a fará feliz? Não seria melhor aceitar a companhia dessas gentis damas de Laura Place e aproveitar ao máximo todas as vantagens desse parentesco? Pode acreditar que neste inverno elas frequentarão os melhores círculos de Bath e, como nobreza é nobreza, o fato de saberem que é relacionada a elas será de grande auxílio para elevar sua família (nossa família, se me permite) a um nível de consideração almejado por todos.

– Sim – suspirou Anne –, seremos, de fato, reconhecidos como parentes delas! – Então, refazendo-se, e sem desejar uma resposta, adicionou: – Estou convencida de que se fez mais do que era devido pelo restabelecimento das relações. Acho – (sorrindo) – que tenho mais orgulho do que qualquer um de vocês; mas confesso que me aborrece precisarmos ser tão solícitos para ter reconhecido um parentesco que, com certeza, para elas é uma questão de total indiferença.

– Perdoe-me, querida prima, a senhorita está sendo injusta com seus próprios direitos. Em Londres, talvez, com o estilo de vida sossegado que sua família leva hoje, poderia ser dessa maneira; mas em Bath, Sir Walter Elliot e sua família sempre serão dignos de nota: sempre serão reconhecidos.

– Bem – disse Anne –, certamente sou orgulhosa, orgulhosa demais para apreciar uma recepção que depende inteiramente do lugar em que nos encontramos.

– Adoro sua indignação – disse ele –, é muito natural. Mas aqui estão vocês, em Bath, e o objetivo é se estabelecer aqui com todo o prestígio e a dignidade pertencentes a Sir Walter Elliot. A senhorita se refere ao fato de ser orgulhosa; sou chamado de orgulhoso, eu sei, e não gostaria de ser diferente; pois nosso orgulho, se analisado, teria o mesmo objetivo, não tenho dúvidas, mesmo que o tipo de orgulho pudesse parecer um pouco diferente. Em um aspecto, estou certo, minha querida prima – (ele continuou, falando baixo, mesmo que não houvesse mais ninguém no aposento) – em um aspecto tenho certeza de que nos sentimos da mesma forma. Percebemos que qualquer acréscimo ao círculo de relações de seu pai, entre seus iguais ou superiores, pode ser extremamente útil para desviar seus pensamentos daqueles que lhe são inferiores.

Ele olhou, enquanto falava, para o assento previamente ocupado pela Sra. Clay: era uma explicação suficiente para o que queria dizer; e embora Anne não pudesse acreditar que sentissem o mesmo tipo de orgulho, ficou satisfeita com o fato de que ele desgostava da Sra. Clay; e sua consciência admitiu que a intenção dele de ampliar os conhecimentos de seu pai era mais do que justificável caso servisse para derrotá-la.

17

Enquanto Sir Walter e Elizabeth apostavam na boa aventurança em Laura Place, Anne resgatava uma amizade bastante diferente.

Ela visitara sua antiga governanta, e ela lhe revelara que estava em Bath uma ex-colega de escola, que merecia sua atenção por dois motivos: sua gentileza no passado e seu sofrimento no presente. A Srta. Hamilton, agora Sra. Smith, tinha-lhe sido gentil em um dos períodos de sua vida em que mais precisara. Infeliz, Anne fora enviada para a escola, lamentando a perda de uma mãe muito amada, sentindo o afastamento do lar, e sofrendo como qualquer menina de quatorze anos, com grande sensibilidade e pouco ânimo, sofreria em um momento como esse; e a Srta. Hamilton, três anos mais velha do que ela, mas que, ainda assim, permaneceria na escola por mais um ano pela falta de parentes próximos e de um lar definitivo, fora útil e bondosa com ela de uma maneira que tinha reduzido consideravelmente sua infelicidade, e Anne nunca a recordava com indiferença.

A Srta. Hamilton deixara a escola, casara-se pouco depois, diziam que seu marido era um homem rico, e isso era tudo o que Anne sabia a seu respeito, até aquele momento, em que o relato da governanta revelava que sua situação era muito diferente.

Ela estava viúva e pobre. O marido era extravagante; e, ao morrer, cerca de dois anos antes, deixara seus negócios terrivelmente desorganizados. Ela enfrentara todo tipo de dificuldade e, além dessas angústias, fora acometida por uma severa febre reumática que acabara por atacar suas pernas, tornando-a aleijada. Ela viera para Bath por essa razão, e estava acomodada em uma estalagem próxima às piscinas termais, vivendo de maneira muito humilde, impossibilitada sequer de custear uma criada e, é claro, praticamente excluída da sociedade.

A amiga em comum explicitou a satisfação que a visita da Srta. Elliot daria à Sra. Smith, e Anne não perdeu tempo. Em casa, ela não mencionou nada sobre o que tinha ouvido ou que pretendia fazer. Eles não se interessariam. Ela consultou apenas lady Russell, que compreendeu inteiramente seus sentimentos, e ficou satisfeita em conduzi-la o mais próximo das acomodações da Sra. Smith, em Westgate Buildings, que Anne permitiu.

A visita foi feita, as relações restabelecidas, os sentimentos entre as duas, mais do que reavivados. Os primeiros dez minutos tiveram seu constrangimento e sua emoção. Doze anos haviam se passado desde a última vez que tinham se visto, e cada uma se mostrava diferente do que a outra tinha imaginado. Doze anos tinham transformado Anne de uma quieta menina de quinze anos, sem formas, que começava a desabrochar em uma mulher elegante de vinte e sete, com toda a beleza exceto o frescor da juventude, e dona de modos corretos e invariavelmente gentis; e doze anos haviam transformado a bela Srta. Hamilton, em pleno resplendor da saúde e da confiança na própria superioridade, em uma viúva pobre, enferma e impotente, recebendo a visita de sua antiga protegida como um favor; mas todos esses elementos desagradáveis logo passaram, deixando somente o encantamento das lembranças passadas e dos velhos tempos.

Anne encontrou na Sra. Smith o bom-senso e as maneiras agradáveis com as quais contava, e uma disposição para conversar e mostrar-se alegre que superava todas as suas expectativas. Nem a dissipação do passado – e ela levara uma vida bastante mundana – nem as restrições do presente, nem a doença ou a tristeza tinham conseguido fechar seu coração ou arruinar seu ânimo.

Durante a segunda visita, ela falou de maneira muito franca, e a perplexidade de Anne aumentou. Ela mal conseguia conceber uma situação mais infeliz que a da Sra. Smith. Ela gostava muito do marido, e o tinha enterrado. Ela estava acostumada à abundância, mas tudo estava perdido. Ela não tinha filhos que pudessem reconectá-la à vida e à felicidade, nem parentes para assisti-la nos negócios, e nem saúde para tornar todo o resto suportável. Suas acomodações se limitavam a uma sala barulhenta com um quarto escuro aos fundos, e ela era incapaz de mover-se de um cômodo ao outro sem assistência, que apenas uma criada na casa podia lhe dar, e ela nunca saía, a não ser para ser conduzida às águas termais. No entanto, a despeito de tudo isso, Anne tinha razões para acreditar que os momentos de abatimento e depressão não se comparavam às horas de ocupação e alegria. Como podia ser? Ela analisou, observou, refletiu e finalmente determinou que não se tratava apenas de um caso de força moral ou resignação. Um espírito submisso poderia ser paciente, uma mente forte oferece determinação, mas havia algo mais; ali havia uma elasticidade de espírito, uma disposição para ser consolada, um poder de transformar prontamente o mal em bem, e de encontrar ocupações que a distraíssem, que eram de sua natureza. Era o maior dom oferecido pelos Céus; e Anne via em sua amiga uma daquelas qualidades que, por um misericordioso desígnio, compensa todas as outras carências.

Houvera um tempo, a Sra. Smith lhe contou, que seu ânimo quase lhe faltara. Ela não podia considerar-se inválida agora, em comparação ao estado em que estava quando chegara a Bath. Era digna de pena então; pois tinha se resfriado durante a viagem e mal tinha chegado a seu alojamento e já estava novamente confinada à cama, sofrendo de dores severas e constantes; e tudo isso entre estranhos, com imensa necessidade de ter uma enfermeira constante, mas sem que suas finanças permitissem gastos adicionais. Ela tinha resistido, no entanto, e podia afirmar sinceramente que essas provações lhe tinham feito bem. Sentir que estava em boas mãos aumentara seu bem-estar. Ela tinha visto demais do mundo para esperar a amizade súbita e desinteressada, mas sua doença lhe demonstrara que a senhoria tinha um caráter digno, e que não a destrataria; e fora particularmente afortunada com sua enfermeira, pois, além de ser profissional, era irmã da senhoria, hospedando-se naquela casa quando não tinha emprego, e estava livre para cuidar dela na ocasião.

– E ela – disse a Sra. Smith –, além de cuidar de mim admiravelmente, provou-se uma valorosa amiga. Tão logo pude usar as mãos, ela me ensinou a tricotar. O que tem sido um grande divertimento; e ela me deu a oportunidade de fazer essas caixinhas de costura, alfineteiras e porta cartões de visita, com os quais estou sempre ocupada, e que me permitem fazer o bem a uma ou duas famílias muito pobres desta vizinhança. Em virtude de sua profissão, é claro, ela conhece muitas pessoas em condições de comprar esses artigos, e consegue vender o que produzo. Ela sempre sabe a hora certa de oferecê-los. Todos estão com o coração aberto quando escaparam recentemente de uma dor severa ou estão recuperando a bênção da saúde, e a enfermeira Rooke sabe perfeitamente quando deve falar. Ela é uma mulher perspicaz, inteligente e sensata. Consegue perceber a natureza humana; e possui uma reserva de bom-senso e capacidade de observação que a tornam uma companhia infinitamente superior à dos milhares que, tendo recebido apenas "a melhor educação do mundo", não sabem nada que valha a pena ouvir. Pode chamar de fofoca, se quiser, mas nas ocasiões em que a enfermeira Rooke arranja meia hora de folga para passar comigo, sempre tem algo divertido e proveitoso para relatar, algo que nos faz compreender melhor nossa própria espécie. Todos nós gostamos de saber o que está acontecendo, de estar a par da última moda de ser frívola e tola. Para mim, que vivo tão sozinha, essas conversas, lhe asseguro, são um verdadeiro presente.

Anne, sem intenção de questionar aquele prazer, respondeu:

– Posso acreditar. Mulheres dessa classe têm muitas oportunidades, e se forem inteligentes, valem mesmo ser ouvidas. Quantas expressões da natureza humana estão habituadas a testemunhar! E não são apenas as tolices que conhecem bem; pois, ocasionalmente, veem lado humano mais interessante e comovente. Quantas lições de amor ardente, desinteressado, altruísta; de heroísmo, determinação, paciência e resignação, e de todos os conflitos e sacrifícios que nos enobrecem não devem passar diante de seus olhos! O quarto de um enfermo pode ensinar mais que muitos livros.

– Sim – disse a Sra. Smith, de maneira incerta –, às vezes, talvez, embora eu tema que as lições nem sempre são tão elevadas quanto as que descreveu. Aqui e ali, a natureza humana pode se mostrar nobre em períodos de provação, mas, de maneira geral, são as fraquezas e não a força que emergem no quarto de um enfermo; são o egoísmo e a impaciência, e não a generosidade e a força que se mostram. Há tão pouca amizade no mundo! E, infelizmente – (falava em voz baixa e trêmula) –, muitos são aqueles que se esquecem de pensar mais seriamente até que seja tarde demais.

Anne percebeu a tristeza daquelas palavras. O marido não fora o que deveria, e a esposa tinha convivido com um segmento da humanidade que a fizera achar que o era mais cruel do que ela merecia. No entanto, aquela era apenas uma emoção passageira no caso da Sra. Smith; ela o afastou, e logo acrescentou em um tom diferente:

– Não acho que a posição atual de minha amiga Sra. Rooke irá oferecer grande interesse ou me edificar. Ela está cuidando apenas da Sra. Wallis, de Marlborough Buildings: uma mulher simplesmente bonita, tola, cara e bem-vestida, acredito; e, é claro, só saberá falar de rendas e enfeites. Pretendo obter lucro com a Sra. Wallis, no entanto. Ela tem bastante dinheiro, e pretendo que compre todos os itens caros que estou produzindo neste momento.

Anne visitara diversas vezes com a amiga antes que sua existência fosse conhecida em Camden Place. Por fim, foi necessário falar a seu respeito. Certa manhã, Sir Walter, Elizabeth e a Sra. Clay retornaram de Laura Place com um convite inesperado de lady Dalrymple para aquela mesma tarde, e Anne já marcara de visitar Westgate Buildings. Ela não lamentava ter outro compromisso. Eles só tinham sido convidados porque lady Dalrymple, presa em casa por causa de um forte resfriado, estava satisfeita por poder se beneficiar das relações que lhe haviam sido de tal forma impostas; e ela recusou com entusiasmo: "Ela passaria a tarde com uma antiga amiga de escola." Eles não possuíam muito interesse em nenhum assunto relativo a Anne; mas, ainda assim, foram feitas perguntas suficientes para que pudessem identificar quem era essa velha amiga do colégio. Elizabeth mostrou-se desdenhosa e Sir Walter, severo.

– Westgate Buildings! – disse ele. – E quem a Srta. Elliot visitaria em Westgate Buildings? Uma Sra. Smith. Uma viúva Sra. Smith; e quem era o marido dela? Um dos cinco mil Sr. Smith cujo nome se vê em qualquer lugar. E quais são seus atrativos? Ela é idosa e doente. Palavra de honra, Srta. Anne Elliot, você tem um gosto extraordinário! Tudo o que enoja outras pessoas, companhias vulgares, quartos miseráveis, atmosfera desagradável e amizades repugnantes é interessante para você. Mas é certo que pode adiar o encontro com essa senhora até amanhã. Ela não está tão próxima do fim, presumo, que não possa esperar ver um novo dia. Qual é a idade dela? Quarenta?

– Não, senhor, ainda não fez trinta e um anos; mas não acho que possa adiar meu compromisso, pois não haverá tão cedo outra data conveniente para ela e para mim. Ela irá aos banhos termais amanhã; e até o final desta semana, como sabe, temos compromissos.

– Mas o que lady Russell pensa a respeito dessa amizade? – perguntou Elizabeth.

– Não vê nada condenável – respondeu Anne. – Pelo contrário, ela aprova, e geralmente me conduz até a casa da Sra. Smith quando vou visitá-la.

– Westgate Buildings deve ter se chocado ao ver uma carruagem em suas ruas – observou Sir Walter. – A viúva de Sir Henry Russell, de fato, não tem honrarias para distinguir seu brasão; mas ainda assim é um belo veículo, e conhecido por conduzir uma Srta. Elliot. Uma viúva Sra. Smith alojada em Westgate Buildings! Uma pobre viúva entre os trinta e os quarenta anos, que mal consegue sobreviver; uma mera Sra. Smith, uma Sra. Smith qualquer, dentre todas as pessoas e nomes deste mundo, foi escolhida como amiga pela Srta. Anne Elliot, e foi preferida por ela em detrimento dos próprios parentes da aristocracia inglesa e irlandesa! Sra. Smith! Que nome!

A Sra. Clay, que estivera presente durante toda essa conversa, achava agora que era apropriado deixar o aposento, e Anne poderia ter dito muito, e realmente ansiava por falar algo sobre o fato de que as alegações contra *sua* amiga não eram tão diferentes daquelas contra a amiga deles, mas o respeito pelo pai a impediu de dar qualquer resposta. Deixou que ele próprio chegasse à conclusão de que a Sra. Smith não era a única viúva em Bath entre trinta e quarenta anos, com poucos meios de sobrevivência e sem um sobrenome importante.

Anne manteve seu compromisso, os demais mantiveram o deles e, obviamente, na manhã seguinte ela ouviu que tiveram uma tarde encantadora. Ela fora a única ausente, pois Sir Walter e Elizabeth não apenas tinham ficado à disposição de Sua Senhoria, como também haviam se alegrado com o encargo de convidar outras pessoas, e deram-se ao trabalho de chamar tanto lady Russell e quanto o Sr. Elliot; e o Sr. Elliot fizera questão de deixar o coronel Wallis mais cedo, e lady Russell rearranjara todos os seus compromissos para visitá-la. Por lady Russell, Anne soube de todas as histórias que uma tarde como essas pode oferecer. Para ela, o maior interesse foi o fato de ter constituído o principal assunto entre a amiga e o Sr. Elliot; de sua presença ter sido desejada, e sua ausência, lamentada, e ao mesmo tempo, de terem admirado que não estivesse ali por um motivo nobre. Suas gentis e afetuosas visitas a essa velha amiga de escola, doente e pobre, pareciam ter encantado o Sr. Elliot. Ele a considerava uma jovem extraordinária; em seu temperamento, modos e ideias, um modelo de excelência feminina. Ele conseguia superar até mesmo lady Russell quando o assunto eram seus méritos; e Anne não podia compreender as palavras da amiga, não podia acreditar-se tão bem-vista por um homem sensato sem experimentar a agradável sensação que a amiga tencionava criar.

Lady Russell possuía agora uma opinião inteiramente formada a respeito do Sr. Elliot. Estava tão convencida de que ele pretendia conquistar Anne no futuro, quando de que a merecia, e começava a calcular o número de semanas que faltavam para que se libertasse das amarras da viuvez e ficasse livre para exercer todo o seu charme. Ela não expressava a Anne metade da certeza que sentia acerca desse assunto; dava apenas a entender o que poderia acontecer no futuro, o possível interesse da parte dele, e as vantagens da aliança, caso se tornasse realidade e fosse correspondido. Anne a ouviu e não deu uma resposta inflamada; apenas sorriu, corou e balançou suavemente a cabeça.

– Eu não sou uma casamenteira, como bem sabe – disse lady Russell –, pois conheço bem demais a inconstância do comportamento humano. Digo apenas que se o Sr. Elliot decidir dirigir suas atenções a você, e se estiver disposta a aceitá-lo, acredito que há uma grande chance de serem felizes juntos. Todos considerariam esta uma união afortunada, mas eu penso que será uma união feliz.

– O Sr. Elliot é um homem extremamente agradável e, em muitos aspectos, eu o valorizo imensamente – disse Anne –, mas acho que não somos adequados um para o outro.

Lady Russell deixou passar e, como resposta, disse apenas:

– Admito que seria a maior das alegrias para mim imaginá-la como a futura senhora de Kellynch, a futura lady Elliot, esperar vê-la ocupando o lugar de sua querida mãe, e a sucedendo em todos os seus direitos, sua popularidade e suas virtudes. Você é a imagem de sua mãe, tanto no semblante quanto no temperamento; e se puder imaginá-la como ela, na posição, no nome e no lar, presidindo e cuidando no mesmo lugar, excedendo-a somente por ser mais valorizada, minha querida Anne, isso me daria mais prazer do que é possível imaginar a esta altura de minha vida!

Anne teve de virar as costas, levantar-se e caminhar até uma mesa distante e, inclinando-se ali sobre uma tarefa imaginária, tentou dominar os sentimentos gerados por aquela descrição. Por alguns instantes, sua imaginação e seu coração ficaram enfeitiçados. A possibilidade de se tornar o que sua mãe fora; de reviver o precioso nome de "lady Elliot"; de retornar a Kellynch chamando-a novamente de lar, seu lar para sempre, era um encanto ao qual ela não pôde resistir de imediato. Lady Russell não disse nem mais uma palavra, tencionando deixar que os acontecimentos tomassem o próprio curso; e acreditando que, se o Sr. Elliot pudesse falar por si próprio naquele momento! Ela acreditava, em suma, no que Anne não acreditava. E foi a mesma imagem de Sir Elliot falando por si próprio que fez com que Anne se recompusesse. O encantamento de Kellynch e de "lady Elliot" se dissipou completamente. Ela nunca poderia aceitá-lo. E não era somente porque seus sentimentos ainda eram avessos a qualquer homem, exceto um; seu julgamento, ao considerar seriamente a possibilidade desse acontecimento, era contrário ao Sr. Elliot.

Embora já se conhecessem há um mês, ela não achava que conhecia verdadeiramente seu caráter. Que era um homem sensato, agradável, que se expressava bem, demonstrava boas opiniões e parecia fazer julgamentos adequados a um homem de princípios, tudo isso estava bastante evidente. Ele certamente sabia distinguir o que era certo, e ela era incapaz de identificar qualquer aspecto moral que tivesse sido transgredido; mas, ainda assim, ela não confiaria cegamente em sua conduta. Ela desconfiava do passado, se não do presente. Os nomes que eram ocasionalmente mencionados de amizades pregressas, as alusões a práticas e objetivos passados sugeriam suspeitas desfavoráveis ao que ele tinha sido. Ela percebia que houvera maus hábitos negativos; que viajar aos domingos era corriqueiro, que houvera um período em sua vida (e, provavelmente, não muito curto) no qual ele tinha sido, no mínimo, descuidado em relação a todos os assuntos importantes; e, embora ele pudesse pensar de forma muito diferente agora, quem poderia confiar nos sentimentos de um homem inteligente, cauteloso e maduro o suficiente para apreciar um caráter justo? Como se poderia ter certeza de que seu espírito fora verdadeiramente purificado?

O Sr. Elliot era racional, discreto e educado, mas não era espontâneo. Nunca tinha um arroubo de sentimento, jamais demonstrava uma indignação acalorada ou um franco encantamento pela bondade ou pela crueldade das pessoas. Para Anne, isso era um defeito evidente. Suas impressões iniciais eram irremediáveis. Ela valorizava o caráter sincero, ardente e de coração aberto acima de todos os outros. O ardor e o entusiasmo ainda a cativavam. Ela sentia que podia acreditar muito mais na sinceridade daqueles que demonstravam ou diziam algo impensado ou precipitado que naqueles cujo humor nunca variava e que nunca davam com a língua nos dentes.

O Sr. Elliot estava sempre encantador demais. Variados como eram os temperamentos na casa de seu pai, ele conseguia agradar a todos. Ele tolerava demais, dava-se bem demais com todos. Ele havia falado com ela com certo grau de liberdade sobre a Sra. Clay; parecera compreender inteiramente as intenções da Sra. Clay e sentir desprezo por ela; e, ainda assim, a Sra. Clay o considerava tão agradável quanto todos os demais.

Lady Russell percebia ou mais ou menos do que a amiga mais jovem, pois não via nada que pudesse suscitar desconfiança. Ela não podia conceber um homem mais perfeito que o Sr. Elliot; nem imaginava um sentimento mais encantador que a esperança de vê-lo receber a mão de sua amada Anne na igreja de Kellynch no outono seguinte.

18

Era o início de fevereiro; e Anne, em Bath havia um mês, começava a sentir-se muito ansiosa por notícias de Uppercross e de Lyme. Ela desejava saber muito mais do que Mary comunicava. Já se tinham passado três semanas desde as últimas notícias. Ela sabia apenas que Henrietta tinha voltado para casa; e que Louisa, embora recuperando-se rapidamente, permanecia em Lyme; e, certa tarde, ela pensava neles intensamente, quando uma carta de Mary, mais volumosa que de hábito, lhe foi entregue; e, para aumentar seu deleite e sua surpresa, vinha com os cumprimentos do almirante e da Sra. Croft.

Os Croft deviam estar em Bath! Uma circunstância que a interessava em particular. Eles eram pessoas para quem seu coração se voltava naturalmente.

– O que é isso? – exclamou Sir Walter. – Os Croft chegaram a Bath? Os Croft que alugaram Kellynch? O que trouxeram para você?

– Uma carta do chalé de Uppercross, senhor.

– Oh! Essas cartas são passaportes convenientes. Elas asseguram um convite. De qualquer maneira, eu deveria ter visitado o almirante Croft. Sei o que devo a meu inquilino.

Anne não ouvia mais nada; não imaginava como o rosto do pobre almirante escapara; a carta a absorvia. Começara a ser escrita vários dias antes.

1º de fevereiro

Minha querida Anne,

Não peço desculpas por meu silêncio, pois sei que as pessoas pouco se preocupam com cartas em um lugar como Bath. Você deve estar feliz demais para se importar com Uppercross, que, como bem sabe, fornece pouco assunto. Tivemos um

Natal muito sem graça. O Sr. e a Sra. Musgrove não ofereceram um jantar sequer ao longo de todo o feriado. Os Hayter não contam. No entanto, o feriado terminou, finalmente: acho que nenhuma criança já teve férias tão longas. Eu, certamente, não tive. A casa ficou vazia ontem, exceto pelos pequenos Harville; mas ficará surpresa em saber que eles ainda não foram para casa. A Sra. Harville deve ser uma mãe bastante peculiar para separar-se deles por tanto tempo. Eu não compreendo. Em minha opinião, não são boas crianças; mas a Sra. Musgrove parece tanto deles, se não mais, que dos próprios netos. Que tempo terrível tivemos ultimamente! Não deve incomodar em Bath, com sua boa pavimentação, mas no campo cria alguns contratempos Desde a segunda semana de janeiro que ninguém apareceu para me visitar, com exceção de Charles Hayter, que aparece com muito mais frequência do que seria desejado. Cá entre nós, acho uma grande lástima que Henrietta não tenha permanecido em Lyme pelo mesmo período que Louisa; pois assim ela teria ficado distante dele. A carruagem saiu hoje para trazer Louisa e os Harville amanhã. No entanto, só fomos convidados para jantar com eles no dia seguinte. A Sra. Musgrove está temerosa de que ela se canse com a viagem, o que não é muito provável, considerando quanto será bem-cuidada; e, para mim, seria muito mais conveniente jantar lá amanhã. Estou satisfeita que tenha achado o Sr. Elliot agradável, e gostaria de poder conhecê-lo também; mas, com minha sorte habitual, sempre estou ausente quando qualquer coisa interessante está acontecendo; sempre sou a última pessoa da família a ser notada. Mas que período imenso a Sra. Clay está passando com Elizabeth! Ela não pretende ir embora? Mas, talvez, mesmo que ela liberasse o cômodo, nós não seríamos convidados. Diga-me o que pensa a esse respeito. Não espero que meus filhos sejam convidados. Posso muito bem deixá-los na casa principal por um mês ou seis semanas. Eu soube neste instante que os Croft estão indo imediatamente para Bath: acham que o almirante está com a gota. Charles soube por acaso; eles não tiveram a educação de me avisar ou mesmo de se oferecer para levar algo. Não acho que estejam melhorando como vizinhos Nunca os vemos, e isso é mesmo um exemplo de rude falta de atenção. Charles lhe deseja também sua estima.

Afetuosamente,

Mary M

Lamento informar-lhe que não estou nada bem; Jemima acaba de me dizer que, de acordo com o açougueiro, há uma epidemia de gripe na região. Acredito que vou pegar; e minhas gripes, como sabe, são sempre piores que as dos outros.

Assim terminou a primeira parte, que depois se fez acompanhar por outra quase do mesmo tamanho.

Não concluí a carta para que pudesse lhe informar sobre como Louisa passara a viagem, e agora estou extremamente satisfeita por tê-lo feito, pois tenho muito a acrescentar. Em primeiro lugar, recebi um bilhete da Sra. Croft ontem, oferecendo-se para levar qualquer coisa para você; um bilhete muito gentil e amigável, de fato, endereçado a mim, exatamente como deve ser; poderei, portanto, escrever quanto quiser. O almirante não parece estar muito doente, e sinceramente desejo que Bath lhe faça todo o bem que deseja. Eu ficarei verdadeiramente feliz em recebê-los de volta. Nossa vizinhança não pode se privar de uma família tão agradável. Mas voltemos a Louisa. Tenho algo a comunicar que a deixará absolutamente perplexa. Ela e os Harville chegaram em segurança na terça-feira, e à tarde fomos visitá-la para saber como estava passando, e ficamos muito surpresos quando não encontramos o capitão Benwick entre os convidados, pois fora igualmente convidado, assim como os Harville. Você pode imaginar o motivo? Nada mais, nada menos que o fato de ele estar apaixonado por Louisa e não querer se aventurar a ir a Uppercross até obter uma resposta do Sr. Musgrove; pois tudo foi decidido entre ele e ela antes de seu retorno para casa,

> e o capitão Harville trouxe uma carta sua para o pai dela. É verdade, juro pela minha honra! Você não está abismada? Eu ficaria surpresa se você pudesse ter sequer desconfiado, pois eu nunca imaginei. A Sra. Musgrove afirma solenemente que não sabia nada sobre o assunto. No entanto, estamos todos muito satisfeitos; pois mesmo que não seja o mesmo que casar-se com o capitão Wentworth é infinitamente melhor do que casar-se com Charles Hayter; e o Sr. Musgrove escreveu dando seu consentimento, e o capitão Benwick é aguardado hoje. A Sra. Harville diz que o marido sente muito em nome da irmã; mas, de qualquer maneira, Louisa é adorada por ambos. Na verdade, a Sra. Harville e eu concordamos que nós a amamos mais por ter cuidado dela. Charles se pergunta o que o capitão Wentworth dirá; mas, como deve recordar, nunca o considerei ligado a Louisa; nunca pude perceber nada. E isso põe um fim na suposição de que o capitão Benwick fosse seu admirador. Como Charles pôde enfiar algo assim na cabeça sempre foi incompreensível para mim. Espero que ele se torne mais agradável agora. Certamente não é um grande partido para Louisa Musgrove, mas é um milhão de vezes melhor do que casar-se com um Hayter.

Mary não precisava temer que a irmã estivesse preparada para aquela notícia. Ela nunca estivera mais perplexa em toda a sua vida. Capitão Benwick e Louisa Musgrove! Era quase bom demais para ser verdade, e foi com grande esforço que permaneceu onde estava, preservando um ar de tranquilidade, e respondeu a perguntas corriqueiras. Felizmente para ela, não foram muitas. Sir Walter desejava saber se os Croft tinham viajado com quatro cavalos e se eles ficariam hospedados em uma área de Bath que fosse conveniente para que ele e a Srta. Elliot pudessem visitá-los; mas não demonstrou muito mais curiosidades.

– Como está Mary? – perguntou Elizabeth; e, sem aguardar pela resposta –, e o que traz os Croft para Bath?

– Eles vêm por causa do almirante. Acreditam que está com a gota.

– Gota e decrepitude! – disse Sir Walter. – Pobre senhor.

– Eles têm algum conhecido aqui? – perguntou Elizabeth.

– Não sei; mas acho improvável que o almirante Croft, com sua idade e sua profissão, não tenha muitos conhecidos em um lugar como este.

– Eu suspeito – disse Sir Walter calmamente – que o almirante Croft será mais conhecido em Bath como o inquilino de Kellynch. Elizabeth, deveríamos apresentá-lo e à esposa em Laura Place?

– Oh, não! Creio que não. Em nossa condição de primos de lady Dalrymple, devemos ser cuidadosos para não envergonhá-la com pessoas que podem vir a desaprovar. Se não fôssemos parentes, não teria importância; mas como primos, ela teria escrúpulos em relação a qualquer proposta nossa. É melhor deixarmos os Croft encontrarem pessoas do próprio nível. Existe uma série de homens de aparência peculiar andando por aí, que, ouvi dizer, são marinheiros. Os Croft se relacionarão com eles.

Essa era a parcela de interesse de Sir Walter e Elizabeth na carta; e depois que a Sra. Clay pagou seu tributo de atenção à carta, perguntando sobre a Sra. Charles Musgrove e seus encantadores meninos, Anne estava livre.

Em seu quarto, ela tentou compreender aquilo. Charles podia muito bem se perguntar como o capitão Wentworth estava se sentindo! Talvez tivesse desistido de Louisa, não a amasse mais ou tivesse descoberto que nunca a amara. Ela não podia suportar a ideia de traição ou leviandade, ou qualquer coisa semelhante à maldade entre ele e seu amigo. Ela não poderia tolerar que uma amizade como a deles fosse encerrada injustamente.

Capitão Benwick e Louisa Musgrove! A espirituosa e falante Louisa Musgrove e o cabisbaixo, pensativo, sentimental e culto capitão Benwick... cada um deles parecia ser tudo o que não se adequaria ao outro. Não se podiam imaginar mentalidades mais diferentes! Onde poderia estar a atração? A resposta logo se apresentou. Fora a circunstância. Eles haviam estado juntos por muitas semanas, convivido em um pequeno grupo familiar; desde que Henrietta partira, eles deviam contar quase inteiramente um com o outro. Louisa, recuperando-se de uma enfermidade, era particularmente interessante, e o capitão Benwick não estava inconsolável. Essa era uma suspeita que Anne nunca conseguira evitar; e, em vez de chegar à mesma conclusão de Mary sobre os acontecimentos em curso, aquilo servia apenas para confirmar a ideia de que ele sentira alguma ternura por ela. Ela não pretendia, entretanto, deduzir muito mais para gratificar a própria vaidade do que Mary teria permitido. Ela estava convencida de que qualquer jovem toleravelmente agradável que o tivesse ouvido e parecesse se importar com sua dor teria recebido o mesmo retorno. Ele tinha um coração afetuoso. Precisava amar alguém.

Ela não via razão para que não fossem felizes. Em primeiro lugar, Louisa adorava a Marinha, e em breve se tornariam mais compatíveis. Ele ganharia mais disposição e ela logo aprenderia a admirar Scott e lorde Byron; não, provavelmente já aprendera; obviamente tinham se apaixonado através da poesia. A ideia de Louisa Musgrove transformada em uma pessoa reflexiva com gosto literário era divertida, mas Anne não tinha qualquer dúvida de que esse era o caso. Aquele dia em Lyme e a queda do Cobb podiam ter influenciado sua saúde, seus nervos, sua coragem e seu caráter até o final da vida, tão profundamente quanto pareciam ter influenciado seu destino.

A conclusão final era que, se a mulher que se sensibilizara pelos méritos do capitão Wentworth pudera preferir outro homem, não havia nada no noivado que pudesse suscitar surpresa; e se o capitão Wentworth não perdeu o amigo por causa disso, então não havia nada a lamentar. Não, não era a tristeza que acelerava o coração de Anne contra sua vontade, e que a deixava ruborizada ao pensar no capitão Wentworth descompromissado e livre. Ela nutria alguns sentimentos que tinha vergonha de investigar. Eram muito próximos à felicidade, extrema felicidade!

Ela ansiava por encontrar os Croft; mas quando o encontro ocorreu, ficou evidente que os rumores sobre essa notícia ainda não tinham chegado a eles. A visita cordial foi feita e retribuída; e Louisa Musgrove foi mencionada, assim como o capitão Benwick, sem nem mesmo um meio sorriso.

Os Croft estavam hospedados em Gay Street, para a satisfação de Sir Walter. Ele não se sentia envergonhado da relação, e, de fato, pensava e falava muito mais sobre o almirante do que o almirante jamais tinha pensado ou falado sobre ele.

Os Croft conheciam tantas pessoas em Bath quanto poderiam desejar, e consideravam a proximidade com os Elliot uma mera formalidade, e não algo que lhes pudesse proporcionar o mínimo divertimento. Eles levaram consigo o hábito campestre de permanecerem quase sempre juntos. Ele tinha ordens de caminhar para manter a gota afastada, e a Sra. Croft parecia acompanhá-lo em tudo, andando à exaustão pelo bem dele. Anne os encontrava onde quer que fosse. Lady Russell a levava para passear em sua carruagem quase todas as manhãs, e ela nunca deixava de pensar neles ou de vê-los. Conhecendo, como conhecia, os sentimentos que tinham um pelo outro, eles ofereciam um quadro encantador de felicidade para ela. Sempre os observava o máximo de tempo possível, encantada em imaginar o que estavam conversando enquanto caminhavam em satisfeita independência, ou igualmente deliciada ao ver com o caloroso aperto de mãos do almirante ao encontrar um velho amigo e observar o ardor com que conversavam quando ocasionalmente se formava um pequeno grupo de marinheiros, e a Sra. Croft parecia tão conhecedora e perspicaz quanto aos demais oficias ao seu redor.

Anne estava ocupada demais com lady Russell para caminhar sozinha com frequência; mas certa manhã, cerca de uma semana ou dez dias após a chegada dos Croft, ela optou por deixar a amiga e sua carruagem na parte mais baixa da cidade, e retornar sozinha para Camden Place; e ao caminhar pela Milsom Street teve a sorte de encontrar o almirante. Ele estava sozinho, diante da vitrine de uma loja de gravuras, com as mãos voltadas para trás contemplando atentamente um quadro, e ela não só poderia ter passado despercebida por ele, como foi obrigada a tocar seu ombro e dirigir-lhe a palavra para conseguir sua atenção. Entretanto, quando ele finalmente se deu conta de sua presença, cumprimentou-a com a espontaneidade e o bom humor habituais.

– Ah! É a senhorita! Obrigado, obrigado. Trata-me como amigo. Aqui estou eu, como vê, observando uma gravura. Nunca consigo passar por esta loja sem me deter. Mas o que é isso, que pretende ser um navio! Olhe. Já viu algo semelhante? Que sujeitos singulares devem ser os pintores para pensar que qualquer um arriscaria a vida em uma casca de noz disforme como essa. Não obstante, ali dentro estão dois cavalheiros, perfeitamente calmos, olhando para as rochas e as montanhas como se não fossem afundar no momento seguinte, o que certamente acontecerá. Eu me pergunto onde esse navio foi construído! – (e riu com vigor) – Agora, para onde está indo? Posso ir a algum lugar pela senhorita, ou acompanha-la? Posso ser útil de alguma forma?

– Não, obrigada, a não ser que possa me dar o prazer de sua companhia por um curto trecho sem sair de seu caminho. Eu estou indo para casa.

– Claro, com prazer, e até mais longe. Sim, sim, faremos uma agradável caminhada juntos, e tenho algo a lhe dizer no caminho. Aceite meu braço, isso mesmo; não me sinto confortável se não tiver uma mulher a meu lado. Deus! Que barco é esse! – exclamou, ao olhar pela última vez a gravura, conforme davam início à caminhada.

– O senhor disse que tinha algo a me dizer?

– Sim, tenho. Mas aí vem um amigo, o capitão Brigden; perguntarei apenas como está passando quando nos cruzarmos, entretanto. Não irei me deter. Como está passando? Brigden se surpreendeu por me ver acompanhado de alguém que não minha esposa. Ela, pobrezinha, está impossibilitada de sair por causa de uma bolha em um dos calcanhares, tão grande quanto uma moeda de três xelins. Se olhar para o outro lado da rua, verá o almirante Brand acompanhado do irmão. Sujeitos vis, os dois! Fico feliz que não estejam neste lado da rua. Sophy não os suporta. Certa vez eles me pregaram uma peça terrível: levaram alguns de meus melhores homens. Eu lhe contarei toda a história em outra ocasião. Ali vem o velho Sir Archibald Drew com o neto. Repare, ele nos viu; ele lhe manda um beijo; está confundindo a senhorita com minha esposa. Ah! A paz chegou muito cedo para aquele aspirante. Pobre Sir Archibald! Gosta de Bath, Srta. Elliot? Para nós é muito agradável. Estamos sempre encontrando um ou outro velho amigo pela rua todas as manhãs; é certeza ter muito que conversar; e depois nos recolhemos, vamos para casa, sentamos em nossas cadeiras e nos sentimos confortáveis como se estivéssemos em Kellynch, ou como costumávamos nos sentir em North Yarmouth e Deal. Não desgostamos de nossa casa aqui, posso lhe afirmar, pois esta nos lembra da primeira que tivemos em North Yarmouth. O vento sopra através de um dos armários da mesma maneira.

Quando chegaram um pouco mais adiante, Anne se aventurou a insistir novamente para obter a informação que ele tinha para lhe comunicar. Ela esperava que, ao se distanciarem de Milsom Street, teria sua curiosidade satisfeita; mas ainda foi obrigada a esperar, pois o almirante estava determinado a não dizer nada até que tivessem chegado ao espaço mais amplo e silencioso de Belmont; e como ela não era a Sra. Croft, devia deixá-lo decidir. Assim que começaram a subir a Belmont, ele começou:

– Bem, agora a senhorita ouvirá algo que vai surpreendê-la. Mas antes de tudo, deve me dizer o nome da jovem sobre quem falarei. Aquela jovem, como bem sabe, com quem todos estivemos muitos preocupados. A Srta. Musgrove que tem passado por tantas circunstâncias. Seu nome de batismo: sempre esqueço seu nome de batismo.

Anne teve vergonha de demonstrar que rapidamente compreendera ao que ele estava se referindo, mas agora podia sugerir o nome de "Louisa".

– Sim, sim, Srta. Louisa Musgrove, esse é o nome. Gostaria que as jovens não tivessem nomes tão variados. Eu nunca me esqueceria se todas fossem Sophy ou algo parecido. Bem, todos imaginávamos que a Srta. Louisa se casaria com Frederick. Ele a estava cortejando havia semanas. A única dúvida era saber o que estavam aguardando até que se deu o acontecimento em Lyme; então, de fato, ficou claro que eles deveriam esperar até que o cérebro dela se recuperasse. Mas mesmo então havia algo estranho no comportamento deles. Em vez de permanecer em Lyme, ele foi para Plymouth, e em seguida, foi visitar Edward. Quando retornamos de Minehead, ele estava com Edward, onde permaneceu desde então. Não o vemos desde novembro. Nem mesmo Sophy pôde compreender. Mas agora a situação tomou o mais estranho dos rumos; pois essa jovem, essa mesma Srta. Musgrove, em vez de se casar com Frederick irá casar-se com James Benwick. Você conhece James Benwick.

– Um pouco. Conheço um pouco o capitão Benwick.

– Bem, ela irá casar-se com ele. Não, é bem provável que já tenham se casado, pois não sei por que esperariam.

– Eu considerei o capitão Benwick um homem muito agradável – disse Anne –, e acho que tem um excelente caráter.

– Oh! Sim, sim, não há uma palavra que possa ser dita contra James Benwick. Ele é apenas um comandante, é verdade, promovido no último verão, e este é um momento desfavorável para progredir na Marinha, mas até onde sei, ele não tem outra falha. É um sujeito excelente e de bom coração, eu lhe asseguro; um oficial muito ativo e zeloso também, e isso é mais do que a senhorita poderia imaginar, pois os modos dele não lhe fazem justiça.

– Na verdade, o senhor está equivocado nesse aspecto; eu nunca poderia prognosticar a falta de vitalidade nos modos do capitão Benwick. Eu os achei particularmente agradáveis, e posso afirmar que agradariam a qualquer um.

– Bem, bem, as damas são as melhores juízas; mas James Benwick é muito calmo para o meu gosto; e, embora provavelmente estejamos sendo parciais, Sophy e eu não preferimos os modos de Frederick aos dele. Há algo em Frederick que nos agrada mais.

Anne foi surpreendida. Ela pretendera apenas se opor à ideia de que vitalidade e gentileza eram incompatíveis entre si, e não afirmar que os modos de capitão Benwick eram os melhores possíveis; e após uma breve hesitação, começou a dizer:

– Eu não pretendia comparar os dois amigos...

Mas o almirante a interrompeu:

– Mas certamente é verdade. Não é um mero rumor. Ouvimos do próprio Frederick. Sua irmã recebeu uma carta ontem, na qual ele nos conta tudo, e ele acabara de saber por uma carta de Harville escrita de Uppercross. Acredito que todos estejam em Uppercross.

Essa era uma oportunidade à qual Anne não poderia resistir; portanto, disse:

– Almirante, espero que não haja nada na carta do capitão Wentworth que possa deixar o senhor e a Sra. Croft desconfortáveis. No outono passado, certamente parecia existir algum sentimento entre ele e Louisa Musgrove; mas espero que tenha se dissipado igualmente em ambos os lados, e sem desavenças. Espero que essa carta não reflita o sentimento de um homem amargurado.

– De forma alguma, de forma alguma; não há qualquer imprecação ou crítica do início ao fim.

Anne olhou para baixo para esconder o sorriso.

– Não, não. Frederick não é um homem que costuma lamentar-se ou reclamar; ele é forte demais para isso. Se a jovem prefere outro homem, é muito adequado que fique com ele.

– Certamente. Mas o que quero dizer é que espero que não exista nada na forma de escrever do capitão Wentworth que demonstre que tenha se sentido traído pelo amigo, o que pode transparecer sem ser explicitamente afirmado. Eu ficaria muito triste em saber que uma amizade como a que sempre existiu entre ele e o capitão Benwick foi destruída, ou mesmo afetada, por uma circunstância como essa.

– Sim, sim, eu a compreendo. Mas não há nada nesse sentido na carta. Ele não faz a mínima acusação contra Benwick; não diz sequer "Estou perplexo. Tenho algumas razões para estar". Não, é impossível supor, pela forma como escreve, que ele algum dia tenha querido a Srta. (qual é mesmo o nome dela?) para si mesmo. Ele deseja realmente que eles sejam felizes; e não há nenhum rancor nisso, creio eu.

Anne não se convenceu inteiramente do que o almirante dizia, mas seria inútil insistir no assunto. Sendo assim, ela se contentou com comentários triviais ou com a atenção silenciosa, e o almirante conduziu a conversa como lhe aprouve.

– Pobre Frederick! – disse ele, por fim. –Agora ele precisará começar tudo novamente com outra pessoa. Acho que devemos trazê-lo para Bath. Sophy deve escrever e pedir que venha. Há bastantes moças bonitas aqui, tenho certeza. Não faria sentido voltar a Uppercross, pois, pelo que sei, a outra Srta. Musgrove está comprometida com o primo, o jovem pároco. Não concorda, Srta. Elliot, que devemos tentar trazê-lo para Bath?

19

Enquanto o almirante Croft caminhava com Anne e expressava o desejo de convidar o capitão Wentworth para Bath, o capitão Wentworth já estava a caminho. Antes mesmo que a Sra. Croft pudesse lhe escrever, ele tinha chegado, e logo na primeira ocasião em que Anne saiu de casa, ela o viu.

O Sr. Elliot acompanhava as duas primas e a Sra. Clay. Estavam na Milsom Street. Começou a chover, não muito, mas o suficiente para que as damas desejassem procurar abrigo, e suficiente também para que a Srta. Elliot desejasse ter o privilégio de ser levada para casa na carruagem de lady Dalrymple, que fora avistada esperando a pouca distância; ela, Anne e a Sra. Clay, portanto, entraram na confeitaria Molland enquanto o Sr. Elliot conversava com lady Dalrymple para solicitar sua assistência. Ele logo se juntou a elas novamente, bem-sucedido, é claro; lady Dalrymple ficaria muito feliz em levá-las para casa e as chamaria em poucos minutos.

A carruagem era uma caleche, e não comportava mais do que quatro pessoas com algum conforto. A Srta. Carteret estava acompanhada da mãe; consequentemente não era razoável supor que haveria acomodação suficiente para as três damas de Camden Place. Não havia qualquer dúvida em relação à Srta. Elliot. Independentemente de quem pudesse sofrer com a inconveniência, não seria ela, mas levou algum tempo para que as outras duas decidissem cordialmente. A chuva não passava de uma garoa, e Anne foi sincera ao dizer que preferia caminhar com o Sr. Elliot. Mas a chuva também não passava de uma garoa para a Sra. Clay; ela estava praticamente pronta a afirmar que não chovia em absoluto, além do quê, usava botas bastante grossas! Muito mais grossas que as de Anne; e, em suma, sua civilidade tornou-a tão desejosa de caminhar com o Sr. Elliot quanto Anne, e o assunto foi discutido com uma generosidade tão cortês e tão determinada, que os demais foram obrigados a decidir por elas; a Srta. Elliot argumentou que a Sra. Clay já estava um pouco gripada, e o Sr. Elliot decidiu, por fim, que as botas de Anne eram as mais espessas.

Assim, ficou decidido que a Sra. Clay deveria compor o grupo da carruagem; e tinham acabado de chegar a essa conclusão quando Anne, sentada à janela, distinguiu, sem qualquer sombra de dúvida, a figura do capitão Wentworth vindo pela rua.

Sua surpresa não foi percebida por ninguém; mas imediatamente sentiu-se a maior, a mais estranha e mais ridícula tola do mundo! Por alguns minutos ela não conseguia ver nada mais diante de si; tudo estava confuso. Ela estava perdida, e tão logo recobrou o senso, percebeu que os demais ainda aguardavam pela carruagem, e que o Sr. Elliot (sempre cortês) encaminhava-se à Union Street para levar um recado da Sra. Clay.

Ela agora sentia uma grande inclinação em sair dali; queria confirmar se ainda estava chovendo. Por que suspeitava tanto de que tinha algum outro motivo? O capitão Wentworth provavelmente já estava fora de vista. Ela levantou-se, ia sair; um lado seu não era tão sábio quanto o outro, ou sempre desconfiado de que o outro seria pior do que realmente era. Ela ia ver se ainda estava chovendo. Voltou atrás, entretanto, por causa do capitão Wentworth em pessoa, acompanhado de um grupo de cavalheiros e damas, certamente seus amigos, e aos quais devia ter se juntado logo após cruzar a Milsom Street. Ele ficou mais surpreso e confuso por vê-la do que nunca; seu rosto estava bastante vermelho. Pela primeira vez desde que se reencontraram, ela sentiu que era, entre os dois, quem menos traía seus sentimentos. Tinha sobre ele a vantagem de uma preparação prévia para aquele momento. Para ela, todos os esmagadores, ofuscantes e inebriantes efeitos de uma grande surpresa já tinham se dissipado. Mesmo assim, no entanto, havia tanto que sentir! Havia agitação, dor e prazer, algo entre o encantamento e a angústia.

Ele a cumprimentou e depois virou-se. Seus modos denotavam constrangimento. Ela não podia dizer se era uma atitude fria ou amigável, ou qualquer outra coisa além de constrangimento.

Após um breve intervalo, entretanto, ele dirigiu-se a ela novamente. Perguntas mútuas sobre trivialidades foram trocadas; nenhum dos dois, provavelmente, muito atento ao que ouvia, e Anne continuava consciente de que ele estava menos à vontade do que em circunstâncias anteriores. Por força de terem estado juntos tantas vezes, conseguiam conversar com aparente indiferença e calma; mas ele não conseguia naquele momento. O tempo o havia modificado, ou Louisa o havia modificado. Estava mais consciencioso. Ele estava muito bem, não parecia ter passado por sofrimentos da saúde ou da alma, e falava de Uppercross, dos Musgrove, e até mesmo de Louisa, chegando a demonstrar certo ar de malícia quando mencionou o nome dela; mas, ainda assim, o capitão Wentworth não estava confortável ou calmo a ponto de conseguir fingir que estava.

Não foi surpreendente, mas Anne se entristeceu ao perceber que Elizabeth o ignorava. Ela percebeu que ele viu Elizabeth, que Elizabeth o viu, e que ambos haviam se reconhecido; ela estava convencida de que ele desejava ser tratado como um amigo, que esperava por isso, mas sofreu ao ver a irmã virar-lhe as costas com frieza.

A carruagem de lady Dalrymple, pela qual a Sra. Elliot mostrava-se cada vez mais impaciente, se aproximou; o criado entrou para anunciá-la. Começava a chover outra vez, e houve atraso, alvoroço e muita falação para que todos os que se encontravam na confeitaria soubessem que lady Dalrymple estava indo buscar a Srta. Elliot. Finalmente, a Srta. Elliot e a amiga, acompanhadas apenas pelo criado (pois o primo não havia retornado), foram embora; e o capitão Wentworth, observando-as, novamente se voltou para Anne e, mais por seu comportamento que por suas palavras, ofereceu-lhe seus préstimos.

– Agradeço muito – foi a resposta dela –, mas eu não irei com elas. A carruagem não poderia acomodar tantas pessoas. Irei caminhando: prefiro caminhar.

– Mas está chovendo.

– Oh! Muito pouco. Nada que me incomode.

Após uma breve pausa ele disse:

– Apesar de só ter chegado ontem, já me equipei adequadamente para Bath, como vê – (apontando para um guarda-chuva novo). – Eu gostaria que o usasse, caso esteja mesmo determinada a andar; ainda que eu considere mais prudente deixar que lhe consiga outra carruagem.

Ela estava muito agradecida, mas declinou a oferta, reiterando sua convicção de que já estava parando de chover, e adicionando:

– Estou apenas esperando o Sr. Elliot. Com certeza, ele chegará a qualquer instante.

Ela mal tinha terminado de pronunciar essas palavras quando o Sr. Elliot entrou. O capitão Wentworth lembrava-se dele perfeitamente. Não havia qualquer diferença entre ele e o homem que se detivera na escadaria em Lyme, admirando a passagem de Anne, exceto pelo ar, pela aparência e pelo comportamento que denotavam o privilegiado parentesco e a amizade. Ele entrou afoito, parecendo não ver ou pensar em nada mais além dela, desculpou-se pela demora, estava aflito por tê-la feito esperar e ansioso para levá-la para casa sem mais perda de tempo, e antes que a chuva aumentasse; e, no momento seguinte, partiram juntos, o braço dela em torno do dele. Um olhar gentil e constrangido e um "Tenha um bom dia!" foram tudo o que ela teve tempo de dizer antes de ir.

Assim que se distanciaram, as damas que estavam na companhia do capitão Wentworth começaram a falar deles.

– O Sr. Elliot não parece desgostar da prima, estou certa?

– Oh! Não, é evidente. É fácil prever o que irá acontecer. Ele está sempre com eles; praticamente reside com a família, acredito. Que homem bem-apessoado!

– Sim, e a Srta. Atkinson, que jantou com ele certa vez na residência dos Wallise, disse que é o cavalheiro mais agradável que já conheceu.

– Eu a considero bonita; Anne Elliot; muito bonita, se pararmos para observá-la. Não é elegante dizer isso, mas confesso que eu a admiro mais do que à irmã.

– Oh! Eu também.

– E eu também. Não há comparação. Mas os homens se interessam muito pela Srta. Elliot. Anne é delicada demais para eles.

Anne ficaria particularmente agradecida ao primo se tivesse caminhado com ela até Camden Place sem dizer uma única palavra. Ela nunca achara tão difícil ouvi-lo, embora nada pudesse exceder sua solicitude e empenho, e apesar de seus assuntos serem sempre interessantes: elogios calorosos, justos e deferentes a lady Russell e insinuações extremamente racionais contra a Sra. Clay. Mas naquele momento ela só conseguia pensar no capitão Wentworth. Ela não podia compreender os sentimentos dele, e se estava de fato sofrendo com a decepção ou não; e até que essa dúvida fosse resolvida, ela não teria paz.

Ela esperava recuperar logo o bom-senso e a razão; mas, ai dela!, devia confessar a si mesma que ainda não estava nem um pouco sensata.

Outra questão essencial que precisava descobrir era quanto tempo ele pretendia ficar em Bath; ele não o mencionara, ou ela não conseguia lembrar-se. Era possível que estivesse só de passagem. Embora fosse mais provável que tivesse vindo para ficar. Nesse caso, tão certo quanto o fato de que todos encontravam todos em Bath, lady Russell o veria em algum lugar. Ela se lembraria dele? Como seria esse encontro?

Ela já fora obrigada a revelar a Lady Russell que Louisa Musgrove se casaria com o capitão Benwick. Fora-lhe bastante custoso perceber a surpresa de lady Russell; e agora, caso ela se visse de repente em companhia do capitão Wentworth, sua falta de conhecimento sobre os acontecimentos poderia adicionar mais um elemento contra ele.

Na manhã seguinte, Anne saiu acompanhada da amiga e, ao longo da primeira hora, procurou temerosa e incessantemente por ele, em vão; mas, por fim, ao retornar pela Pulteney Street, ela o viu do lado direito da calçada, a uma distância que lhe possibilitava visualizar grande parte da rua. Havia muitos outros cavalheiros perto dele, muitos grupos caminhando na mesma direção, mas era impossível não distingui-lo. Instintivamente, ela olhou para lady Russell, mas não por alguma ideia descabida de que ela o reconhecesse tão rapidamente. Não, era improvável que lady Russell o reconhecesse até que estivessem quase frente a frente. No entanto, de tempos em tempos, Anne olhava para ela ansiosamente; e quando o momento de indicá-lo se aproximou, mesmo sem ter coragem de olhar novamente (pois sua expressão estava alterada demais), ela teve plena consciência de que o olhar de lady Russell se dirigia exatamente para a direção em que ele se encontrava; e de que ela, em suma, o observava atentamente. Ela compreendia inteiramente o tipo de fascínio que ele exercia sobre a imaginação de lady Russell, a dificuldade que ela teria de desviar os olhos, o choque de ver que oito ou nove anos haviam passado para ele, sob as intempéries e a serviço da Marinha, sem, contudo, conseguirem lhe roubar a boa aparência!

Finalmente, lady Russell desviou o olhar. "E agora, o que diria sobre ele?"

– Você deve estar se perguntando – disse ela – o que prendeu meu olhar por tanto tempo; mas eu estava procurando as cortinas das quais lady Alicia e a Sra. Frankland falaram na noite passada. Elas descreveram as cortinas da sala de estar de uma das casas dessa parte da rua como sendo as mais bonitas e mais bem-dispostas em toda Bath, mas não conseguiam se lembrar do número exato da casa, e estou tentando identificar qual poderia ser; mas confesso que não pude ver nenhuma cortina que corresponda à descrição delas.

Anne suspirou, corou e sorriu de piedade e desdém pela amiga e por si mesma. O que mais a incomodava era o fato de que, naquele exagero de preocupação e cuidado, ela perdera a chance de saber se ele as tinha visto.

Um ou dois dias se passaram sem que nada acontecesse. O teatro e os salões, onde era mais provável que ele estivesse, não eram sofisticados o bastante para os Elliot, cujas distrações vespertinas concentravam-se exclusivamente na elegante estupidez das festas fechadas, com as quais estavam cada vez mais envolvidos; e Anne, cansada de tamanho estado de estagnação, irritada pela falta de informações, e imaginando-se forte porque sua força não fora posta à prova, estava muito impaciente para o concerto daquela noite. Era um concerto em homenagem a uma pessoa apadrinhada por lady Dalrymple. Naturalmente, eles tinham de ir. A expectativa era de que seria um belo espetáculo, e o capitão Wentworth adorava música. Se pudesse conversar com ele por apenas alguns minutos, ela acreditava que ficaria satisfeita; e, quanto a dirigir-lhe a palavra, sentia que teria coragem, se tivesse uma oportunidade. Elizabeth o ignorara, lady Russell não o vira; seu nervosismo foi amenizado pelas circunstâncias; ela sentia que lhe devia atenção.

Ela tinha prometido à Sra. Smith que passaria a tarde com ela, mas em uma visita curta e apressada, desculpou-se por cancelar o compromisso, com uma promessa de uma visita mais longa no dia seguinte. A Sra. Smith aquiesceu com bom humor.

– Certamente – disse ela –, apenas conte-me tudo a respeito quando vier. Quem está em seu grupo?

Anne listou o nome de todos. A Sra. Smith não ofereceu qualquer resposta; mas quando ela estava saindo disse, com uma expressão entre séria e maliciosa:

– Bem, desejo de todo o coração um bom concerto, e não deixe de vir amanhã, se puder, pois tenho um pressentimento de que não receberei mais muitas visitas suas.

Anne ficou surpresa e confusa; mas após alguns momentos em silêncio, foi obrigada, embora não lamentasse, a ir embora.

20

Sir Walter, suas duas filhas e a Sra. Clay foram os primeiros de seu grupo a chegar aos salões naquela noite; e como deveriam aguardar a chegada de lady Dalrymple, tomaram seus assentos próximo a uma das lareiras no Salão Octogonal. Mas mal haviam se acomodado quando a porta foi aberta novamente e o capitão Wentworth entrou sozinho. Anne era a mais próxima a ele e, avançando um pouco, falou imediatamente. Ele estava preparado para fazer apenas uma reverência e continuar seu caminho, mas aquele gentil "Como está passando?" o fez recuar e se aproximar dela e retribuir suas perguntas, a despeito do pai e da irmã ao fundo. O fato de estar de costas para eles favorecia Anne; ela não via as expressões que faziam, e pôde se comportar da maneira que achava apropriada.

Enquanto conversavam, um sussurro entre o pai e Elizabeth chamou-lhe a atenção. Ela não conseguia distinguir as palavras, mas adivinhava o assunto; e quando o capitão Wentworth fez uma discreta mesura, ela compreendeu que o pai se dignara a reconhecer sua presença, e, com um olhar de soslaio, presenciou o exato momento em que a própria Elizabeth fazia uma leve reverência. Aquilo, embora tardio, relutante e indelicado, ainda era melhor do que nada, e seu ânimo melhorou.

No entanto, após conversarem sobre o tempo, Bath e o concerto, a conversa começou a desanimar, e tão pouco fora dito afinal que ela esperava que ele se afastasse a qualquer momento, mas ele não o fez; não parecia ter pressa em deixá-la; e com novo ânimo, um breve sorriso e um brilho no olhar, ele disse:

– Quase não a vi desde aquele dia em Lyme. Temo que tenha sofrido com o choque, sobretudo por não ter mantido a calma na hora.

Ela afirmou que não era o caso.

– Foi um momento assustador – disse ele –, um dia assustador! – E passou uma das mãos sobre os olhos, como se as lembranças fossem dolorosas demais, mas logo depois, novamente com um meio sorriso, adicionou:

– Aquele dia teve alguns efeitos, no entanto; algumas consequências devem ser consideradas como a antítese do temor. Quando a senhorita teve a presença de espírito de sugerir que Benwick seria a pessoa mais adequada para buscar o médico, não poderia imaginar que ele seria uma das pessoas mais preocupadas com a recuperação dela.

– Certamente, eu não poderia ter imaginado. Mas, ao que tudo indica... espero que seja uma união feliz. Dos dois lados existem princípios e bom temperamento.

– Sim – disse ele, sem olhar diretamente para a frente –, mas acredito que as semelhanças terminem aí. De todo coração desejo que sejam felizes, e alegro-me que as circunstâncias os favoreçam. Eles não precisam enfrentar dificuldades, oposição, caprichos ou adiamentos por causa das famílias. Os Musgrove estão se comportando como era esperado, honrada e gentilmente, apenas ansiosos, com o coração repleto de afeto parental, para promover o bem-estar da filha. Tudo isso é extremamente favorável para a felicidade deles; mais que, talvez...

Ele interrompeu-se. Uma lembrança repentina pareceu lhe ocorrer, trazendo à tona um pouco daquela emoção que ruborizava as bochechas de Anne e fixava seus olhos no chão. Após pigarrear, entretanto, ele continuou:

– Confesso que acho que existe uma disparidade, uma disparidade grande demais, e em um aspecto não menos importante que as ideias. Considero Louisa Musgrove uma jovem muito amável, de temperamento doce e sem qualquer deficiência de compreensão, mas Benwick é mais do que isso. É um homem inteligente, culto; e confesso que sua afeição por ela me surpreendeu. Se fosse por gratidão, se ele tivesse aprendido a amá-la porque acreditava que seria correspondido, seria diferente. Mas não tenho motivos para supor que tenha sido essa a motivação. Parece, pelo contrário, ter sido um sentimento totalmente espontâneo e natural da parte dele, o que me surpreende. Um homem como ele, na situação que se encontra! Com o coração partido, quase destruído! Fanny Harville era uma criatura com qualidades sublimes, e o sentimento que nutria por ela era genuíno. Um homem não se recupera de tamanha devoção por uma mulher como ela. Ele não deve... não consegue.

Entretanto, fosse pela percepção de que o amigo se recuperara, ou por alguma outra percepção, ele não se estendeu no assunto; e Anne, que, a despeito do tom agitado em que a última frase fora dita, e a despeito dos vários ruídos do salão, as batidas quase incessantes da porta e os rumores incessantes das pessoas ao redor, tinha compreendido cada palavra, estava surpresa, grata, confusa e começava a respirar sofregamente, e a sentir centenas de coisas ao mesmo tempo. Para ela, era impossível tratar daquele assunto; e, ainda assim, após uma pausa, sentindo a necessidade de falar, mas sem a menor vontade de mudar totalmente de assunto, ela desviou-se levemente do tema:

– O senhor passou bastante tempo em Lyme, não é verdade?

– Em torno de quinze dias. Eu não podia partir enquanto a situação de Louisa não fosse estável. Estava muito envolvido com esse infortúnio para que pudesse ficar em paz. Foi minha culpa, só minha. Ela não teria sido tão obstinada se eu não fosse fraco. O campo ao redor de Lyme é muito bonito. Eu caminhei e cavalguei muito, e quanto mais eu conhecia, mais admirava.

– Eu gostaria muito de poder voltar a Lyme – disse Anne.

– É mesmo? Eu não poderia supor que houvesse em Lyme algo que lhe inspirasse esse sentimento. O horror e a angústia com que esteve envolvida, o cansaço e a preocupação! Acreditava que suas últimas impressões de Lyme fossem de forte aversão.

– Certamente, as últimas horas foram muito dolorosas – respondeu Anne –; mas quando a dor termina, ficam as lembranças felizes. Uma pessoa não deixa de amar um lugar por ter sofrido ali, a menos que tudo tenha sido sofrimento, nada além de sofrimento, o que não é em absoluto o caso em Lyme. Só ficamos inquietos e angustiados nas últimas duas horas, mas antes nos divertimos muito. Tantas novidades e beleza! Eu viajei tão pouco, que qualquer lugar desconhecido me interessa; mas Lyme é verdadeiramente bela; e, em suma – disse, ruborizando levemente ao se recordar de certos acontecimentos –, minhas impressões do lugar são extremamente agradáveis.

Quando concluiu sua frase, a porta de entrada se abriu novamente, e o grupo que aguardavam chegou. "Lady Dalrymple, lady Dalrymple" era o som de regozijo; e com toda a avidez compatível com a ansiosa elegância, Sir Walter e suas duas damas se adiantaram para encontrá-la. Lady Dalrymple e a Srta. Carteret, acompanhadas pelo Sr. Elliot e pelo coronel Wallis, que tinham chegado praticamente no mesmo instante, adentraram o salão. Os outros se juntaram a eles, e aquele era um grupo no qual Anne viu-se obrigatoriamente incluída. Assim, foi separada do capitão Wentworth. A conversa interessante, quase interessante demais, precisou ser interrompida por algum tempo, mas a pena era leve se comparada à felicidade que a causara! Ela tinha compreendido, nos últimos dez minutos, mais sobre os sentimentos dele em relação a Louisa, mais sobre todos os sentimentos dele, do que ousava imaginar; e entregou-se às exigências do grupo, às civilidades devidas ao momento, com uma sensação maravilhosa, embora agitada. Mostrou-se bem-humorada com todos. Tinha descoberto coisas que a induziam a ser cortês e gentil com todos, e apiedar-se de todos por não serem tão felizes quanto ela.

As emoções encantadoras foram suavizadas quando, ao distanciar-se do grupo para novamente juntar-se ao capitão Wentworth, percebeu que ele não estava ali. Ela teve somente tempo para vê-lo entrar na sala de concertos. Ele se fora, tinha desaparecido, ela sentiu-se triste por um instante. Mas "eles iriam se encontrar novamente. Ele a procuraria, ele a encontraria antes que a noite terminasse, e agora, talvez devesse manter-se distante. Ela precisava de um intervalo para se recompor."

Com a chegada de lady Russell pouco tempo depois, o grupo estava completo, e precisavam apenas reunir-se e ir para a sala de concertos; demonstrando toda a importância que conseguissem, atraindo tantos olhares, provocando tantos sussurros e perturbando tantas pessoas quanto possível.

Elizabeth e Anne Elliot estavam muito felizes quando entraram no salão. Elizabeth, de braços dados com a Srta. Carteret, e olhando para as costas largas da viúva viscondessa Dalrymple à sua frente, não desejava nada que não julgasse estar a seu alcance; e Anne... mas seria um insulto à natureza da felicidade de Anne compará-la à da irmã: a origem de uma, apenas vaidade egoísta, e da outra, generosa afeição.

Anne não reparou, não deu atenção à beleza do cômodo. Sua felicidade vinha de dentro. Seus olhos estavam radiantes, e as bochechas, coradas; mas ela não sabia nada a esse respeito.

Ela só conseguia pensar na última meia hora, e conforme se dirigiam para os assentos, sua lembrança percorreu rapidamente todos os acontecimentos. Ela só conseguia interpretar de uma forma a escolha dos assuntos, as expressões dele e, sobretudo, seus modos e seu olhar. A opinião dele a respeito da inferioridade de Louisa Musgrove, uma opinião que parecera solícito em compartilhar, seus questionamentos acerca do capitão Benwick, seus sentimentos quanto a uma primeira e forte afeição; frases que não pôde terminar, os olhos levemente distantes e sua expressão, tudo, tudo declarava que seu coração retornava finalmente para ela; que a raiva, o ressentimento e o desejo de evitá-la não existiam mais; e que tinham sido substituídos, não apenas por amizade ou respeito, mas pela ternura do passado. Sim, alguma parcela da ternura do passado. Ela não conseguia ver menor significado em sua mudança. Ele devia amá-la.

Esses pensamentos, com as respectivas imagens, a ocupavam e agitavam demais para que sobrasse qualquer capacidade de observação; e ela percorreu o aposento sem vê-lo uma única vez, sem sequer tentar discerni-lo entre os demais. Quando os lugares foram determinados, e acomodaram-se adequadamente, ela olhou em volta para saber se ele estaria na mesma parte do salão, mas não estava; seus olhos não conseguiram encontrá-lo; e, como o concerto estava apenas começando, ela teve de se contentar com uma felicidade menos intensa.

O grupo foi separado e disposto em dois bancos contíguos: Anne estava entre os que se sentaram no da frente, e o Sr. Elliot fizera uma manobra tão eficaz, com a assistência do amigo coronel Wallis, que conseguira sentar-se ao lado dela. A Srta. Elliot, cercada pelas primas, e alvo principal dos galanteios do coronel Wallis, estava bastante satisfeita.

O espírito de Anne estava em um estado muito favorável para o divertimento daquela noite; havia bastante com que ocupar-se: ela tinha compaixão com os sensíveis, disposição com os alegres, atenção para os eruditos e paciência com os enfadonhos; e nunca apreciara tanto um concerto, pelo menos durante o primeiro ato. Próximo ao fim, no intervalo que sucedia a uma canção italiana, ela explicou o significado da letra para o Sr. Elliot. Tinham um programa entre eles.

– Este – disse ela – é o sentido aproximado, ou melhor o significado das palavras, pois certamente não devemos tratar do sentido de uma canção de amor italiana, mas é o mais próximo do significado que posso chegar; não finjo conhecer o idioma. Eu sei muito pouco de italiano.

– Sim, sim, vejo que sim. Percebo que não sabe nada do assunto. A senhorita possui apenas conhecimento suficiente para traduzir essas frases invertidas, transpostas e encurtadas em italiano para um inglês claro, compreensível e elegante. Não precisa se referir mais à sua ignorância. Esta é uma prova indefectível.

– Não me oporei a tamanha gentileza; mas ficaria envergonhada se fosse examinada por um exímio conhecedor.

– Não tive o prazer de visitar Camden Place por tanto tempo – respondeu ele –, sem aprender algo a respeito da Srta. Anne Elliot; e eu a considero modesta demais para dar ao mundo uma chance de perceber a metade de seus talentos, e talentosa demais para que a modéstia seja natural em qualquer outra dama.

– Que ignomínia! Que ignomínia! Quanta lisonja. Esqueci o que veremos a seguir – disse ao voltar-se para o programa.

– Talvez – disse o Sr. Elliot falando baixo –, eu conheça seu caráter há mais tempo do que pode imaginar.

– É mesmo? Como? O senhor só pode ter me conhecido quando cheguei a Bath, a não ser que tenha ouvido minha família se referir a mim.

– Eu ouvia falar da senhorita muito antes de chegar a Bath. Sua descrição foi feita por aqueles que a conhecem intimamente. Estou familiarizado com seu caráter há muitos anos. Sua personalidade, seu temperamento, seus talentos, suas maneiras; tudo me foi descrito.

O Sr. Elliot não estava desapontado com o interesse que esperava despertar. Ninguém resistiria ao charme de um mistério como aquele. Ter sido descrito tempos antes, para um conhecido recente, e por pessoas desconhecidas é fascinante; e Anne estava bastante curiosa. Ela tentou chegar a uma conclusão, e questionou-o avidamente; mas em vão. Ele se deliciava em ser questionado, mas não revelaria nada.

– Não, não, talvez em algum outro momento, mas não agora. – Ele não mencionaria nomes naquele momento; mas garantia que aqueles eram os fatos. Muitos anos antes, ouvira uma descrição de Anne Elliot que lhe havia inspirado grandes ideais a respeito de seus méritos, e despertara grande curiosidade em conhecê-la.

Anne não podia pensar em mais ninguém que pudesse ter falado com tamanha parcialidade sobre ela tanto tempo antes, a não ser o Sr. Wentworth de Monkford, o irmão do capitão Wentworth. É possível que ele tivesse estado na companhia do Sr. Elliot, mas ela não tinha coragem para perguntar.

– O nome de Anne Elliot – disse ele – há muito soa interessante para mim. Há muito possui um encanto sobre minha imaginação; e, se me atrevesse, diria que meu desejo é que esse nome nunca mude.

Essas, ela acreditava, tinham sido as palavras dele; mas mal as ouvira antes que sua atenção fosse capturada por sons vindos da fileira de trás, o que tornou todo o resto insignificante. Seu pai e lady Dalrymple estavam conversando.

– Um cavalheiro bem-apessoado – disse Sir Walter –, um homem muito bem-apessoado.

– De fato, um belo cavalheiro! – disse lady Dalrymple. – Tem mais presença do que costumamos ver em Bath. Irlandês, acredito.

– Não, conheço-o de nome. Uma relação superficial. Wentworth. Capitão Wentworth, da Marinha. A irmã dele é casada com meu inquilino em Somersetshire, os Croft, que alugam Kellynch.

Antes que Sir Walter chegasse a esse ponto, o olhar de Anne voltou-se para a direção certa, e distinguiu o capitão Wentworth entre um grupo de homens a pouca distância. Quando seus olhos recaíram sobre ele, os deles pareceram se desviar dela. Assim lhe parecia. Era como se tivesse se atrasado um segundo; e, enquanto ousou observar, ele não a olhou novamente; mas a apresentação estava recomeçando, e ela foi forçada a voltar sua atenção para a orquestra e olhar para a frente.

Quando foi possível olhar mais uma vez, ele tinha se distanciado. Ele não poderia se aproximar dela nem se desejasse: ela estava completamente cercada e inacessível; mas gostaria de ter encontrado o olhar dele.

O discurso do Sr. Elliot também a afligia. Ela não tinha mais qualquer inclinação para conversar com ele. Queria que não estivesse tão próximo.

O primeiro ato terminara. E agora ela ansiava por alguma mudança benéfica; e, após um período de silêncio no grupo, alguns decidiram buscar uma xícara de chá. Anne foi uma das poucas pessoas que optou por não sair do lugar. Ela permaneceu em seu assento, assim como lady Russell; mas tivera o prazer de livrar-se do Sr. Elliot; e não pretendia, independentemente do que pudesse sentir por lady Russell, abster-se de conversar com o capitão Wentworth caso ele lhe desse essa oportunidade. Ela se convenceu, pela expressão de lady Russell, de que esta o tinha visto.

Ele não se aproximou, no entanto. Às vezes, Anne imaginava que tinha conseguido distingui-lo a distância, mas ele não se aproximou. O ansioso intervalo terminou de maneira improdutiva. Os demais retornaram, o salão se encheu novamente, bancos foram reivindicados e recuperados, e mais uma hora de prazer, ou de penitência, se iniciou, mais uma hora de música para provocar encantamento ou bocejos, conforme o apreço real ou simulado prevalecesse. Para Anne, era essencialmente o prospecto de mais uma hora de alvoroço. Ela não poderia deixar aquele aposento em paz sem ver o capitão Wentworth mais uma vez, sem a troca de um olhar amigável.

Ao retornarem aos assentos, houve muitas mudanças, e o resultado foi favorável a ela. O coronel Wallis optou por não se sentar novamente, e o Sr. Elliot foi convidado por Elizabeth e pela Srta. Carteret, de maneira irrecusável, a sentar-se entre elas; e por causa de outras ausências, e de algumas maquinações próprias, Anne conseguiu sentar-se muito mais perto do fim do banco do que estava antes, muito mais acessível a alguém que estivesse passando. Ela não pôde fazer isso sem se comparar à Srta. Larolles, a inimitável Srta. Larolles; mas, ainda assim, ela o fez, mas sem resultados muito melhores; embora tivesse se considerado afortunada pela saída dos ocupantes dos assentos mais próximos, ela se viu bem no final do banco quando o concerto terminou.

Essa era sua situação, com um lugar vago ao seu lado, quando viu novamente o capitão Wentworth. Ele não estava muito distante dali. Ele a viu também; no entanto, tinha um ar sério, e parecia indeciso, e demorou até que estivesse próximo bastante para que pudesse falar com ela. Ela sentiu que algo tinha acontecido. A mudança era inquestionável. A diferença entre o comportamento atual e o que demonstrara no Salão Octogonal era impressionante. O que acontecera? Ela pensou em seu pai, em Lady Russell. Poderia ter havido olhares desagradáveis? Ele começou a falar sobre o concerto seriamente; mais parecido com o capitão Wentworth de Uppercross; admitiu-se decepcionado, pois esperava que o canto fosse melhor; e, em suma, precisava confessar que não se entristeceria quando tivesse terminado. Anne falou em defesa da apresentação e, ao mesmo tempo, respeitou os sentimentos dele de maneira tão gentil, que sua expressão se amenizou, e ele respondeu quase sorrindo. Eles conversaram por alguns minutos a mais, e a melhora em seu estado de espírito se manteve; ele até mesmo olhou para o banco, como se achasse que valia a pena sentar-se ali; quando um toque no ombro obrigou Anne a virar-se. Era o Sr. Elliot. Ele desculpava-se, mas precisava que ela traduzisse o texto novamente. A Srta. Carteret estava muito ansiosa para ter uma ideia sobre o que seria cantado a seguir. Anne não podia recusar; mas nunca se sacrificara à polidez com tamanho sofrimento.

Alguns minutos, embora tão poucos quanto possível, foram inevitavelmente consumidos; e assim que pôde virar-se outra vez, viu-se abordada pelo capitão Wentworth, em uma despedida reservada e apressada. "Ele devia desejar a ela uma boa noite, mas precisava chegar o quanto antes em casa".

– Essa música não é digna de sua presença? – perguntou Anne, surpresa por uma ideia que deixava ainda mais ansiosa para encorajá-lo.

– Não! – Ele respondeu enfaticamente –, não há nada digno de minha presença aqui. – E partiu imediatamente.

Ciúme do Sr. Elliot! Era o único motivo compreensível. O capitão Wentworth estava com ciúmes das atenções dela! Teria acreditado em tal coisa uma semana antes... três horas antes? Por um instante, a satisfação foi extraordinária. Mas, oh, Deus! Pensamentos muito diferentes se sucederam. Como tal ciúme poderia ser amenizado? Como a verdade chegaria até ele? Como, a despeito de todas as peculiares desvantagens de suas circunstâncias, ele perceberia seus reais sentimentos? Era terrível pensar na atenção do Sr. Elliot. E o mal que causava era imensurável.

21

Na manhã seguinte, Anne recordou-se com alegria da promessa que fizera à Sra. Smith de visitá-la, o que queria dizer que estaria fora de casa quando era mais provável que o Sr. Elliot os visitasse, pois evitar o Sr. Elliot era seu principal objetivo.

Ela sentia grande afeição por ele. A despeito da atenção despropositada, ela devia a ele gratidão e respeito, possivelmente até compaixão. Ela não conseguia evitar a lembrança das circunstâncias extraordinárias em que se conheceram, de como parecera correto se interessar por ele, por toda a situação, pelos sentimentos dele, por suas predisposições anteriores. Era tudo extraordinário; lisonjeiro, mas doloroso. Havia muito a lamentar. Como se sentiria caso o capitão Wentworth não existisse, não valia a pena examinar; pois o capitão Wentworth existia; e fosse positiva ou negativa a conclusão do presente suspense, seu afeto seria dele para sempre. Ela acreditava que a união entre eles não a afastaria mais de outros cavalheiros que a separação definitiva.

As ruas de Bath nunca viram mais belos devaneios de amor intenso e de fidelidade eterna que os de Anne enquanto caminhava de Camden Place a Westgate Buildings. Era quase suficiente para espargir purificação e perfume pelo caminho.

Ela estava certa de que seria bem recebida; e a amiga estava particularmente agradecida pela visita naquela manhã, e não parecia tê-la esperado, ainda que o compromisso estivesse combinado.

O relato do concerto foi imediatamente exigido; e as recordações de Anne sobre o evento eram agradáveis o suficiente para alegrar seu rosto e animá-la a falar do assunto. Tudo o que podia revelar foi dito com satisfação, mas tudo era pouco para alguém que estivera presente, e insatisfatório para uma inquiridora como a Sra. Smith, que já ouvira, de uma lavadeira e de um garçom, muito mais sobre o sucesso e os resultados da noite do que Anne revelara, e que agora perguntava em vão pelas particularidades dos presentes. Todas as pessoas relevantes e notórias em Bath eram conhecidas de nome pela Sra. Smith.

– Suponho que os pequenos Durand estavam lá – disse ela –, com a boca aberta para captar a música, como pequenos pardais aguardando o alimento. Eles nunca perdem um concerto.

– Sim; eu não os vi pessoalmente, mas ouvi do Sr. Elliot de que estavam presentes.

– E os Ibbotson, estavam lá? Com as duas novas beldades, acompanhadas do oficial irlandês, que todos acreditam irá casar-se com uma ou outra.

– Não sei, mas acredito que não compareceram.

– E a velha lady Mary Maclean? Não preciso perguntar sobre ela. Sei que ela nunca falta; e você deve tê-la visto. Ela devia estar próxima a você, pois como foi acompanhada de lady Dalrymple, estava nos assentos nobres, naturalmente, perto da orquestra.

– Não, isso era justamente o que eu temia. Teria sido muito desagradável para mim em todos os aspectos. Mas, felizmente, lady Dalrymple sempre escolhe sentar-se mais distante; e nós ficamos muito bem acomodados, para ouvir, quer dizer, não devo dizer que tínhamos boa visão, pois parece que vi muito pouco.

– Oh! Você viu o suficiente para seu próprio entretenimento, eu compreendo. Existe uma espécie de divertimento particular que pode ser experimentada até mesmo em uma multidão, e foi o que sentiu. Você fazia parte de um grupo extenso, e não havia por que desejar mais.

– Mas eu deveria ter observado mais – disse Anne, consciente, no entanto, de que não houvera falta de observação, o objeto de seus olhares é que fora limitado.

– Não, não; você tinha ocupações mais interessantes. Não precisa dizer que teve uma noite agradável. Vejo em seus olhos. Percebo exatamente como as horas se passaram: o tempo todo houve algo interessante para ouvir. Nos intervalos do concerto foi a conversa.

Anne ofereceu um sorriso vago e disse:

– Pode perceber tudo isso em meus olhos?

– Sim. Seu rosto me informa perfeitamente de que na noite passada esteve ao lado da pessoa que considera a mais agradável do mundo, a pessoa que lhe interessa mais que o resto do mundo.

Um rubor espalhou-se pelo rosto de Anne. Ela não conseguiu dizer nada.

– Sendo esse o caso – continuou a Sra. Smith após uma breve pausa –, espero que saiba como valorizo sua visita nesta manhã. É muita bondade de sua parte vir para conversar comigo quando deve ter tantos compromissos agradáveis.

Anne não ouviu nada daquilo. Ela ainda estava sob os efeitos da surpresa e da confusão suscitadas pela percepção da amiga, incapaz de imaginar como uma notícia sobre o capitão Wentworth teria chegado até ela. Após outra breve pausa:

– Conte-me – disse a Sra. Smith –, o Sr. Elliot sabe que somos amigas? Ele sabe que estou em Bath?

– O Sr. Elliot! – repetiu Anne surpresa. Um momento de reflexão demonstrou o erro que estava cometendo. Ela o compreendeu imediatamente; e tendo recuperado a coragem junto com a sensação de segurança, adicionou com mais firmeza:

– Conhece o Sr. Elliot?

– Eu o conheci muito bem – respondeu a Sra. Smith, seriamente –, mas acho que isso é passado. Já faz muito tempo desde que nos conhecemos.

– Eu não fazia ideia. Você nunca mencionou nada. Se eu soubesse, teria o prazer de falar sobre você com ele.

– Para confessar a verdade – disse a Sra. Smith, adotando sua usual alegria –, é exatamente esse prazer que desejo que tenha. Desejo que converse com o Sr. Elliot a meu respeito. Preciso de sua influência. Ele pode me ser muito útil; e se tiver a bondade, minha querida Srta. Elliot, de me ajudar, naturalmente ele concordará.

– Ficarei extremamente feliz; espero que não duvide de minha disposição em lhe ser útil de todas as maneiras – respondeu Anne –, mas suspeito de que você considere minha influência sobre o Sr. Elliot maior do que realmente é. Estou certa de que, de uma forma ou de outra, você assimilou essa ideia. Deve me considerar apenas uma parente do Sr. Elliot. Se, nesse caso, você ainda supõe que exista algo que uma prima possa pedir a ele, eu imploro que não hesite em me dizer.

A Sra. Smith olhou-a fixamente e então disse sorrindo:

– Percebo que me precipitei um pouco; peço desculpas. Eu deveria ter aguardado um comunicado formal. Mas agora, minha querida Srta. Elliot, na condição de uma velha amiga, dê-me uma ideia de quando poderei falar a esse respeito. Na próxima semana? Com certeza, permito-me imaginar que na próxima semana tudo estará acertado, e poderei propor meus planos egoístas acreditando na generosidade do Sr. Elliot.

– Não – respondeu Anne –, nem na semana que vem, ou na outra, ou na outra. Posso lhe assegurar de que nada como o que está pensando será acertado em semana alguma. Eu não irei me casar com o Sr. Elliot. Poderia me dizer por que acha o contrário?

A Sra. Smith olhou para ela novamente, com uma expressão séria, sorriu, meneou a cabeça e exclamou:

– Como eu gostaria de poder compreendê-la! Como eu gostaria de saber o que planeja! Acredito verdadeiramente que não pretende ser cruel, quando a hora chegar. Como sabe, até que chegue esse momento, nós, mulheres, nunca damos a entender que aceitaremos alguém. É um fato entre nós que todo cavalheiro é refutado, até que faça a proposta. Mas por que você seria cruel? Deixe me defender meu... não posso chamá-lo de amigo, mas por meu velho conhecido. Onde poderia encontrar melhor partido? Onde conheceria um cavalheiro mais educado e encantador? Deixe-me recomendar o Sr. Elliot. Estou certa de que não ouvirá nada mais do que coisas boas do Coronel Wallis; e quem pode conhecê-lo mais do que o coronel Wallis?

– Minha querida Sra. Smith, a esposa do Sr. Elliot morreu há menos de seis meses. Ele não devia dirigir suas atenções a ninguém.

– Oh! Se essa for sua única objeção – exclamou a Sra. Smith maliciosamente. – O Sr. Elliot está seguro, e eu me incomodarei mais com isso. Apenas não se esqueça de mim quando estiver casada. Deixe que ele saiba que somos amigas, e então ele não se incomodará com o que gostaria de lhe pedir, como é muito natural agora, com tantos interesses e compromissos, que evite e deseje se desvencilhar de todo o resto; muito natural, talvez. Noventa e nove por cento das pessoas fariam o mesmo. É claro que ele desconhece quanto é importante para mim. Bem, minha querida Srta. Elliot, espero e desejo que seja muito feliz. O Sr. Elliot tem senso bastante para compreender o valor de uma mulher como você. Sua paz não naufragará como a minha. Você estará segura em todos os aspectos mundanos e no caráter dele. Ele não se deixará conduzir pelo mau caminho; ele não levará os outros à ruína.

– Não – disse Anne. – Posso acreditar perfeitamente em tudo isso a respeito de meu primo. Ele demonstra um caráter calmo e decidido, e nem um pouco suscetível às más influências. Eu lhe tenho grande respeito. Não tenho razão, pelo que já ouvi sobre ele, para pensar de maneira diferente. Mas não o conheço há tempo bastante; e ele não é um homem, creio, que se possa conhecer mais intimamente em pouco tempo. A maneira como falo, Sra. Smith, não é o suficiente para convencê-la de que ele não significa nada para mim? Isso deve lhe soar calmo o suficiente. E, palavra de honra, ele não significa nada para mim. Se um dia ele me propusesse casamento (e tenho poucos motivos para imaginar que pense em fazê-lo), eu não o aceitaria. Posso lhe assegurar de que não o faria. Posso lhe assegurar de que o Sr. Elliot não tem a responsabilidade que você supõe em qualquer prazer que o concerto de ontem a noite tenha proporcionado. Não o Sr. Elliot, não é o Sr. Elliot que...

Ela interrompeu o discurso, arrependendo-se, com um intenso rubor nas faces, de ter dito tanto; no entanto, dificilmente dizer menos teria sido bastante. A Sra. Smith não acreditaria no fracasso do Sr. Elliot, a não ser pela existência de outra pessoa. Sendo assim, ela aquiesceu imediatamente, não pareceu ter percebido nada mais; e Anne, ávida por escapar de mais questionamentos, estava impaciente para saber por que a Sra. Smith imaginara que ela se casaria com o Sr. Elliot; de onde ela teria extraído a ideia ou de quem a ouvira.

– Diga-me como isso lhe ocorreu?

– A primeira vez que a ideia me passou pela cabeça – respondeu a Sra. Smith – foi quando descobri quanto tempo passavam na companhia um do outro, e senti que seria o desejo mais provável de ambas as famílias; e pode acreditar que todos os seus conhecidos pensaram da mesma maneira. Mas eu nunca tinha ouvido falar em nada disso até dois dias atrás.

– Então, de fato, esse assunto já foi tratado?

– Você prestou atenção à mulher que lhe abriu a porta ontem?

– Não. Não era a Sra. Speed, como de hábito, ou a criada? Não reparei em ninguém em particular.

– Era minha amiga, a Sra. Rooke; enfermeira Rooke, que, a propósito, tinha muita curiosidade em vê-la e ficou encantada em abrir a porta para você. Ela veio de Marlborough Buildings somente no domingo; e foi ela quem me informou que você se casaria com o Sr. Elliot. Ela ouvira da própria Sra. Wallis, que não me pareceu uma fonte ruim. Ela ficou comigo por uma hora na tarde de segunda-feira e me contou toda a história.

– Toda a história – repetiu Anne rindo. – Ela não pode ter contado uma história muito longa, creio eu, sobre um assunto tão infundado.

A Sra. Smith não disse nada.

– Mas – continuou Anne –, embora não exista nenhuma verdade em minha influência sobre o Sr. Elliot, eu ficaria muito feliz em poder lhe ser útil da maneira que puder. Devo mencionar a ele que está em Bath? Devo lhe comunicar algum recado?

– Não, eu lhe agradeço. No calor do momento, e sob uma impressão equivocada, eu poderia, talvez, ter tentado despertar seu interesse por algumas circunstâncias; mas não agora. Não, eu lhe agradeço, não vou incomodá-la com nada.

– Creio que tenha dito que conhece o Sr. Elliot há muitos anos.

– É verdade.

– Não antes que se casasse, suponho.

– Na verdade, sim; ele não era casado quando o conheci.

– E... vocês eram amigos muito próximos?

– Íntimos.

– É mesmo? Então, conte-me como ele era naquela época. Tenho muita curiosidade em saber como era o Sr. Elliot mais jovem. Era parecido com o que é hoje?

– Eu não vejo o Sr. Elliot há três anos – foi a resposta da Sra. Smith, dada com tanta gravidade, que tornou-se impossível continuar o assunto; e Anne sentiu que não obtivera nada além do aumento de sua curiosidade. Ambas ficaram em silêncio; a Sra. Smith, extremamente pensativa. Finalmente...

– Eu peço-lhe desculpas, minha querida Srta. Elliot – ela exclamou em seu usual tom de cordialidade. – Peço desculpas pelas respostas vagas que estou oferecendo, mas estou insegura quanto ao que devo fazer. Tenho questionado e considerado o que devo revelar a você. Havia muito que considerar. Odeio ser intrometida, gerar impressões equivocadas, ofender. Mesmo a união familiar mais frágil parece merecer proteção. No entanto, estou determinada; acho que tenho razão; acho que você deve conhecer o verdadeiro caráter do Sr. Elliot. Ainda que agora eu acredite inteiramente que você não tem a intenção de aceitá-lo, não há como prever o que irá acontecer no futuro. Você poderá, mais cedo ou mais tarde, sentir-se atraída por ele. Então, ouça a verdade agora enquanto não lhe fará nenhum mal. O Sr. Elliot é um homem sem coração ou consciência; um ser ardiloso, desconfiado e frio, que só pensa em si mesmo; que, em nome de seus interesses e de seu conforto, seria capaz de qualquer crueldade ou traição que pudesse perpetrar sem pôr em risco sua imagem. Ele não tem sentimentos pelos outros. Aqueles para os quais ele foi o principal causador da ruína, consegue negligenciar ou abandonar sem o menor remorso. Ele está fora do alcance de qualquer sentimento de justiça ou de compaixão. Oh! Seu coração é negro; vazio e negro!

O ar surpreso e admirado de Anne, e sua exclamação de choque, fez com que ela parasse de falar, e em seguida, em um tom mais clamo, acrescentou:

– Minhas expressões a assustam. Você deve permitir isso de uma mulher machucada e furiosa. Mas tentarei me controlar. Não irei caluniá-lo. Eu só lhe contarei o que sei sobre ele. Os fatos falarão por si. Ele era um amigo íntimo de meu querido marido, que o amava e confiava nele, e o julgava tão bom quanto ele. A relação fora construída antes de nosso casamento. Eu percebi que eram amigos muito próximos; e também me tornei excessivamente afeita ao Sr. Elliot, acalentando as melhores opiniões a seu respeito. Aos dezenove anos, como sabe, não pensamos muito seriamente; mas o Sr. Elliot me parecia tão bom quanto os outros, e muito mais agradável do que a maioria, e estávamos sempre juntos. Nós residíamos na cidade, e em grande estilo. Naquela época, era ele quem estava em condições inferiores; ele era o mais pobre. Ele possuía um quarto no Temple, e era o máximo que podia fazer para manter as aparências de um cavalheiro. Sempre que quisesse, podia se hospedar em nossa casa; ele era sempre bem-vindo; ele era como um irmão. Meu pobre Charles, que tinha o melhor e mais generoso espírito deste mundo, teria dividido seu último tostão com ele; sei que sua bolsa estava sempre aberta para ele; sei que o ajudava com frequência.

– Esse deve ser justamente o período da vida do Sr. Elliot – disse Anne – que sempre despertou minha curiosidade. Deve ser a mesma época em que conheceu meu pai e minha irmã. Eu nunca o conheci pessoalmente, somente ouvia falar nele; mas, naquela época, havia alguma coisa em sua conduta em relação a meu pai e minha irmã e, posteriormente, nas circunstâncias do casamento dele, que nunca pude conciliar com o momento atual. Parecia anunciar um tipo diferente de homem.

– Sei de tudo isso, eu sei de tudo isso! – exclamou a Sra. Smith. – Ele foi apresentado a Sir Walter e a sua irmã antes que eu o conhecesse, mas eu sempre o ouvia falar sobre eles. Sei que foi convidado e encorajado, e sei que ele escolheu não ir. Talvez eu possa satisfazer sua curiosidade em aspectos que mal poderia esperar; e quanto ao casamento dele, eu sabia tudo a respeito na época. Eu estava familiarizada com todos os prós e os contras; eu era a amiga a quem ele confidenciava suas esperanças e planos; e embora eu não conhecesse sua esposa anteriormente, pois sua posição inferior na sociedade o tornava impossível, conheci todos os detalhes de sua vida ou, pelo menos, até os últimos dois anos, e posso responder todas as perguntas que desejar.

– Não – disse Anne. – Não tenho perguntas a fazer sobre ela. Sempre compreendi que eles não eram um casal feliz. Mas gostaria de saber por que, naquela época, ele rejeitava a aproximação com meu pai, que estava bastante disposto a recebê-lo muito bem. Por que o Sr. Elliot recuou?

– O Sr. Elliot – respondeu a Sra. Smith –, naquela época, tinha apenas um objetivo em mente: fazer fortuna, e por meios bem mais rápidos do que os meios legais. Ele estava determinado a enriquecer com o casamento. Ao menos, ele estava determinado a não prejudicar-se por um matrimônio imprudente; e sei que ele acreditava (se justa ou não, é claro que não sei dizer), que seu pai e irmã, com o comportamento cordial e os convites, estavam arquitetando uma união entre o herdeiro e a jovem, e era impossível que tal união correspondesse às suas expectativas de riqueza e independência. Esse foi o motivo pelo qual decidiu recuar, eu lhe asseguro. Ele me contou toda a história. Não me ocultava nada. Foi curioso que após tê-la deixado em Bath, a primeira pessoa que conheci depois de me casar tenha sido seu primo; e que, por intermédio dele, eu recebesse notícias frequentes de seu pai e sua irmã. Ele descrevia uma Srta. Elliot, e eu pensava afetuosamente na outra.

– Quem sabe – exclamou Anne, surpreendida por uma ideia –, você não falou a meu respeito com o Sr. Elliot?

– Pode ter certeza que sim, com muita frequência. Eu costumava me vangloriar de minha Anne Elliot, garantindo que você era uma pessoa muito diferente de...

Ela se interrompeu bem a tempo.

– Isso explica algo que o Sr. Elliot mencionou na noite passada – exclamou Anne. – Isso explica tudo. Descobri que ele já tinha ouvido falar de mim, mas não podia compreender como. Como a imaginação é fértil quando se trata de nós mesmos! Equivocar-se é uma certeza! Mas, peço desculpas, eu a interrompi. Então o Sr. Elliot casou-se exclusivamente por dinheiro? Foi essa circunstância, provavelmente, que abriu seus olhos para o caráter dele.

A Sra. Smith hesitou um pouco.

– Ah! Essas coisas são muito comuns. Quando se vive na sociedade, o fato de um homem ou uma mulher casar-se por dinheiro é comum demais para nos chocar como deveria. Eu era muito jovem, e cercada apenas de jovens, e éramos um grupo inconsequente e feliz, sem qualquer regra estrita de conduta. Vivíamos para o prazer. Penso de forma diferente agora; o tempo, a doença e o sofrimento me ensinaram muito; mas, naquela época, admito que não via nada condenável no comportamento do Sr. Elliot. "Fazer o melhor para si mesmo" era visto como um dever.

– Mas ela não era uma mulher sem classe?

– Sim; ao que eu me objetei, mas ele não me ouviu. Dinheiro, dinheiro era tudo o que desejava. O pai dela negociava gado, e o avô fora açougueiro, mas isso não significava nada. Ela era uma bela mulher, com uma boa educação, foi apresentada por alguns primos, viu-se por acaso na companhia do Sr. Elliot e se apaixonou por ele; e ele não teve qualquer dificuldade ou escrúpulo em relação à origem dela. Toda a sua preocupação estava em estimar o montante de sua fortuna antes de se comprometer. Acredite, quando jovem, o Sr. Elliot não daria qualquer valor à posição que tem hoje. A chance de herdar Kellynch era relevante, mas toda a honra da família não significava nada. Eu o ouvi declarar com frequência que se fosse possível vender o título de baronete, poderiam comprar o dele por cinquenta libras, incluindo o brasão, as armas, o nome e a libré; mas eu não pretendo repetir a metade do que costumava dizer sobre esse assunto. Não seria justo; e ao mesmo tempo você precisa de provas, pois o que é tudo isso além de uma série de afirmações? Você terá as provas.

– Na verdade, minha querida Sra. Smith, não as desejo – exclamou Anne. – Você não afirmou nada que contradiga o que o Sr. Elliot me pareceu há alguns anos. Esta é apenas uma confirmação do que acreditávamos e ouvíamos. Estou mais curiosa em saber por que ele mudou tão completamente de atitude.

– Mas, para a minha satisfação, você terá a bondade de chamar Mary... fique, estou certa que fará ainda a bondade de ir até meu quarto e me trazer uma pequena caixa ornada que irá encontrar na prateleira de cima do armário.

Anne, vendo que sua amiga estava determinada, fez o que ela pedira. A caixa foi trazida e colocada diante dela, e a Sra. Smith, suspirando conforme a destrancava, disse:

– Está cheia de papéis que pertenceram a ele, a meu marido; uma pequena parcela do que me restou quando eu o perdi. A carta que procuro foi escrita a ele pelo Sr. Elliot antes de nosso casamento, e acabou se salvando; por quê, não há como saber. Mas ele era descuidado e pouco metódico, assim como outros homens, acerca desses assuntos; e quando fui examinar esses papéis, eu a encontrei entre outros ainda mais triviais, oriundos de pessoas diferentes, espalhadas aqui e ali, enquanto cartas e memorandos realmente importantes foram destruídos. Aqui está; eu não a queimaria, porque mesmo não estando satisfeita com o Sr. Elliot, estava determinada a preservar qualquer documento que atestasse a intimidade do passado. Agora eu tenho mais um motivo para me alegrar por tê-la guardado.

Esta era a carta escrita para "Ilmo. Charles Smith, Tunbridge Wells", datada em Londres, de julho, 1803:

Prezado Smith,

Recebi sua carta. Sua bondade me deixa profundamente tocado. Eu gostaria que a natureza tivesse produzido maior número de corações como o seu, mas vivi vinte e três anos neste mundo e ainda não encontrei nenhum similar. No momento, acredite, não preciso de sua ajuda, pois estou novamente com dinheiro. Felicite-me: consegui me livrar de Sir Walter e da Srta. Eles retornaram para Kellynch e quase me fizeram jurar que os visitaria no verão; mas minha primeira visita a Kellynch será com um profissional que possa me dizer como vendê-la da forma mais lucrativa. No entanto, é possível que o baronete se case novamente; ele é tolo o suficiente para isso. Se o fizer, no entanto, me deixarão em paz, e isso poderá compensar o que perderei. Ele está pior do que no ano passado.

Eu gostaria de possuir qualquer outro nome exceto Elliot. Estou farto dele. Graças a Deus, posso abandonar o nome Walter! E desejo que você nunca mais me insulte com meu segundo W, ou seja, para o resto de minha vida. Seu, sinceramente,

WM. Elliot.

Essa carta não poderia ser lida sem que Anne ficasse ruborizada; e a Sra. Smith, observando o rubor em seu rosto, disse:

– Eu sei que a linguagem é excessivamente desrespeitosa. Embora eu tenha me esquecido dos termos exatos, lembro-me perfeitamente do conteúdo. Mas ela mostra quem ele é. Observe suas confissões a meu pobre marido. Poderiam ser mais claras?

Anne não pôde se recobrar imediatamente do choque e da surpresa de ler aquelas palavras associadas ao pai. Ela foi obrigada a lembrar-se de que ler a carta era uma violação das regras de honra, que ninguém deve ser julgado ou conhecido por testemunhos como esse, que nenhuma correspondência particular pode ser vista por terceiros, antes que pudesse recuperar a calma e devolver a carta sobre a qual estava meditando, e dizer:

– Obrigada. Esta é uma prova contundente, sem dúvida; prova de tudo o que disse. Mas, por que se aproximar de nós agora?

– Posso explicar isso também – exclamou a Sra. Smith sorrindo.

– Mesmo?

– Sim. Eu lhe mostrei como era o Sr. Elliot há muitos anos atrás, e eu vou mostrar como ele é agora. Eu não tenho como lhe oferecer outra prova escrita, mas posso lhe dar um testemunho oral tão autêntico quanto possa desejar, acerca do que ele deseja agora, e do que tem feito. Ele não é mais um hipócrita. Ele realmente deseja se casar com você. As atenções que tem dispensado à sua família são sinceras, vindas do coração. Eu lhe oferecerei minha fonte fidedigna: o amigo dele, coronel Wallis.

– Coronel Wallis! Você o conhece?

– Não. Essas informações não chegaram a mim de forma tão direta; foi preciso um ou outro desvio, mas nada importante. A fonte é tão boa como se tivesse sido ele mesmo a me dizer; as pequenas impurezas coletadas ao longo do caminho são facilmente afastadas. O Sr. Elliot fala sem reservas com o coronel Wallis a seu respeito. Acredito que o coronel Wallis tenha um caráter sensível, cuidadoso e ponderado; mas o coronel Wallis tem uma esposa muito bonita e tola, para quem revela informações que não deveria, e ele diz tudo a ela. Ela, em meio ao estado de espírito transbordante da recuperação, conta tudo para a enfermeira; e a enfermeira, sabendo de nossa amizade, naturalmente, conta tudo para mim. Na segunda-feira à tarde, minha grande amiga Sra. Rooke me deixou a par de muitos segredos de Marlborough Buildings. Quando lhe falei de toda a história, afinal, não estava romanceando tanto quanto supôs.

– Minha querida Sra. Smith, sua autoridade é deficiente. Não é o suficiente. O fato do Sr. Elliot ter algum interesse em mim diz muito pouco acerca do empenho que tem dedicado para reconciliar-se com meu pai. Isso se deu antes de minha vinda para Bath. Eu os encontrei em termos bastante amigáveis quando cheguei.

– Sei que sim. Eu sei de tudo perfeitamente, mas...

– Sinceramente, Sra. Smith, não podemos esperar conseguir informações reais dessa maneira. Fatos ou opiniões que passam pelas mãos de tantas pessoas, e que podem ser mal interpretados pela tolice de um e pela ignorância de outro, não guardam muita verdade.

– Apenas me escute. Logo poderá julgar se a fonte merece crédito ou não ao ouvir algumas particularidades que poderá contradizer ou confirmar imediatamente. Ninguém supõe que você tenha sido o primeiro alvo do interesse dele. Ele já a vira, de fato, antes de vir para Bath e a tinha admirado, mas sem saber que era você. Pelo menos é o que me diz a minha fonte. É verdade? Ele a viu no último verão ou outono "em algum lugar a oeste?", para usar as palavras dela, sem saber que se tratava de você?

– Sim, ele viu. Até aqui, tudo é verdade. Foi em Lyme. Eu estava em Lyme.

– Bem – continuou a Sra. Smith, triunfante –, conceda à minha amiga o crédito à exatidão desse primeiro aspecto. Então ele a viu em Lyme, e gostou tanto de você que ficou extremamente satisfeito ao encontrá-la novamente em Camden Place, como a Srta. Anne Elliot; e desde então, não tenho dúvidas, passou a ter mais de um motivo para as visitas. Mas existe outro, e anterior a esse, que lhe explicarei agora. Se houver algo em minha história que considere falso ou improvável, interrompa-me. Meu relato diz que a amiga de sua irmã, a dama que agora está hospedada com sua família, e que você já mencionou, veio para Bath com a Srta. Elliot e Sir Walter em setembro (ou seja, junto com eles) e permanece com vocês desde então; que ela é astuta, insinuante, bonita, pobre e aceitável e, de maneira geral, por suas maneiras e posição, dá aos conhecidos de Sir Walter a ideia de que deseja tornar-se lady Elliot, e seria de admirar que a Srta. Elliot estivesse cega a essa perigo.

A Sra. Smith interrompeu o discurso novamente; mas Anne não tinha nada a dizer, e então ela continuou:

– Essa é a interpretação de todos os conhecidos da família, mesmo antes de seu retorno; e o coronel Wallis já observava seu pai a tempo suficiente para perceber isso, embora ainda não visitasse Camden Place; mas sua estima pelo Sr. Elliot fez com que se interessasse em observar tudo o que estava acontecendo lá, e quando o Sr. Elliot veio a Bath por um ou dois dias, como fez um pouco antes do Natal, coronel Wallis o deixou a par dos acontecimentos e dos rumores que começavam a surgir. Agora, você compreenderá como o tempo influenciou a opinião de Sr. Elliot acerca do valor de um baronete. Em todos os aspectos que se referem ao berço e ao parentesco, ele é um homem completamente modificado. Tendo, há muito, mais recursos do que pode gastar, e sem nenhum traço de avareza ou indulgência, ele vem aprendendo gradualmente a associar sua felicidade à nobreza que vai herdar. Eu imaginei que esse fato ocorreria mesmo antes de nos distanciarmos, mas agora é um sentimento confirmado. Ele não pode suportar a ideia de não ser Sir William. Sendo assim, você pode imaginar que a notícia que recebeu do amigo não foi muito agradável, e pode imaginar os resultados que produziu. A decisão de voltar para Bath o mais rápido possível, e de estabelecer-se aqui por algum tempo com o objetivo de renovar e recuperar as boas relações com a família, de forma a descobrir o nível de perigo que estava correndo, e de boicotar a dama, caso fosse preciso. Foi decidido entre os dois amigos que era tudo o que se podia fazer; e o coronel Wallis o ajudaria de todas as formas possíveis. Ele deveria ser apresentado, e a Sra. Wallis deveria ser apresentada, e todos deveriam ser apresentados uns aos outros. O Sr. Elliot retornou, como esperado; e por mérito de seu empenho foi perdoado, e como sabe, readmitido na família; e esse era seu único motivo até então (até que sua chegada adicionou mais um propósito), observar Sir Walter e a Sra. Clay. Ele não dispensava nenhuma oportunidade de estar com eles, colocando-se sempre no caminho e visitando-os a qualquer hora; mas não preciso me alongar nesse assunto. Você pode imaginar que homem talentoso faria; e com tal orientação, talvez, lembre-se do que ele tem feito.

– Sim – disse Anne –, você não me revelou nada que esteja em desacordo com o que sei, ou poderia imaginar. Existe sempre algo de ofensivo nos pormenores da astúcia. As manobras do egoísmo e da duplicidade são sempre revoltantes, mas não ouvi nada que realmente me surpreenda. Eu conheço pessoas que ficariam chocadas com tal representação do Sr. Elliot, que teriam dificuldade em acreditar nela, mas nunca estive convencida do contrário. Sempre quis encontrar outro motivo para sua conduta. Gostaria de saber a opinião atual dele, frente à probabilidade do evento que ele sempre temeu, e se ele acha que o perigo está ou não diminuindo.

– Está diminuindo, pelo que sei – respondeu a Sra. Smith. – Ele acredita que a Sra. Clay tem medo dele, que tem consciência de que ele percebe suas intenções, e que não ousa se comportar como faria caso ele não estivesse presente. Mas, como ele irá precisar se ausentar em um ou outro momento, não vejo como poderia ficar seguro enquanto ela possui tamanha influência. A Sra. Wallis tem uma ideia interessante, segundo a enfermeira me contou, que seria acrescentar ao contrato de casamento com o Sr. Elliot, que seu pai não poderá se casar com a Sra. Clay. Um estratagema digno da inteligência da Sra. Wallis, mas minha sensata enfermeira Rooke percebe o absurdo de tudo isso. "Bem, para se ter certeza, senhora", disse ela, "isso não o impediria de casar-se com qualquer outra". E, de fato, para falar a verdade, não acredito que a enfermeira, particularmente, seja uma grande opositora de uma segunda união de Sir Walter. Devemos permitir que defenda o matrimônio; e quem poderá dizer que ela não tenha desejos de cuidar da próxima lady Elliot através das recomendações da Sra. Wallis?

– Estou muito feliz em saber de tudo isso – disse Anne após um momento de reflexão. – Será mais doloroso para mim, em alguns aspectos, estar em sua companhia, mas saberei melhor como me comportar. Minha conduta será mais direta. O Sr. Elliot é evidentemente um homem dissimulado, falso e experiente, que nunca teve um princípio melhor para guiá-lo do que o egoísmo.

Mas o assunto sobre o Sr. Elliot não fora concluído. A Sra. Smith tinha se desviado do primeiro ponto da conversa, e Anne se esquecera, preocupada com os próprios interesses familiares, quanto já fora insinuado contra ele; mas sua atenção agora se voltava para a explicação dessas primeiras insinuações, e o que escutou, se não justificava perfeitamente o rancor da Sra. Smith, demonstrava que ele se comportara de forma muito insensível em relação a ela, faltando em justiça e compaixão.

Ela descobriu que (como a intimidade entre eles não fora abalada com o casamento do Sr. Elliot) permaneciam constantemente juntos, e o Sr. Elliot levou o amigo a despesas que excediam suas possibilidades. A Sra. Smith não desejava levar a culpa, e teve o cuidado de não jogar nenhuma sobre o marido; mas Anne percebeu que a renda deles nunca estivera de acordo com o estilo de vida que levavam, e que desde o início houvera um clima geral de extravagância conjunta. De acordo com o relato da esposa, Anne via que o Sr. Smith fora um homem caloroso, de temperamento amável, hábitos negligentes e inteligência limitada, muito mais agradável que o amigo, e muito diferente dele, era conduzido por ele e, provavelmente, desprezado por ele. O Sr. Elliot, elevado pelo casamento a uma situação de grande influência, e disposto a se entregar a todos os prazeres e vaidades que não o comprometessem (pois, mesmo com toda a indulgência, transformara-se em um homem prudente), e vendo-se rico, assim como o amigo descobria-se pobre, parecera não se preocupar em absoluto com as finanças do amigo, pelo contrário, havia estimulado e incitado despesas que somente poderiam tê-lo levado à ruína; e, de fato, os Smith foram à ruína.

O marido faleceu em tempo de ser poupado desse conhecimento. Eles já tinham conhecido constrangimentos suficientes para colocar à prova a amizade dos amigos e para saber que o Sr. Elliot não devia ser testado; mas foi somente após sua morte que foi conhecida a extensão dos danos em suas finanças. Confiando na estima do Sr. Elliot, baseado mais em seus sentimentos que em seu discernimento, o Sr. Smith o havia nomeado executor de seu testamento; mas o Sr. Elliot não aceitou, e as dificuldades e aflições que essa recusa impôs sobre ela, somadas ao sofrimento inevitável da situação, foram tais que não podiam ser reveladas sem angústia, ou ouvidas sem a correspondente indignação.

A Anne foram mostradas algumas cartas desse período, respostas às solicitações urgentes da Sra. Smith, e que exprimiam a mesma postura resoluta de não se envolver em problemas sem solução e, sob uma fria cordialidade, demonstrou indiferença aos males que isso poderia causar a ela. Era uma terrível cena de ingratidão e desumanidade; e Anne sentiu, em alguns momentos, que nenhum outro crime poderia ter sido pior. Ela tinha muito para ouvir, todas as particularidades de tristes cenas do passado, todas as minúcias de amargura após amargura, que em conversas anteriores haviam sido apenas insinuadas, eram agora relatadas com indulgência. Anne compreendia perfeitamente o alívio extraordinário, e estava ainda mais surpresa com o ânimo habitual da amiga.

Havia uma circunstância na história de suas ofensas que lhe causava particular irritação. Ela tinha bons motivos para acreditar que uma propriedade do marido nas Índias Ocidentais, que estava havia alguns anos em uma espécie de penhora para o pagamento de impostos, poderia ser recuperada com medidas adequadas; e essa propriedade, embora não fosse extensa, seria o suficiente para deixá-la relativamente rica. Mas não havia ninguém para tratar do assunto. O Sr. Elliot não faria nada, e ela própria também não tinha nada a fazer, tanto em função de sua fraqueza física, quanto pela impossibilidade de contratar alguém devido a sua falta de recursos. Ela não tinha parentes para assisti-la nem sequer com seus conselhos, e ela não poderia custear apoio jurídico. Era um agravante cruel da insuficiência de recursos. Sentir que poderia estar em uma condição mais favorável, que um pequeno trabalho poderia resolver tudo, e temer que o atraso reduzisse suas chances era difícil de suportar.

Era justamente nesse aspecto que ela esperava conseguir que Anne usasse sua influência com o Sr. Elliot. Diante da possibilidade do casamento, ela estivera bastante apreensiva em perder a amiga; mas quando teve certeza de que ele não fizera qualquer tentativa dessa natureza, pois desconhecia sua presença em Bath, imediatamente lhe ocorreu que algo poderia ser feito em seu favor através da influência da mulher que ele amava, e ela se preparara imediatamente para despertar os sentimentos de Anne, até onde os elogios ao caráter do Sr. Elliot permitissem, quando a negativa de Anne quanto a um suposto noivado mudara tudo; e embora essa circunstância lhe tirasse a esperança de ser bem-sucedida em seu principal objeto de ansiedade, deixou-lhe o conforto de contar toda a história de acordo com sua perspectiva.

Após ouvir essa descrição completa do Sr. Elliot, Anne não pôde deixar de exprimir alguma surpresa pelo fato de a Sra. Smith ter falado tão bem dele no início da conversa. "Ela parecia tê-lo louvado e elogiado!"

– Minha querida – foi a resposta da Sra. Smith –, não havia nada mais a ser feito. Considerava certo seu casamento com ele, e mesmo que ele ainda não tivesse feito a proposta, eu tampouco poderia falar a verdade. Meu coração sofria por você conforme eu me referia à felicidade; e ao mesmo tempo ele é sensível, agradável e ao lado de uma mulher como você, não era um caso perdido. Ele era muito cruel com a primeira esposa. Eram infelizes juntos. Mas ela era ignorante e leviana demais para exigir respeito, e ele nunca a amou. Eu queria acreditar que você teria mais sorte.

Anne reconhecia em seu íntimo a possibilidade de ter sido induzida a se casar com ele, e essa ideia fez com que estremecesse pelo sofrimento que teria se seguido. Era bem possível que tivesse sido persuadida por lady Russell! Diante de tal suposição, qual delas seria a mais infeliz quando tudo se revelasse, tarde demais?

Era preciso que lady Russell não fosse enganada por mais tempo; e uma das principais resoluções dessa importante conversa, que se estendeu por quase toda a manhã, foi que Anne teria liberdade completa para comunicar à amiga todos os pormenores relativos à Sra. Smith, nos quais a conduta dele estivesse envolvida.

22

Anne voltou para casa com o intuito de refletir sobre tudo o que tinha ouvido. De certa maneira, estava aliviada por saber a verdade sobre o Sr. Elliot. Não havia mais qualquer ternura em relação a ele. Em sua impertinência desagradável, ele era o oposto do capitão Wentworth; e o mal que causaram suas atenções na noite anterior, o dano irremediável que poderia ter causado foram ponderados com clareza. A piedade por ele se esvaíra. Mas esse era o único alívio. Em todos os outros aspectos, tanto agora quanto no futuro, ela via ainda mais desconfiança e apreensão. Estava preocupada com a decepção e o sofrimento de lady Russell, com a humilhação do pai e da irmã, e se angustiava ao prever uma sucessão de pesares sem, contudo, saber como evitar qualquer um deles. Estava agradecida por conhecer a verdade sobre ele. Nunca se considerara digna de recompensa por não desconsiderar uma antiga amiga como a Sra. Smith, mas ali estava uma verdadeira retribuição! A Sra. Smith pôde revelar a ela o que ninguém mais sabia. Aquele conhecimento deveria ser compartilhado com sua família? Mas essa era uma ideia sem fundamento. Ela precisava conversar com lady Russell, contar-lhe tudo e consultá-la; e, tendo feito seu melhor, aguardar os acontecimentos com a maior compostura possível; e, afinal, sua maior falta de compostura estava naqueles pensamentos que não podia dividir com lady Russell, naquele fluxo de inquietações e receios que deveria manter para si mesma.

Ao chegar em casa, descobriu que tinha conseguido realizar seu intento de escapar do Sr. Elliot; que ele os visitara e passara ali toda a manhã; mas mal tinha se felicitado e começado a se sentir segura, soube que ele retornaria à tarde.

– Eu não tinha a menor intenção de convidá-lo – disse Elizabeth, com afetado desdém –, mas ele deu tantas indiretas; pelo menos, é o que diz a Sra. Clay.

– De fato, digo. Em toda a minha vida, nunca vi alguém forçar tanto um convite. Pobre homem! Senti por ele; pois sua irmã, Srta. Anne, tem um coração insensível e parece inclinada à crueldade.

– Oh! – exclamou Elizabeth –, eu já estou muito acostumada com esses jogos para me deixar levar pelas indiretas de um cavalheiro. No entanto, quando percebi como se lamentava por não encontrar o meu pai nesta manhã, cedi imediatamente, pois eu nunca negligenciaria a oportunidade de reuni-lo a Sir Walter. Eles parecem apreciar muito a companhia um do outro. Comportam-se de forma muito agradável. O Sr. Elliot o trata com muito respeito.

– É encantador! – exclamou a Sra. Clay, sem ousar, no entanto, voltar os olhos para Anne. – Exatamente como pai e filho! Querida Srta. Elliot, é equivocado dizer pai e filho?

– Oh! Não censuro as palavras de ninguém. Se pensa dessa forma...! Mas, acredite, não acho que as atenções dele excedam as de outros cavalheiros.

– Minha querida Srta. Elliot! – exclamou a Sra. Clay, levantando as mãos e os olhos, recolhendo o resto de sua perplexidade em um silêncio conveniente.

– Bem, minha querida Penelope, você não precisa se sentir alarmada por causa dele. Como sabe, eu o convidei e me despedi com sorrisos. Quando descobri que amanhã ele passará mesmo o dia com amigos em Thornberry Park, tive compaixão.

Anne se admirava com a boa atuação da amiga, demonstrando tamanha alegria ao aguardar a chegada de uma pessoa cuja presença estava realmente interferindo com seu principal objetivo. Era impossível para a Sra. Clay não detestar a presença do Sr. Elliot; e, mesmo assim, ela conseguia assumir o ar mais amável e plácido, aparentando satisfação com a possibilidade de dedicar-se a Sir Walter apenas metade do tempo que, de outra forma, dedicaria.

Para Anne, foi angustiante ver o Sr. Elliot entrar na sala; e doloroso quando se aproximou para conversar com ela. Ela já estava acostumada a sentir que ele nem sempre era sincero, mas agora via falsidade em tudo. O dedicado respeito que demonstrava por seu pai, em contraste com sua linguagem do passado, era odioso; e quando pensou em sua conduta cruel em relação à Sra. Smith, ela mal pôde suportar seus sorrisos e gentilezas, ou ouvir as mentiras sobre seus sentimentos puros.

Ela pretendia evitar qualquer alteração de comportamento que poderia provocar protestos da parte dele. Desejava escapar de qualquer questionamento ou escândalo; mas era sua intenção ser tão impassível quanto a relação entre eles permitisse; e reverter, o mais discretamente possível, o grau de intimidade que lhe permitira. Assim, comportou-se com mais reserva e serenidade que na noite anterior.

Ele pretendia reavivar sua curiosidade sobre como e onde ouvira falar sobre ela; desejava ser recompensado com novas perguntas; mas o encanto estava quebrado: ele descobriu que o ardor e a vivacidade de um salão eram necessários para estimular a vaidade da modesta prima; percebeu, afinal, que não deveria insistir naquele momento, entre os chamados imperiosos dos outros. Ele mal podia desconfiar que esse assunto agora ia de encontro a seus interesses, pois trazia à lembrança dela as partes menos nobres de sua conduta.

Ela teve alguma satisfação ao descobrir que ele deixaria Bath na manhã seguinte, ainda bem cedo, e que permaneceria ausente nos próximos dois dias. Foi convidado novamente a Camden Place na tarde de seu retorno; mas de quinta-feira à noite de sábado, sua ausência era certa. Já era malefício suficiente estar sempre diante de uma Sra. Clay; mas adicionar um hipócrita ainda maior a seu grupo familiar parecia o fim de toda a paz e conforto. Era humilhante refletir sobre as constantes mentiras ditas ao pai e a Elizabeth; considerar as diversas fontes de vergonha que sentiriam! O egoísmo da Sra. Clay não era tão complicado ou revoltante quanto o dele; e Anne teria concordado imediatamente com o casamento, a despeito de todos os seus males, para se ver livre de todas as sutilezas do Sr. Elliot na tentativa de preveni-lo.

Na manhã de sexta-feira, ela pretendia ir muito cedo à casa de lady Russell, para fazer o necessário comunicado; e teria ido logo após o café da manhã, mas a Sra. Clay também estava saindo com alguma tarefa servil para evitar que a irmã precisasse se importunar, o que a fez aguardar para evitar sua companhia. Então, deixou a Sra. Clay se afastar bastante antes falar de sua intenção de passar a manhã em Rivers Street.

– Muito bem – disse Elizabeth. – Não tenho nada a enviar além de meus cumprimentos. Oh! Você pode levar de volta aquele livro entediante que ela me emprestou e fingir que o li. Não posso ficar me flagelando para sempre com todos os novos poemas e declarações que aparecem. Lady Russell me entedia com suas novas publicações. Não precisa dizer a ela, mas eu achei seu vestido horrível naquela noite. Sempre achei que tivesse bom gosto para se vestir, mas tive vergonha dela no concerto. Tinha um ar tão formal e afetado! E senta-se tão empertigada! Transmita-lhe meus cumprimentos, naturalmente.

– E os meus – acrescentou Sir Walter. – Minhas lembranças. E pode avisá-la que pretendo visitá-la em breve. Transmita um recado cordial, mas devo apenas deixar meu cartão. As visitas matutinas nunca são bem-vindas para mulheres de sua idade, que se arrumam tão pouco. Se ela ao menos usasse ruge, não teria medo de ser vista; mas na última vez que a visitei, observei que as cortinas foram fechadas imediatamente.

Enquanto o pai falava, houve uma batida à porta. Quem poderia ser? Anne, recordando-se das visitas anteriores do Sr. Elliot a qualquer hora, imaginaria que fosse ele, mas sabia que estava a onze quilômetros de distância. Após o habitual momento de suspense, os habituais sons de aproximação foram ouvidos e "o Sr. e a Sra. Charles Musgrove" foram encaminhados ao aposento.

A surpresa foi o mais evidente sentimento suscitado pela chegada deles; mas Anne estava muito feliz em vê-los; e os demais não lamentaram tanto que não pudessem arranjar um ar decente de boas-vindas; e tão logo ficou claro que eles, seus parentes mais próximos, não pretendiam se hospedar na casa, Sir Walter e Elizabeth conseguiram ser cordiais e fazer as honras da casa. Eles ficariam em Bath por alguns dias com a Sra. Musgrove e estavam no White Hart. Esse ponto logo foi esclarecido; mas até que Sir Walter e Elizabeth levassem Mary para a outra sala de estar para se regalarem em admirá-la, Anne não conseguiu extrair de Charles o motivo da visita, uma explicação sobre as sorridentes e abundantes insinuações de Mary de que estavam ali por algum assunto em particular, ou quem eram os integrantes de seu grupo.

Então, ela descobriu que o grupo era formado pela Sra. Musgrove, Henrietta, e pelo capitão Harville, além deles dois. Ele lhe ofereceu uma explicação bastante clara e inteligível de todos os eventos; uma narrativa na qual ela percebeu uma conduta muito característica. O primeiro impulso do plano foi a intenção do capitão Harville de ir a Bath a negócios. Ele começara falar sobre isso uma semana antes; e para não ficar ocioso, já que a temporada de caça terminara, Charles se propôs a acompanhá-lo, e a Sra. Harville pareceu ter gostado muito da ideia, que considerou benéfica para o marido; mas Mary não tolerou ser deixada para trás e se mostrou tão insatisfeita, que por um ou dois dias tudo pareceu suspenso, ou cancelado. Mas, então, a proposta foi adotada por seu pai e sua mãe. A mãe tinha velhos amigos em Bath que desejava ver; e acreditavam que seria uma boa oportunidade para Henrietta providenciar o próprio enxoval e o da irmã; e, em suma, sua mãe acabou assumindo o grupo, o que tornou tudo fácil e confortável para o capitão Harville; e ele e Mary foram incluídos para conveniência geral. Eles tinham chegado tarde na noite anterior. A Sra. Harville, os filhos e o capitão Benwick permaneceram com o Sr. Musgrove e Louisa em Uppercross.

A única surpresa de Anne foi saber que o assunto estava tão avançado que já tratavam do enxoval de casamento de Henrietta. Ela imaginava que as dificuldades materiais atrasariam o casamento; mas soube por Charles que, recentemente (desde a última carta de Mary para ela), Charles Hayter fora convidado por um amigo a se instalar em uma residência destinada a um rapaz que só poderia ocupá-la dali a muitos anos; e por causa de sua renda atual, com a quase certeza de algo mais permanente antes que esse período expirasse, as duas famílias consentiram em realizar o desejo dos jovens, e o casamento se daria dali a poucos meses, assim como o de Louisa.

– É uma bela residência – acrescentou Charles. – Fica a apenas quarenta quilômetros de Uppercross, e em uma bela região, uma ótima parte de Dorsetshire. No centro de uma das melhores reservas do reino, cercada por três grandes proprietários, cada um mais cuidadoso e ciumento que o outro; e para dois dos três, pelo menos, Charles poderá obter uma recomendação especial. Não que vá valorizá-las como deveria – observou – Charles não se interessa muito por caça. É seu pior defeito.

– Estou muito feliz – exclamou Anne –, especialmente feliz pelos acontecimentos; e porque as agradáveis perspectivas de irmãs igualmente merecedoras, e que sempre foram boas amigas, não serão estragadas pelas da outra; terão equivalentes prosperidade e bem-estar. Espero que seu pai e sua mãe estejam felizes por elas.

– Oh! Sim. Meu pai nao reclamaria se os cavalheiros fossem mais ricos, mas não vê qualquer outro defeito neles. Dinheiro, como sabe... será necessário gastar muito dinheiro para casar as duas filhas ao mesmo tempo... não é uma operação muito agradável, e o deixa sem recursos para muitas outras coisas. No entanto, não estou dizendo que elas não tenham esse direito. É razoável que recebam sua parcela da herança; e certamente ele sempre foi um pai muito gentil e liberal comigo. Mary não aprecia em nada o casamento de Henrietta. Nunca apreciou, como sabe. Mas não é justa com ele e desmerece Winthrop. Não consigo fazê-la entender o valor da propriedade. É uma bela união; e sempre gostei de Charles Hayter, não irei mudar de opinião agora.

– Pais excelentes como o Sr. e Sra. Musgrove – exclamou Anne – devem ficar felizes com o casamento das filhas. Estou certa de que fazem de tudo para que sejam felizes. Que benção para as jovens estarem em tão boas mãos! Seu pai e sua mãe parecem estar isentos de todas as ambições que geram improbidade e sofrimento, tanto para jovens quanto para os mais velhos. Acha que Louisa está totalmente recuperada?

Ele respondeu com certa hesitação.

– Sim, acho que sim; bastante recuperada; mas não é a mesma pessoa: já não há correria ou agitação, não há dança ou sorrisos; é muito diferente. Se, porventura, alguém bate a porta com um pouco mais de força é o suficiente para deixá-la alarmada; e Benwick passa os dias a seu lado, lendo poesias e falando em voz baixa.

Anne não pôde abafar o riso.

– Isso não deve agradá-lo muito, eu sei – disse ela. – Mas eu acredito que ele é um excelente rapaz.

– Certamente que sim, ninguém duvida disso; espero que não me ache mesquinho a ponto de desejar que todos os homens compartilhem meus prazeres e objetivos. Dou muito valor a Benwick; e quando se consegue que fale, ele sempre tem muito a dizer. A leitura não lhe fez mal, pois também lutou, além de ler. É um sujeito corajoso. Eu o conheci melhor na última segunda-feira do que em qualquer outro momento. Passamos a manhã no grande celeiro de meu pai, engajados na famosa caça aos ratos; e ele saiu-se tão bem, que passei a gostar mais dele desde então.

Nesse momento, foram interrompidos pela absoluta necessidade de Charles seguir os demais para admirar espelhos e porcelanas; mas Anne já ouvira o suficiente para entender a situação atual em Uppercross, e se alegrar com a felicidade de todos; e embora essa alegria tenha sido pontuada por suspiros, não havia crueldade ou inveja neles. Gostaria de ter a mesma sorte, se pudesse, mas não queria diminuir a deles.

A visita transcorreu bem e em ótimo humor. Mary estava muito bem-disposta, apreciando a alegria e a mudança de ares; e tão satisfeita com a viagem na carruagem de quatro cavalos da sogra, e com sua completa independência de Camden Place, que seu ânimo lhe permitia admirar tudo como devia, e perceber as qualidades da casa, conforme eram detalhadas. Ela não tinha qualquer reclamação em relação ao pai e à irmã, e sentiu-se mais importante frente a suas belas salas.

Por um breve período, Elizabeth sofreu bastante. Sentia que a Sra. Musgrove e os demais deveriam ser convidados para o jantar; mas suportava que a diferença em seu estilo de vida, o número reduzido de criados, que um jantar delataria, fossem testemunhados por aqueles que sempre foram inferiores aos Elliot de Kellynch. Era uma disputa entre as boas maneiras e a vaidade; mas a vaidade saiu vitoriosa, e Elizabeth sentiu-se novamente feliz. Estes foram seus argumentos internos para persuadir-se: "costumes ultrapassados; hospitalidade do interior; não costumamos oferecer jantares; poucos em Bath o fazem; lady Alicia nunca os oferece; nem sequer convidou a família da irmã, que permaneceu na cidade mais de um mês; e acredito que seria inconveniente para a Sra. Musgrove; afetaria sua quietude. Estou certa de que ela preferiria não comparecer; ela não se sente à vontade conosco. Convidarei a todos para passar a tarde aqui; será uma novidade e um prazer. Eles nunca viram duas salas como essas. Ficarão encantados em vir amanhã. Será um encontro pequeno, mas elegante." Essas ponderações satisfizeram Elizabeth; e quando o convite a todos foi feito aos dois presentes, Mary ficou completamente satisfeita. Foi particularmente convidada a conhecer o Sr. Elliot, assim como lady Dalrymple e a Srta. Carteret, que felizmente já estavam comprometidas a comparecer; e ela não poderia ter recebido atenções mais gratificantes. A Srta. Elliot teria o prazer de visitar a Sra. Musgrove durante a manhã; e Anne saiu imediatamente com Charles e Mary para ver Henrietta e sua mãe.

O plano de visitar lady Russell precisou ser adiado. Os três estiveram em Rivers Street por alguns minutos; mas Anne se convenceu de que um dia de atraso no que pretendia comunicar não traria maiores consequências, e logo se encaminhou ao White Hart, para rever os amigos e companheiros do último outono, com uma afeição aumentada pelas memórias agradáveis.

Encontraram a Sra. Musgrove e a filha sozinhas em seus aposentos, e Anne foi calorosamente recebida por ambas. Henrietta estava em um estágio de boas perspectivas e felicidade recente, o que a deixava cheia de cuidado e interesse por todos que conhecia; e a afeição genuína da Sra. Musgrove fora ganha pela disponibilidade de Anne em tempos de angústia. A cordialidade, a ternura e a sinceridade deleitavam Anne, sobretudo porque tais bênçãos eram escassas em sua casa. Pediram que passasse com elas o máximo de tempo possível, foi convidada para todos os dias pelo dia todo, ou melhor, foi proclamada membro da família; e, em retribuição, ela naturalmente retornou a seus hábitos de atenção e assistência e, quando Charles as deixou, ficou ouvindo a história da Sra.

Musgrove sobre Louisa, e a de Henrietta sobre si mesma, dando opiniões, recomendando lojas; com interrupções constantes para ajudar Mary com assuntos que iam desde trocar de laço e acertar suas contas pessoais, desde encontrar as chaves e organizar seus pertences até convencer-se de que não era maltratada por ninguém; o que Mary, entretida como estava à janela olhando para a entrada do Pump Room, não podia deixar de imaginar.

Era esperada uma manhã confusa. Um grande evento em um hotel sempre causa mudanças e agitação. A cada cinco minutos recebiam um bilhete ou um embrulho, e Anne não estava ali havia meia hora quando a sala de jantar, embora espaçosa, começou a lotar; um grupo de antigas amigas estava sentado próximo à Sra. Musgrove, e Charles retornou com os capitães Harville e Wentworth. A aparição deste não passou de uma surpresa momentânea. Para ela, era impossível esquecer que a chegada de amigos em comum logo os reuniria. Seu último encontro fora extremamente importante para demonstrar os sentimentos dele; e ela adquirira uma encantadora convicção; mas quando o viu, temeu que a infeliz convicção que o fizera abandonar o concerto ainda perdurasse. Ele não parecia querer se aproximar o suficiente para uma conversa.

Ela procurou ficar calma e deixar que os acontecimentos seguissem seu curso; e tentou se fixar neste argumento racional: "Certamente, se existe afeição em ambos os lados, nossos corações se compreenderão em breve. Não somos mais crianças para nos irritarmos sem motivo, para nos deixarmos levar por descuidos momentâneos e para brincarmos cruelmente com nossa felicidade". Ainda assim, alguns minutos depois, ela sentiu que se permanecessem na companhia um do outro, nas circunstâncias atuais, eles poderiam ficar expostos aos descuidos e aos mal-entendidos mais maliciosos.

– Anne – exclamou Mary, ainda diante da janela –, ali está a Sra. Clay, estou certa, perto da colunata, e está acompanhada por um cavalheiro. Eu os vi dobrar a esquina da Bath Street agora mesmo. Pareciam muito envolvidos na conversa. Quem é ele? Venha e diga-me. Por Deus! Agora eu me lembro, é o próprio Sr. Elliot.

– Não – exclamou Anne rapidamente –, não pode ser o Sr. Elliot, eu lhe asseguro. Ele deixaria Bath hoje às nove horas e não retornaria até amanhã.

Enquanto falava, sentiu que o capitão Wentworth a olhava, percepção que a deixou inquieta e envergonhada, e a fez lamentar ter falado tanto, ainda que fosse algo trivial.

Mary, melindrada por acharem que não reconhecesse o próprio primo, começou a falar acaloradamente sobre os traços familiares, afirmando enfaticamente que se tratava do Sr. Elliot e pedindo novamente que Anne se aproximasse para confirmar, mas Anne não tinha a intenção de se mover, e tentou ficar calma e despreocupada. No entanto, sua angústia foi reavivada quando percebeu sorrisos e olhares astutos entre duas ou três das damas visitantes, como se acreditassem estar familiarizadas com o segredo. Era evidente que as notícias a seu respeito tinham se espalhado, e seguiu-se uma breve pausa, que parecia assegurar que agora se espalhariam ainda mais.

– Venha Anne – exclamou Mary –, venha e olhe por si própria. Será tarde demais se não se apressar. Eles estão se despedindo; estão apertando as mãos. Ele está indo embora. Imagine se não conheço o Sr. Elliot! Você parece ter esquecido Lyme inteiramente.

Para pacificar Mary e, talvez, disfarçar o próprio embaraço, Anne foi calmamente até a janela. Chegou a tempo de confirmar que se tratava do Sr. Elliot, o que não acreditara, antes que ele desaparecesse por uma esquina, enquanto a Sra. Clay caminhava rapidamente na direção oposta; e contendo a surpresa que não podia evitar diante da visão de uma conversa cordial entre duas pessoas com interesses completamente opostos, disse calmamente:

– Sim, é o Sr. Elliot, sem dúvidas. Eu suponho que deve ter modificado o horário da partida, ou eu estava equivocada, não sei dizer.

Então, caminhou de volta para sua cadeira, recomposta, e com a agradável esperança de ter se saído bem.

As visitantes saíram; e Charles, tendo se despedido delas cortesmente, e depois feito uma careta e as insultado por vir, disse:

– Bem, mamãe, eu fiz algo pela senhora de que irá gostar. Estive no teatro e reservei um camarote para amanhã à noite. Não sou um bom menino? Sei como aprecia uma peça; e todos podemos ir. São nove lugares. Eu convidei o capitão Wentworth. Estou certo de que Anne não ficará triste em nos acompanhar. Todos gostamos de uma peça. Não me comportei bem, mamãe?

A Sra. Musgrove começava a expressar sua alegre prontidão para assistir à peça, caso Henrietta e todos os demais quisessem ir, quando foi interrompida por Mary:

– Deus meu! Charles, como pôde pensar em algo assim? Reservar um camarote para amanhã à noite! Esqueceu que vamos a Camden Place amanhã? E que fomos convidados especialmente para conhecer lady Dalrymple e a filha, e o Sr. Elliot, todos os nossos parentes mais importantes? Como pôde ser tão descuidado?

– Ora, ora! – respondeu Charles –, de que vale um encontro vespertino? Nunca é digno de ser lembrado. Acho que seu pai deveria ter nos convidado para jantar, se quisesse nos ver. Pode fazer como desejar, mas eu vou à peça.

– Oh! Charles, afirmo que será abominável se não for, depois de ter prometido o contrário.

– Não, não prometi. Eu apenas sorri, fiz uma reverência e disse a palavra "feliz". Não houve qualquer promessa.

– Mas deve ir Charles. Seria indesculpável faltar. Fomos convidados com o propósito de sermos apresentados. Sempre houve uma relação muito próxima entre nós e os Dalrymple. Nada jamais ocorreu em ambos os lados que não fosse imediatamente comunicado. Somos parentes muito próximos, como sabe; e o Sr. Elliot também, e deveria ter interesse particular em nos conhecer! Devemos toda a atenção ao Sr. Elliot! Pense, é o herdeiro de meu pai... o futuro representante da família.

– Não me fale sobre herdeiros e representantes – exclamou Charles. – Não sou daqueles que negligenciam o poder reinante para se curvar diante do sol nascente. Se eu não comparecesse por seu pai, acharia escandaloso comparecer pelo herdeiro. O que o Sr. Elliot significa para mim?

Sua expressão negligente deu nova vida a Anne, que percebeu que o capitão Wentworth prestava muita atenção, concentrado em observar e ouvir; e aquelas últimas palavras transferiram seu olhar inquisidor de Charles para ela.

Charles e Mary ainda debatiam da mesma maneira; ele, meio sério e meio de brincadeira, mantendo o plano da peça; e ela, invariavelmente séria e opondo-se veementemente à ideia, e não esquecendo-se de deixar claro que, embora estivesse determinada a ir a Camden Place, não se consideraria muito bem tratada se fossem à peça sem ela. A Sra. Musgrove interveio:

– É melhor cancelarmos. Charles, você deve voltar ao teatro e refazer a nossa reserva para terça-feira. Seria uma pena nos dividirmos, e provavelmente perderíamos também a companhia da Srta. Anne, pois há uma reunião na casa de seu pai; e estou certa de que nem eu nem Henrietta aproveitaríamos a peça caso a Srta. Anne não possa nos acompanhar.

Anne sentiu-se verdadeiramente agradecida a ela por tamanha gentileza; e ainda mais por ter a oportunidade de dizer:

– Se dependesse apenas da minha vontade, senhora, a reunião do grupo em minha casa (exceto por Mary) não ofereceria qualquer impedimento. Não tenho prazer nesse tipo de encontro e ficaria muito feliz em substituí-lo por uma peça, sobretudo em sua companhia. Mas talvez seja melhor não insistir.

Ela falara; mas tremia ao terminar, consciente de que suas palavras tinham sido ouvidas, e sem coragem para tentar observar seus efeitos.

Logo todos concordaram que seria na terça-feira; Charles ainda aproveitava para importunar a esposa, afirmando que iria assistir à peça no dia seguinte, mesmo sozinho.

O capitão Wentworth deixou seu assento e foi em direção à lareira; provavelmente planejando afastar-se logo depois e aproximar-se de Anne sem chamar tanta atenção.

– A senhorita não está há tempo suficiente em Bath – disse ele – para apreciar seus saraus.

– Oh! Não. Não os aprecio em nada. Não jogo cartas.

– Não jogava antigamente, eu sei. A senhorita não gostava de cartas; mas o tempo realiza muitas mudanças.

– Não mudei tanto assim – exclamou Anne, e então se conteve, pois poderia ser mal interpretada.

Após alguns instantes, ele disse, como se tivesse acabado de lhe ocorrer:

– É um longo tempo, de fato! Oito anos e meio é um longo tempo.

Se ele insistisse nesse assunto, Anne teria de refletir em um momento mais oportuno; pois enquanto ainda escutava suas palavras, ela foi chamada a outros assuntos por Henrietta, que estava disposta a aproveitar o tempo livre para sair, e pedia aos companheiros que não se demorassem, antes que chegassem mais visitas.

Foram obrigadas a ir. Anne afirmou que estava pronta e tentou demonstrá-lo; mas sentia que se Henrietta conhecesse a tristeza e a relutância de seu coração em deixar aquele assento, em se preparar para sair da sala, teria encontrado, em seu próprios sentimentos pelo primo, na certeza do afeto dele, razões para apiedar-se dela.

No entanto, os preparativos logo foram interrompidos. Sons alarmantes foram ouvidos; outros visitantes se aproximavam, e a porta foi aberta para Sir Walter e a Srta. Elliot, cuja entrada pareceu gerar um arrepio geral. Anne sentiu uma opressão imediata, e para onde olhasse via os mesmos sintomas. O bem-estar, a liberdade e a alegria da sala tinham se extinguido, derrotados pela compostura austera, pelo silêncio determinado ou por conversas enfadonhas que correspondessem à elegância impiedosa de seu pai e sua irmã. Como era aflitivo perceber aquilo!

Seu olhar ansioso se satisfez com um detalhe. O capitão Wentworth foi cumprimentado novamente por ambos, por Elizabeth de forma ainda mais graciosa que antes. Ela chegou a se dirigir a ele uma vez, e olhou-o mais de uma vez. Elizabeth estava, de fato, em intensa reflexão. A sequência de eventos explicou por quê. Após a perda de alguns minutos dizendo as inutilidades apropriadas, ela começou a fazer o convite que incluiria todos os demais Musgrove:

– Amanhã à tarde, para conhecer alguns amigos, não será uma festa formal.

Tudo foi dito com muita graça, e os cartões de visitas que mandara fazer foram colocados na mesa com um sorriso cortês que abrangia a todos e, mais decididamente, um sorriso e um cartão para o capitão Wentworth. A verdade era que Elizabeth estava em Bath havia tempo suficiente para compreender a importância de um homem com ares e aparência tão distinta. O passado não representava mais nada. O presente era que o capitão Wentworth seria bem-vindo em sua sala de estar. O cartão foi ostensivamente entregue, e Sir Walter e Elizabeth levantaram e desapareceram.

A interrupção fora breve, embora severa, e a leveza e a animação retornaram a quase todos quando a porta se fechou, a exceção de Anne. Ela só conseguia pensar no convite que presenciara com tanta surpresa, e em como fora recebido; de uma forma dúbia, que demonstrava mais surpresa que gratidão, mais cordial reconhecimento que aceitação. Ela o conhecia;

percebeu desprezo em seus olhos e não se aventurava a acreditar que ele aceitaria a oferta como uma forma de redenção por toda a insolência do passado. Seu ânimo arrefeceu. Ele continuou segurando o cartão depois que foram embora, como se considerasse profundamente o convite.

– Imaginem, Elizabeth incluindo a todos! – sussurrou Mary de forma bastante audível. – Compreendo por que o capitão Wentworth está satisfeito! Ele não consegue largar o cartão.

Os olhos de Anne encontraram os dele, viu-o ruborizar-se, enquanto seus lábios expressavam um momentâneo desdém, então virou-se para não ver nem ouvir nada que pudesse aborrecê-la.

O grupo se separou. Os cavalheiros tinham seus próprios intentos, as damas foram cuidar de seus assuntos, e não voltaram a se encontrar enquanto Anne esteve com elas. Ela foi sinceramente convidada para retornar e jantar, e passar em sua companhia o resto do dia, mas seu espírito fora tão exaurido, que não se sentia capaz de fazer mais nada, e só queria ir para casa, onde poderia ficar em silêncio pelo tempo que quisesse.

Assim, prometendo passar a manhã seguinte com elas, pôs fim às árduas exigências do dia com uma penosa caminhada até Camden Place, onde passou a tarde basicamente ouvindo os tumultuados preparativos de Elizabeth e da Sra. Clay para a festa do dia seguinte, a frequente enumeração dos convidados, e os intermináveis detalhes necessários para tornar o encontro o mais elegante desse tipo em Bath. Enquanto isso, torturava a si mesma com a dúvida sobre o comparecimento do capitão Wentworth. Todos contavam com a presença dele, mas a pergunta não deixava de corroê-la nem por cinco minutos. De forma geral, achava que ele iria, pois, de forma geral, achava que devia ir; mas não podia definir esse caso como uma questão de dever ou um ato de civilidade, e ficou entregue a sentimentos conflitantes.

Ela só se libertou dessa incansável agitação para comunicar à Sra. Clay que a vira na companhia do Sr. Elliot três horas após a suposta saída dele de Bath. Tendo esperado em vão que a própria senhora revelasse algo sobre o encontro, ela tomou a decisão de mencioná-lo; e lhe pareceu ver culpa no rosto da Sra. Clay enquanto ouvia. Foi uma expressão passageira: dissipou-se em um instante; mas Anne julgou ter visto o embaraço de ter sido obrigada a escutar, quer por alguma complicação de um plano comum, ou pela autoridade imperiosa dele, seus sermões sobre as intenções dela em relação a Sir Walter. No entanto, ela exclamou de forma bastante convincente:

– Meu Deus! É bem verdade. Imagine, Srta. Elliot, para minha grande surpresa encontrei o Sr. Elliot na Bath Street. Não poderia ficar mais surpresa. Ele saiu de seu caminho e me acompanhou até Pump Yard. Ele não pôde ir a Thornberry, mas não me lembro por quê; pois eu estava com pressa e não pude lhe dar muita atenção, e só posso afirmar que estava determinado a não adiar seu retorno. Ele queria saber quão cedo poderia chegar amanhã. Estava muito envolvido com "amanhã", e é evidente que eu também, desde que retornei para casa e percebi a extensão de seus planos e de tudo o que aconteceu, ou o fato de tê-lo visto nunca teria me escapado tão completamente.

23

Um dia havia se passado desde a conversa de Anne com a Sra. Smith; mas um assunto de maior interesse surgira, e o comportamento do Sr. Elliot a afetava tão pouco agora, a não ser pelos efeitos em determinada área, que lhe pareceu natural, na manhã seguinte, adiar a visita a Rivers Street. Ela prometera ficar com os Musgrove do café da manhã até o jantar. Dera sua palavra, e o personagem do Sr. Elliot, assim como a sultana Sherazade, viveria mais um dia.

Ela não conseguiu chegar pontualmente ao encontro, no entanto; o tempo não estava favorável, e ela lamentara a chuva por causa dos amigos, e também por si mesma, antes que pudesse iniciar a caminhada. Quando chegou ao White Hart e encaminhou-se para o quarto, percebeu que nem chegava na hora, nem era a primeira a chegar. Diante dela estavam a Sra. Musgrove, conversando com a Sra. Croft, e o capitão Harville, falando com o capitão Wentworth; e ela imediatamente ouviu que Mary e Henrietta, impacientes demais para esperar, haviam saído logo que o tempo clareara, mas retornariam em breve, e as recomendações mais severas tinham sido dadas à Sra. Musgrove para que a mantivesse ali até que voltassem. Anne só pôde aquiescer, sentar-se, demonstrar compostura e mergulhar de uma só vez na agitação que só esperava experimentar pouco antes do fim da manhã. Não houve atrasos ou desperdício de tempo. Ela imergiu na felicidade daquela angústia, ou na angústia daquela felicidade. Dois minutos depois que entrou no aposento, o capitão Wentworth disse:

– Escreveremos agora a carta da qual falávamos, se me der os materiais.

Os materiais estavam todos disponíveis em uma mesa à parte; ele foi até lá, e praticamente de costas para os demais, pôs-se a escrever.

A Sra. Musgrove estava contando à Sra. Croft toda a história do noivado da filha mais velha, em um tom de voz inconveniente que era perfeitamente audível ainda que ela fingisse sussurrar. Anne sentiu que não fazia parte da conversa, e ainda assim, como o capitão Harville parecia imerso em seus pensamentos e sem disposição para conversar, não pôde deixar de ouvir vários detalhes desagradáveis; tais como "o Sr. Musgrove e meu irmão Hayter se encontraram diversas vezes para discutir o assunto; o que meu irmão Hayter disse certo dia, e o que o Sr. Musgrove propôs no dia seguinte, o que aconteceu com minha irmã Hayter, e o que os jovens desejavam, e o que eu disse a princípio que nunca permitiria, mas depois fui persuadida a achar que seria ótimo", e muitas outras considerações no mesmo estilo aberto; minúcias que, mesmo com todo a elegância e a delicadeza que a boa Sra. Musgrove não lhes podia emprestar, só seriam realmente interessantes para as partes envolvidas. A Sra. Croft prestava atenção com muito bom humor, e o que quer que dissesse, era sensato. Anne esperava que os cavalheiros estivessem ocupados demais para ouvir.

– E, então, senhora, tendo levado tudo isso em consideração – disse a Sra. Musgrove em seu poderoso sussurro –, embora pudéssemos ter desejado que as coisas fossem diferentes, não consideramos justo continuar resistindo, pois Charles Hayter estava bastante determinado a fazê-lo, e Henrietta demonstrava sentimentos semelhantes; então achamos melhor que se casassem de uma vez, e vivessem da melhor forma que pudessem, como tantos fizeram antes deles. De qualquer modo, será melhor do que um longo noivado.

– É justamente o que eu ia dizer – exclamou a Sra. Croft. – Eu prefiro que os jovens se acomodem logo a uma renda reduzida e enfrentem algumas dificuldades juntos, do que vê-los envolvidos em um longo noivado. Sempre acho que nada mútuo...

– Oh! Querida Sra. Croft – exclamou a Sra. Musgrove, incapaz de deixá-la terminar seu discurso –, não há nada mais abominável para os jovens que um longo noivado. Sempre o disse para meus filhos. Não há nada de errado, eu costumava dizer, os jovens ficarem noivos, contanto que estejam certos de que poderão casar dali a seis meses, ou até mesmo em doze, mas um noivado longo...

– Sim, cara senhora – disse a Sra. Croft –, ou um noivado incerto, um noivado que pode se tornar longo. Considero insensato e imprudente começar um noivado sem que haja certas garantias de quando acontecerá o casamento, e todos os pais deveriam evitá-lo ao máximo.

Anne teve um interesse inesperado nesse tópico. Sentiu que podia ser aplicado a ela com um tremor que percorreu todo o seu corpo; e, na mesma hora que seus olhos se voltaram instintivamente para a mesa distante, a caneta do capitão Wentworth parou de se mover, ele levantou a cabeça, fez uma pausa, escutando, e virou-se no instante seguinte para lançar um olhar, um olhar rápido e intencional para ela.

As duas damas continuaram a conversar, repetindo as mesmas crenças e reforçando-as com exemplos das consequências negativas de práticas contrárias que já tinham observado, mas Anne não conseguia discernir nada; ouvia apenas um zumbido de palavras, sua mente estava atordoada.

O capitão Harville, que na verdade não ouvira nada daquilo, levantou-se e foi até a janela, e Anne, que parecia observá-lo, embora estivesse completamente absorta nos próprios pensamentos, percebeu aos poucos que ele a convidava para acompanhá-lo. Ele a olhava com um sorriso e, movendo ligeiramente a cabeça, parecia pedir "venha até aqui, tenho algo a lhe dizer"; e as maneiras sinceras e gentis que denotavam os sentimentos de um amigo mais antigo do que de fato ele era, reforçavam ainda mais o convite. Ela se levantou e foi em direção a ele. A janela em que estava ficava do lado oposto do cômodo em que as duas senhoras conversavam, e mesmo estando mais próxima da mesa do capitão Wentworth, havia alguma distância. Quando se juntou a ele, o rosto do capitão Harville reassumiu a habitual expressão séria e pensativa.

– Olhe aqui – disse ele, enquanto desembrulhava um pacote que estava em sua mão e revelava um desenho em miniatura. – Sabe quem é?

– Certamente: o capitão Benwick.

– Sim, e deve imaginar para quem é. Mas – (adotando um tom profundo) –, não foi feito para ela. Srta. Elliot, lembra-se de nossa caminhada em Lyme enquanto nos afligíamos por causa dele? Eu nem imaginava na época... mas não importa. Isso foi desenhado no Cabo. Ele conheceu um habilidoso pintor alemão no Cabo, e para cumprir uma promessa que fizera a minha pobre irmã, posou para ele, e estava trazendo este desenho para ela; e agora tenho a tarefa de prepará-lo para outra pessoa! Que tarefa para mim! Mas a quem mais ele pediria? Espero conseguir. No entanto, eu não me entristeço de ter que fazê-lo para outra. Ele encarregou-se – (olhando na direção do capitão Wentworth) –, ele está escrevendo a esse respeito agora. – E com o lábio trêmulo ele resumiu a história, dizendo: – Pobre Fanny! Ela não o teria esquecido em tão pouco tempo!

– Não – respondeu Anne, em um tom de voz baixo e sentido. – Posso acreditar que não.

– Não estava em sua natureza. Ela o adorava.

– Não está na natureza de nenhuma mulher que tenha amado de verdade.

O capitão Harville sorriu e disse:

– Diz isso em nome de todas a mulheres?

E ela respondeu, também sorrindo:

– Sim. Nós certamente não os esquecemos tão rapidament quanto vocês nos esquecem. É possível que seja mais noss destino que nosso mérito. Não podemos evitar. Vivemos e casa, silenciosas, confinadas e nossos sentimentos nos co somem. Vocês são forçados a ter uma ocupação. Sempre tê profissões, objetivos e negócios de naturezas variadas e que levam de volta ao mundo imediatamente, e a ocupação con nua e a mudança logo enfraquecem os sentimentos.

– Admitindo que o mundo de fato transforme os hom dessa maneira, embora eu particularmente não concorde, i não se aplica a Benwick. Ele não foi forçado a ter uma ocu ção. A paz o jogou em terra, e ele tem vivido conosco desde então, em nosso pequeno círculo familiar.

– É verdade – disse Anne –, é bem verdade; eu não me lembrava disso; mas o que devemos dizer agora, capitão Harville? Se a mudança não é motivada por circunstâncias externas, deve vir de dentro; deve ser fomentada pela natureza, ou pela natureza do homem, e é isso que deve ter ocorrido com o capitão Benwick.

– Não, não é a natureza do homem. Não admitirei que a natureza do homem seja mais inconstante que a da mulher ao esquecer aqueles que ama, ou amou. Acredito no contrário. Acredito em uma verdadeira analogia entre nossas estruturas físicas e mentais; e como nossos corpos são mais fortes, também o são nossos sentimentos; capazes de suportar os desafios mais difíceis e sobreviver às piores intempéries.

– Seus sentimentos podem ser mais fortes – respondeu Anne –, mas a mesma analogia irá me permitir afirmar que os nossos são mais ternos. O homem é mais robusto do que a mulher, mas vive menos; e é exatamente isso que explica minha opinião sobre a natureza do afeto masculino. Não, seria duro demais para vocês se fosse diferente. Vocês já têm de lidar com dificuldades, privações e perigos suficientes. Estão sempre trabalhando arduamente, expostos a todos os riscos e penas. Precisam se separar do lar, do país, dos amigos. Não possuem tempo, saúde ou vida para chamar de seus. Seria duro demais, sem dúvida – (com a voz entrecortada) –, se os sentimentos femininos fossem adicionados a tudo isso.

– Nunca concordaremos sobre esse assunto – começou a dizer o capitão Harville quando um leve ruído chamou a atenção de ambos para a parte da sala onde o capitão Wentworth, e que até aquele momento estivera perfeitamente silenciosa. Não era nada mais do que o barulho de sua caneta caindo no chão; mas Anne se surpreendeu ao perceber que estava mais perto do que inicialmente imaginara, e sentiu-se inclinada a suspeitar que a caneta só caíra porque ele estava absorto pela conversa deles, tentando ouvir o que diziam, o que ela não acreditava que tivesse conseguido.

– Terminou sua carta? – disse o capitão Harville.

– Ainda não, faltam algumas frases. Devo terminar em cinco minutos.

– Não tenho pressa. Estarei pronto quando você estiver. Eu estou em boa companhia aqui – (e sorriu para Anne) –, bem suprido, e não necessito de nada mais. Não há mesmo pressa. Bem, Srta. Elliot – (baixando o tom de voz) –, conforme eu estava dizendo, nunca concordaremos nesse ponto, suponho. Acho que um homem e uma mulher nunca poderiam. Mas deixe-me ponderar que todas as histórias estão contra vocês, todas as histórias, prosa e verso. Se eu tivesse uma memória como a de Benwick, eu poderia listar cinquenta citações em um instante para reiterar o que estou dizendo, e não acho que tenha aberto um livro em toda a minha vida que não mencionasse a inconstância feminina. Músicas e provérbios, todos tratam da instabilidade feminina. No entanto, é possível que argumente que todos foram escritos por homens.

– É possível que sim. Sim, sim, se me permite, não utilizemos exemplos de livros. Os homens tiveram todos os benefícios ao contar a própria história. Eles têm muito mais acesso à educação; a caneta sempre esteve nas mãos deles. Eu não permitirei que os livros sirvam de prova.

– Mas como provaremos alguma coisa?

– Nunca conseguiremos. Nunca devemos esperar provas em um ponto como esse. É uma diferença de opinião que não admite provas. Ambos começamos, provavelmente, com uma leve predisposição para nosso gênero; e sobre essa predisposição construímos todas as circunstâncias favoráveis a esta que ocorreu em nosso próprio círculo; muitas das circunstâncias (possivelmente aqueles casos que mais nos surpreendem) são precisamente as que não podem ser mencionadas sem trair uma confidência, ou, de alguma forma, revelar o que não deveria ser dito.

– Oh! – exclamou o capitão Harville ardorosamente –, se eu pudesse fazê-la compreender como um homem sofre ao lançar um último olhar à esposa e aos filhos, e observar o barco que os está levando embora até se distanciarem no horizonte, e depois vira-se e diz "Só Deus sabe quando nos encontraremos novamente!". Então, se eu pudesse lhe transmitir o brilho que emana de sua alma ao revê-los; quando, ao retornar de uma ausência de doze meses, talvez, é obrigado a ir para outro porto, ele irá sempre calcular quanto tempo será necessário para que a família possa encontrá-lo, tentando enganar-se dizendo "eles não chegarão até tal dia", mas o tempo todo esperará que cheguem doze horas antes, e finalmente os verá chegar, como se os céus tivessem concedido asas, pois estão adiantados! Se eu pudesse explicar-lhe tudo isso, e tudo o que um homem pode suportar e fazer, e se orgulha de fazer, em nome dos tesouros de sua existência! Como sabe, refiro-me apenas aos homens com coração! – E pressionou o próprio peito com emoção.

– Oh! – exclamou Anne impetuosamente –, espero fazer jus a tudo o que sente, e que sentem os que se parecem com o senhor. Que Deus não me permita subestimar os sentimentos calorosos e fiéis de meus semelhantes! Eu mereceria total desprezo se ousasse acreditar que a afeição real e a constância só fossem conhecidas pelas mulheres. Não, acredito que os homens sejam capazes de tudo o que é grandioso e bom no casamento. Acredito que sejam capazes de realizar grandes esforços e suportar todos os desafios domésticos, contanto que... se me permite usar essa expressão... tenham um objeto de interesse. Ou seja, contanto que a mulher que amam viva, e viva para vocês. O único privilégio que peço para as mulheres (não é invejável, não precisa cobiçá-lo) é o de amar por mais tempo, quando a existência ou a esperança se foi.

Ela não poderia proferir imediatamente outra frase; seu coração estava cheio de emoções, sua respiração estava ofegante.

– A senhorita possui uma bela alma – exclamou o capitão Harville, repousando a mão no braço dela de forma bastante afetuosa. – Não há como discutir com a senhorita. E quando penso em Benwick, fico sem saber o que dizer.

A atenção deles se voltou para os demais. A Sra. Croft estava indo embora.

– Frederick, vamos nos despedir agora – disse ela. – Eu irei para casa e você tem um compromisso com seu amigo. É possível que à noite tenhamos o prazer de nos encontrarmos novamente em sua festa – (virando-se para Anne). – Recebemos o cartão de sua irmã ontem, e pelo que compreendi Frederick também recebeu um, embora eu não o tenha visto, e está livre, não é, Frederick, assim como nós?

O capitão Wentworth estava dobrando a carta com grande pressa e não podia, ou não queria, responder completamente à pergunta.

– Sim – disse ele –, é verdade; nos separamos aqui, mas Harville e eu logo a encontraremos; isto é, Harville, se estiver pronto, eu estarei em um instante. Sei que não lamentará partir. Eu estarei à sua disposição em meio minuto.

A Sra. Croft os deixou, e o capitão Wentworth, tendo selado sua carta com grande rapidez, estava, de fato, pronto, e tinha até um ar apressado, agitado, que demonstrava impaciência para partir. Anne não sabia como interpretar aquilo. Ela tinha recebido um gentil "Bom dia, que Deus a abençoe" do capitão Harville, mas dele nem uma única palavra, nem um olhar! Ele saíra do aposento sem nem mesmo olhá-la!

Ela teve tempo apenas para se aproximar da mesa em que ele estivera escrevendo, quando ouviu passos voltando; a porta abriu e era ele. Ele pediu desculpas, mas tinha esquecido as luvas, e cruzando imediatamente a sala em direção à mesa e mantendo-se de costas para a Sra. Musgrove, pegou uma carta sob os papéis espalhados e a colocou diante de Anne, com os olhas brilhantes de súplica fixados nela por algum tempo, e pegando rapidamente as luvas, deixou o aposento, praticamente sem que a Sra. Musgrove tivesse percebido que retornara: tudo acontecera em um instante!

A revolução que um instante causara em Anne não podia ser descrita. A carta, endereçada de maneira quase ilegível "para a Srta. A. E..." era claramente a que tinha dobrado com tanta pressa. Enquanto supostamente escrevia para o capitão Benwick, ele se dirigira também a ela! Do conteúdo daquela carta dependia tudo o que este mundo poderia oferecer a ela. Tudo era possível, tudo era preferível ao suspense. A Sra. Musgrove tinha pequenos afazeres na própria mesa; e Anne precisava confiar que a distrairiam, e, afundando-se na cadeira que ele ocupara, sucedendo-o no lugar em que havia pouco escrevia, seus olhos devoravam as seguintes palavras:

> Não posso mais ouvir em silêncio. Preciso lhe falar pelos meios de que disponho. Devo me direcionar a você pelos meios disponíveis. A senhorita fere minha alma. Estou entre a agonia e a esperança. Diga-me que não é tarde demais, que sentimentos tão preciosos não estão perdidos para sempre. Ofereço-me novamente à senhorita com um coração mais entregue do que quando quase o dilacerou há oito anos e meio. Não ouse dizer que o homem esquece mais rápido que a mulher, e que seu amor morre mais cedo. Eu não amei a ninguém mais a não ser a senhorita. Posso ter sido injusto, fui fraco e rancoroso, mas nunca inconstante. Vim para Bath unicamente por sua causa. Meus pensamentos e planos são todos seus. Não percebeu? Não viu meus desejos? Não esperaria nem mesmo esses dez dias se tivesse conseguido compreender seus sentimentos, como acho que compreendeu os meus. Mal consigo escrever. A todo instante ouço algo que me abala. A senhorita sussurra, mas consigo distinguir os tons de sua voz quando ninguém os ouviria. Que bela, que

bondosa criatura! Certamente nos faz jus, pois acredita que exista afeição real e constante entre os homens. Acredite, esses são meus sentimentos mais fervorosos e imutáveis.

F.W

Preciso ir, inseguro de meu destino; mas retornarei, ou a encontrarei na reunião assim que possível. Uma palavra, um olhar será suficiente para decidir se entrarei na casa de seu pai nesta tarde ou nunca mais.

Não havia como se recuperar rapidamente de uma carta como essa. Meia hora de solidão e reflexão poderia tê-la tranquilizado; mas os dez minutos que se passaram antes que fosse interrompida, com todo o controle que precisava exercer sobre si mesma, não favoreceram a tranquilidade. Pelo contrário, cada momento trazia novas inquietações. Era uma felicidade insustentável. E antes que tivesse ultrapassado o primeiro estágio de forte emoção, Charles, Mary e Henrietta chegaram.

A absoluta necessidade de comportar-se naturalmente era um grande desafio; mas, após algum tempo, desistiu. Não conseguia compreender uma palavra que diziam e foi obrigada a se desculpar e alegar indisposição. Eles perceberam, então, que parecia muito abatida, ficaram chocados e aflitos, e não a deixariam sozinha por nada no mundo. Isso foi terrível. Ela ficaria bem, se ao menos tivessem ido embora, deixando-a em silêncio na sala; mas a presença deles em volta dela era perturbador e, em desespero, disse que iria para casa.

– Por Deus, minha querida – exclamou a Sra. Musgrove –, vá imediatamente para casa e cuide-se para que possa sentir-se melhor à tarde. Gostaria que Sarah estivesse aqui para ajudá-la, mas eu não tenho essa habilidade. Charles, peça uma carruagem. Ela não deve caminhar.

Mas a carruagem não era bem-vinda. Era pior que tudo! Não toleraria perder a oportunidade de trocar algumas palavras com o capitão Wentworth ao longo de sua serena e solitária caminhada pela cidade (e ela estava certa de que o encontraria). A carruagem foi sinceramente recusada, e a Sra. Musgrove, que tinha apenas uma doença em mente, tendo se convencido, com alguma ansiedade, que não houvera uma queda; que Anne não escorregara ou machucara a cabeça; que estava convencida de não ter caído; despediu-se alegremente, confiando que estaria melhor mais tarde.

Preocupada em não omitir qualquer cuidado, Anne esforçou-se e disse:

– Receio, senhora, que a situação não esteja clara. Por favor, tenha a gentileza de mencionar aos outros que esperamos vê-los esta tarde. Temo que tenha ocorrido algum engano; e peço que assegure ao capitão Harville e ao capitão Wentworth que esperamos ver os dois.

– Ah! Minha querida, está bem entendido. Dou-lhe minha palavra. O capitão Harville não tem outra intenção a não ser comparecer.

– Acha mesmo? Tenho dúvidas; e ficaria muito desapontada. Promete que irá mencionar novamente o convite quando os encontrar? Acredito que irá encontrá-los ainda esta manhã. Por favor, prometa.

– Com certeza o farei, se é o que deseja. Charles, se encontrar o capitão Harville, lembre-se de comunicar a mensagem de Anne. Mas, sinceramente, minha querida, não precisa ficar apreensiva. O capitão Harville já determinou que irá, estou certa disso; e acredito que o capitão Wentworth também.

Não havia mais nada que Anne pudesse fazer; mas seu coração profetizava algum infortúnio para reduzir sua felicidade. Não duraria muito, entretanto. Mesmo que ele não fosse a Camden Place, ela poderia enviar uma resposta pelo capitão Harville. Outro aborrecimento momentâneo ocorreu. Charles, com sua preocupação e gentileza, a acompanharia até em casa; nada poderia detê-lo. Era quase cruel. Mas ela não podia ser ingrata; ele estava sacrificando o encontro com um armeiro para lhe ser útil; então, saiu com ele, aparentando apenas gratidão.

Estavam na Union Street quando passos rápidos e familiares lhe possibilitaram preparar-se rapidamente para ver o capitão Wentworth, que juntou-se a eles. Mas, como se estivesse incerto sobre fazer-lhes companhia ou seguir seu caminho, não disse nada, limitou-se a observar. Anne conseguiu se controlar o suficiente para perceber esse olhar sem receios. O rosto que estivera pálido, agora resplandecia, e os movimentos hesitantes, agora estavam decididos. Ele caminhou a seu lado. Nesse momento, tomado por um pensamento súbito, Charles disse:

– Capitão Wentworth, em que direção está indo? Somente até a Gay Street ou mais distante?

– Não sei – respondeu o capitão Wentworth, surpreso.

– Irá até Belmont? Ou próximo a Camden Place? Porque se for o caso, não terei escrúpulo em lhe pedir que assuma meu lugar, e conduza Anne até a casa do pai. Ela está cansada esta manhã e não deve continuar sem assistência, e eu deveria encontrar um sujeito no mercado. Ele prometeu me mostrar uma arma que está prestes a vender; disse que não iria embrulhá-la até o último momento para que eu pudesse vê-la; e se não voltar agora, perderei a chance. Pela descrição dele, é bem parecida com a minha arma de cano duplo que você usou um dia em Winthrop.

Não havia como fazer objeção. Só era possível externar um leve entusiasmo e uma amável concordância; e suprimir os sorrisos e o espírito agitado do arrebatamento interno. Em meio minuto Charles já estava novamente no fim da Union Street, e os outros dois seguiam juntos. Em pouco tempo, haviam trocado palavras suficientes para decidir que tomariam o caminho mais tranquilo, no qual a possibilidade de conversar tornaria aquele momento uma verdadeira dádiva, preparando-os para toda a imortalidade que as lembranças mais felizes de suas vidas futuras poderiam conferir. Lá, mais uma vez compartilharam aqueles sentimentos e aquelas promessas que no passado pareciam assegurar tudo, mas que tinham sido seguidos por muitos e muitos anos de separação e indiferença. Lá, mais uma vez retornaram ao passado, ainda mais felizes, talvez, nessa nova união, do que quando a haviam planejado inicialmente; mais afetuosos, mais experientes, mais seguros do caráter, da sinceridade e do afeto do outro; mais preparados para agir, com mais motivos para agir. E lá, conforme subiam lentamente o caminho, indiferentes a todos os que estavam em volta, sem notar os políticos que passeavam, as governantes atabalhoadas, as jovens paqueradoras, nem as babás com as crianças, puderam ceder às lembranças e às confissões e, especialmente, às explicações do que precedera o momento presente, tão pungentes e interessantes. Todos os mínimos detalhes da última semana foram analisados; e os daquele dia e do anterior pareciam não ter fim.

Ela não o interpretara mal. O ciúme do Sr. Elliot tinha sido o principal motivo para a demora, as dúvidas, o tormento. Ele se instaurara desde o primeiro encontro em Bath; e tinha sido reavivado, após um breve período, arruinando o concerto; e influenciara tudo o que havia dito e feito, ou deixado de dizer e fazer, nas últimas vinte e quatro horas. Gradualmente, dera lugar às esperanças que os olhares, as palavras e as ações dela às vezes encorajavam; e fora finalmente banido por aqueles sentimentos e expressões que haviam chegado até seus ouvidos enquanto ela conversava com o capitão Harville; e, sob um ímpeto irresistível, expusera seus sentimentos em um pedaço de papel.

De tudo o que havia escrito, não desdizia ou modificava nada. Insistia em afirmar que não amara ninguém mais. Ela nunca fora substituída. Ele nunca sequer acreditara ter encontrado alguém como ela. No entanto, precisava admitir que fora inconscientemente, sem intenção; que desejava esquecê-la, acreditara que tinha conseguido. Ele se considerava indiferente, quando, na verdade, sentia raiva; e injustiçara seus méritos, pois havia sofrido por eles. Agora, considerava sua natureza a própria perfeição, apresentando o mais adorável equilíbrio entre força moral e delicadeza; mas era obrigado a assumir que somente em Uppercross aprendera a lhe dar o devido valor, e apenas em Lyme começara a compreender a si mesmo. Em Lyme aprendera diversas lições. A admiração do Sr. Elliot o instigara e depois, as cenas que transcorreram no Cobb e na residência do capitão Harville, tinham determinado sua superioridade.

Sobre suas tentativas anteriores de ligar-se a Louisa Musgrove (suscitadas pelo orgulho ferido), ele afirmou que sempre soubera que seria impossível; que não se afeiçoara, jamais se afeiçoaria, a Louisa; embora, até aquele dia, até o período de reflexão que se seguiu, não tivesse compreendido a excelência de caráter com a qual Louisa nunca poderia competir, ou o domínio que aquele caráter exercia sobre seus sentimentos. Ali, ele aprendera a distinguir entre a firmeza de princípios e a teimosia obstinada, entre a ousadia da imprudência e a determinação de uma mente resoluta. Ali, ele tinha visto tudo o que era necessário para exaltar a estima pela mulher que tinha perdido; e ali começou a lamentar o orgulho, a insensatez e o ressentimento que o tinham impedido de tentar recuperá-la quando apareceu novamente em seu caminho.

A partir daquela época, sua pena tornara-se severa. Tão logo se livrara do horror e do remorso do acidente de Louisa, começara mais uma vez sentir-se vivo, mas embora se sentisse vivo, não estava livre.

– Percebi – disse ele –, que Harville me considerava um homem comprometido! Que nem Harville nem sua esposa tinham dúvidas da afeição mútua. Fiquei surpreso e chocado. Até certo ponto, eu podia negar essas intenções; mas ao refletir que outros poderiam pensar da mesma maneira, a família dela e possivelmente, até ela mesma, não me senti mais à vontade. Eu seria dela pela honra, caso ela desejasse. Eu fora descuidado. Não tinha pensado seriamente sobre o assunto. Não percebera que minha intimidade excessiva poderia causar consequências negativas em vários sentidos; e que eu não tinha direito de ficar tentando me interessar por uma das duas moças, sob o risco de gerar comentários maldosos, mesmo que nada acontecesse. Eu estava terrivelmente enganado, e deveria enfrentar as consequências.

Em suma, ele percebera tarde demais que estava em uma situação delicada; e que justamente quando estava certo de não sentir nada por Louisa, tinha de se considerar ligado a ela, caso os sentimentos dela por ele correspondessem ao que supunham os Harville. Aquilo o determinara a deixar Lyme e aguardar a distância sua completa recuperação em outro lugar. Ele adoraria ver enfraquecidos, por qualquer meio digno, qualquer sentimento ou especulação que existisse em relação a ele; e fora, portanto, visitar o irmão, decidido a retornar a Kellynch após um período e agir conforme as circunstâncias exigissem.

– Fiquei seis semanas com Edward – disse ele –, e o vi feliz. Não poderia ter satisfação maior. Eu não merecia satisfação alguma. Ele perguntou particularmente a seu respeito; perguntou até se estava mudada, sem suspeitar que meus olhos nunca veriam suas mudanças.

Anne sorriu e não disse nada. Era um disparate agradável demais para qualquer censura. É um deleite, para uma mulher de vinte e oito anos, ouvir que não perdeu os encantos da juventude; mas o valor dessa deferência tornava-se ainda maior para Anne, quando a comparava a palavras do passado, sentindo que aquilo era o resultado, e não a causa, do restabelecimento dos sentimentos dele por ela.

Ele permanecera em Shropshire, lamentando a cegueira causada por seu orgulho, e as tolices de seus cálculos, até que se vira livre de Louisa com as notícias surpreendentes e felizes de seu noivado com Benwick.

– Assim – disse ele –, terminou a pior fase; pois então eu podia buscar a felicidade; eu podia me esforçar, fazer algo a respeito. Mas esperar tanto sem agir, e sempre esperar o pior, foi terrível. Nos primeiros cinco minutos eu disse: "Estarei em Bath na quarta-feira", e estava. Foi imperdoável pensar que valia a pena vir? E chegar com algum grau de esperança? Você era solteira. Era possível que guardasse os sentimentos do passado, assim como eu; e havia algo que me dava coragem. Eu nunca tive dúvidas de que seria amada e admirada por outros, mas sabia com certeza que recusara pelo menos um cavalheiro com pretensões melhores que as minhas; e eu não podia evitar a pergunta: "Foi por minha causa?"

O primeiro encontro deles na Milsom Street oferecia muito assunto, mas o concerto, ainda mais. Aquela noite parecia ter sido composta de momentos primorosos. O instante em que ela se dirigira a ele no Salão Octogonal, o instante em que o Sr. Elliot tinha aparecido e a levado embora, e um ou dois momentos subsequentes, marcados pelo retorno da esperança ou pelo desânimo foram debatidos com energia.

– Vê-la – exclamou ele – em meio àqueles que não me desejam bem; ver seu primo tão próximo, conversando e sorrindo, e sentir todas as terríveis vantagens e adequação da união! Considerar tal casamento como o desejo indubitável de todos aqueles que poderiam influenciá-la! Mesmo se seus sentimentos fossem relutantes ou indiferentes, podia imaginar que apoio poderoso ele teria! Não era o suficiente fazer de mim um tolo? Como eu poderia ver tudo acontecer sem sentir agonia? A visão da amiga sentada no banco atrás do seu, a lembrança do que ocorrera no passado, a noção da influência dela, a indelével e imutável impressão do que a persuasão fizera uma vez... não estava tudo contra mim?

– O senhor deveria ter percebido a diferença – respondeu Anne. – Não deveria ter duvidado de mim agora; a situação é muito diferente, minha idade é muito diferente. Se eu errei em ceder à persuasão no passado, lembre-se que foi uma persuasão embasada na segurança, e não no risco. Quando cedi, foi em prol do meu dever, mas não há senso de dever cabível neste caso. Casar-me com um homem indiferente a mim, seria incorrer em todos os riscos e violar todo o sentimento de dever.

– Talvez eu devesse ter avaliado melhor – ele respondeu –, mas não consegui. Era incapaz de extrair benefícios do conhecimento que adquiri sobre seu caráter. Eu não poderia utilizá-lo; estava oprimido, enterrado, perdido nos sentimentos do passado que me afligiam ano após ano. Eu só conseguia vê-la como alguém que tinha cedido, desistido de mim, e que fora influenciada por todos, menos por mim. Eu a vi justamente com a pessoa que a guiara naquele ano terrível. Não tinha razão para crer que a autoridade dela diminuíra. Contava com a força do hábito.

– Eu deveria ter imaginado – disse Anne – que meu comportamento poderia tê-lo poupado de muito, senão de tudo isso.

– Não, não! Seu comportamento poderia ser apenas a tranquilidade que o noivado com outro homem lhe daria. Eu a deixei com essa crença; e, ainda assim, estava determinado a vê-la novamente. Meu espírito reanimava-se com as manhãs, e eu sentia que ainda tinha motivo para ficar aqui.

Por fim, Anne chegou em casa, sentindo-se mais feliz do que qualquer um ali poderia suspeitar. Tendo dissipado toda a surpresa e o suspense, e todos os outros momentos dolorosos daquela manhã com a conversa, entrou em casa tão feliz que foi obrigada a encontrar preocupações na apreensão de que aquela felicidade não fosse durar. Um momento de reflexão, séria e agradecida, era os melhor corretivo para todo perigo de tamanha felicidade; e ela foi para seu quarto, e se sentiu resoluta e destemida na gratidão por seu contentamento.

A tarde chegou, as salas foram iluminadas e os convidados chegaram. Era apenas reunião para jogar cartas, apenas uma mistura de pessoas que ainda não se conheciam e que já se conheciam em demasia; um evento banal, grande demais para ser íntimo, pequeno demais para oferecer variedade; mas Anne nunca vira uma tarde transcorrer tão rapidamente. Exultante e adorável, sensível e feliz, e mais admirada do que já tinha imaginado ou desejado, ela nutria sentimentos alegres e tolerantes por todas as criaturas ao seu redor. O Sr. Elliot estava lá; ela o evitava, mas conseguia ter-lhe pena. Divertia-se observando os Wallise. Lady Dalrymple e a Srta. Carteret... logo não passariam de primas inofensivas para ela. Ela não se importava com a Sra. Clay, e não tinha do que se envergonhar com o comportamento de seu pai e sua irmã. Com os Musgrove, falou com alegria e perfeita tranquilidade; com o capitão Harville, foi uma conversa gentil entre irmão e irmã; com lady Russell, esforçou-se por conversar, mas uma deliciosa consciência a interrompeu; com o almirante e a Sra. Croft, toda a cordialidade e o ardoroso interesse que a mesma consciência procurava ocultar; e com o capitão Wentworth, houve conversas momentâneas e constantes, sempre esperando pela próxima, e sempre a certeza de que ele estava ali.

Foi em um desses breves encontros, no qual cada um estava aparentemente ocupado em admirar as flores, que ela disse:

– Tenho refletido sobre o passado e tentado julgar imparcialmente sobre o certo e o errado, quero dizer, em relação a mim mesma; e devo acreditar que estava certa, a despeito de todo o sofrimento, em me deixar conduzir pela amiga que um dia irá apreciar mais do que o faz agora. Para mim, ela era como uma mãe. Mas não me entenda mal. Não estou dizendo que ela não se equivocou em seu aconselhamento. Foi, talvez, um daqueles casos em que o bom ou o mau conselho só pode se decidido de acordo com as circunstâncias; e, quanto a mim, jamais daria tal conselho em uma situação semelhante. Mas digo que estava certa em me deixar conduzir por ela, e se tivesse feito de outra maneira, teria sofrido mais em manter o noivado do que sofri ao desistir dele, pois teria um peso na consciência. Eu sinto agora, na intensidade que é possível para a natureza humana, que não tenho nada com o que me repreender; e se não me engano, um forte senso de dever não é uma característica negativa para uma mulher.

Ele olhou para ela, olhou para lady Russell, e novamente para ela, e respondeu com uma deliberação serena:

– Ainda não, mas há esperança de que eu consiga perdoá-la com o tempo. Acredito que estarei em bons termos com ela em breve. Mas também pensei no passado, e uma pergunta se insinuou: tive outro inimigo além daquela senhora? Eu mesmo. Diga-me se, quando retornei à Inglaterra em 1808 com alguns milhares de libras, e fui encaminhado para o *Lacônia,* se eu tivesse escrito naquela época, teria recebido uma resposta? Enfim, a senhorita teria renovado os votos de nosso compromisso?

– Certamente! – Foi tudo o que respondeu; mas a entonação foi o suficiente.

– Meu Deus – ele exclamou –, teria mesmo! Não é que eu não pensasse a esse respeito, ou desejasse que acontecesse, como algo que coroaria todos os meus sucessos; mas eu era orgulhoso, orgulhoso demais para pedir novamente. Eu não a compreendia. Fechei meus olhos e preferi não compreendê-la, ou fazer-lhe justiça. Essa é uma lembrança que torna difícil perdoar a mim mesmo. Seis anos de separação e sofrimento poderiam ter sido evitados. Esse é um tipo de sofrimento novo para mim. Eu me acostumei a acreditar que era merecedor de todas as dádivas que conquistei. Eu sempre me julguei com base no trabalho árduo e nas recompensas merecidas. Assim como outros grandes homens que sofreram reveses – ele adicionou com um sorriso. – Devo tentar submeter minha mente à minha sorte. Preciso aprender a ser mais feliz do que mereço.

24

Alguém pode ter dúvidas sobre o que aconteceu em seguida? Quando dois jovens decidem se casar, sabem que conseguirão se forem perseverantes, sejam eles pobres, imprudentes ou inadequados um para o outro. Essa pode não ser uma boa moral para concluir a história, mas acredito que seja verdade; e se tais casais foram bem-sucedidos, como poderiam o capitão Wentworth e Anne Elliot, tendo a seu favor a maturidade, a certeza de agir corretamente, e uma fortuna independente, fracassar em contornar todas as contrariedades? Eles poderiam enfrentar muito mais do que de fato foi necessário, pois não houve muitas dificuldades a não ser a ausência de delicadeza e cordialidade. Sir Walter não fez qualquer objeção, e Elizabeth limitou-se a demonstrar frieza e indiferença. O capitão Wentworth, com uma fortuna de vinte e cinco mil libras, e tendo atingido o cargo máximo de sua profissão por seus próprios méritos, não era mais considerado alguém sem importância. Agora, era considerado bastante digno de direcionar as suas atenções à filha de um barão tolo e gastador, que não tivera os princípios e o bom-senso necessários para preservar o que a Providência lhe oferecera, e que não podia oferecer à filha mais que uma pequena parte das dez mil libras que lhe eram de direito.

Na verdade, Sir Walter, embora não sentisse afeto por Anne, e não estivesse envaidecido com o evento, para sentir-se verdadeiramente feliz, estava longe de achar que era uma má união para ela. Pelo contrário, quando passou a conviver mais com o capitão Wentworth, vendo-o várias vezes à luz do dia, ficou impressionado com suas belas características físicas, e sentiu que a superioridade da aparência dele poderia ser contrabalançada pela superioridade de classe dela; e tudo isso, adicionando-se ao nome imponente, permitiu que Sir Walter preparasse a caneta e, com disposição favorável, incluísse o casamento no livro de honra.

A única oposição que poderia provocar alguma aflição era a de lady Russell. Anne sabia que lady Russell deveria estar sofrendo ao compreender e renegar o Sr. Elliot, e se esforçando para conhecer verdadeiramente e fazer justiça ao capitão Wentworth. No entanto, era o que lady Russell precisava fazer agora. Tinha de compreender que se equivocara em relação a ambos,; que se deixara influenciar injustamente pelas aparências de cada um; que, por ter achado que as maneiras do capitão Wentworth não se adequavam às suas exigências, ela se precipitara ao acreditar que elas indicavam um caráter perigosamente impetuoso; e que por ter gostado dos modos do Sr. Elliot, em sua segurança e precisão, educação e suavidade, ela se precipitara em tomá-las como resultado indubitável de uma mente correta e de um bom caráter. Não havia nada mais que lady Russell pudesse fazer, a não ser admitir que estivera completamente equivocada, e adquirir novas opiniões e esperanças.

Alguns são aquinhoados com a perspicácia e a capacidade de discernimento acerca da natureza humana, ou seja, o dom de penetrar a alma, que nenhuma experiência pode igualar, e lady Russell era menos dotada desses atributos que sua jovem amiga. Mas era uma ótima pessoa, e se seu objetivo secundário era ser sensata e julgar adequadamente, o principal era ver Anne feliz. Ela amava Anne mais do que às próprias qualidades; e quando o constrangimento inicial terminou, teve pouca dificuldade em se comportar como uma mãe para o homem que havia assegurado tamanha felicidade para sua outra filha.

De toda a família, Mary era provavelmente a mais feliz com o acontecimento. Era um motivo de orgulho que a irmã estivesse casada, e ela podia lisonjear-se por ter desempenhado um importante papel na união, por ter conservado Anne consigo durante o outono; e como sua irmã tinha de sair-se melhor que as irmãs de seu marido, era muito agradável que o capitão Wentworth fosse mais rico do que o capitão Benwick ou que Charles Hayter. É possível que tenha sofrido ao se reencontrarem, pois Anne tinha recuperado os seus direitos de irmã mais velha, e era agora senhora de uma bela carruagem; mas ela podia olhar para o futuro em busca de consolo. Anne não iria assumir Uppercross, não tinha uma grande propriedade e não possuía uma família; e se conseguissem evitar que o capitão Wentworth se tornasse baronete, ela não trocaria de lugar com Anne.

Era aconselhável que a irmã mais velha ficasse feliz com a situação que ocupava, pois uma mudança provavelmente não ocorreria. Ela logo presenciou o distanciamento do Sr. Elliot, e ninguém mais com as devidas qualificações apareceu, nem mesmo para despertar suas esperanças infundadas, que afundaram com ele.

A notícia do noivado da prima Anne foi uma grande surpresa para o Sr. Elliot. Pôs fim a seus melhores planos de felicidade doméstica, e em sua esperança de manter Sir Walter solteiro pela vigilância que a condição de genro lhe permitiria. Mas embora estivesse frustrado e desapontado, ele ainda podia fazer algo pelo próprio interesse e divertimento. Em pouco tempo, deixou Bath; e quando a Sra. Clay partiu logo depois, e ouviu-se que se estabelecera em Londres sob a proteção dele, ficou evidente que ele desempenhara um papel desonesto, e quanto estava determinado a não ser prejudicado por uma mulher ardilosa.

Os sentimentos da Sra. Clay tinham subjugado seus interesses, e ela sacrificara, em nome daquele jovem, a possibilidade de continuar tramando para se casar com Sir Walter. No entanto, ela possuía habilidades, além de sentimentos; e agora não se sabe se a astúcia dele, ou a dela, será bem-sucedida; se, após impedi-la de se tornar esposa de Sir Walter, ele será adulado e mimado a ponto de torná-la esposa de Sir William.

Não há qualquer dúvida de que Sir Walter e Elizabeth ficaram chocados com a perda de sua companhia, e pela descoberta de sua traição. No entanto, eles tinham as importantes primas como consolo; sabiam que adular e seguir os outros, sem ser adulado e seguido em troca, é apenas um prazer pela metade.

Anne, satisfeita com a rapidez com que lady Russell decidiu em amar o capitão Wentworth como deveria, não tinha qualquer impedimento para sua felicidade além de saber que não possuía parentes que um homem de bom-senso pudesse apreciar. Nesse aspecto, ela sentia sua inferioridade intensamente. A desproporção entre as fortunas não era nada, não lhe causava um momento de pesar; mas não ter uma família que o recebesse e estimasse adequadamente, que demonstrasse respeito, honra e disposição para retribuir toda a valorização e as boas-vindas que ela recebera dos irmãos e irmãs dele, era uma fonte de sofrimento tão grande quanto seu espírito estava sujeito em circunstâncias que, de outra forma, seriam apenas de grande felicidade. Ela tinha apenas duas amigas que ele poderia adicionar à sua lista, lady Russel e a Sra. Smith. Por elas, entretanto, ele demonstrava grande consideração. Lady Russell, a despeito de seu comportamento pregresso, ele apreciava de coração. Embora não conseguisse concordar que ela estivera certa em separá-los no passado, estava disposto a defendê-la em qualquer outro assunto, e quanto à Sra. Smith, ela tinha qualidades suficientes para recomendá-la rápida e permanentemente.

Seus recentes préstimos a Anne já seriam suficientes, e o casamento deles, em vez de privá-la de uma amiga, deu-lhe mais um. Ela foi a primeira visitante tão logo o casal se estabeleceu em sua nova vida, e o capitão Wentworth, ao ajudá-la a recuperar a propriedade do marido nas Índias Ocidentais, ao escrever em seu nome, agir em seu interesse e cuidar de todas as dificuldades com o esforço e a agilidade de um homem corajoso e de um amigo determinado, recompensou-a inteiramente de todos os serviços que prestara, ou jamais pretendera prestar, à sua esposa.

A felicidade da Sra. Smith não foi afetada pelo aumento de sua renda, com a melhora de sua saúde e a aquisição de bons amigos com quem conviver, pois sua alegria e espontaneidade não a abandonaram; e enquanto as tivesse, ela poderia desafiar as maiores prosperidades mundanas. Ela poderia ser absolutamente rica e perfeitamente saudável, e ainda assim ser feliz. A fonte de sua felicidade estava em sua vivacidade, e a de sua amiga Anne estava no calor de seu coração. Anne era a expressão maior do afeto, e devia tudo isso ao amor do capitão Wentworth. As exigências da profissão dele eram o único motivo que fazia os amigos dela desejarem que aquele afeto fosse menor, e o medo de uma guerra era tudo o que poderia pôr fim a seu brilho interior. Ela se orgulhava de ser a esposa de um homem do mar, mas precisava pagar os tributos de preocupação dessa profissão que é, se for possível, mais nobre pelas virtudes domésticas do que por sua importância nacional.

fim

EDIÇÕES
BestBolso

Este livro foi composto na tipologia Minion Pro Regular, em corpo 10,5/13, e impresso em papel off-set 56g/m² no Sistema Cameron da Divisão Gráfica da Distribuidora Record.